Grim
The Grave Angels MC #12
Drucie Anne Taylor

Korrektorat: S. B. Zimmer / S. Köhn
Satz und Layout: Julia Dahl
Umschlaggestaltung © D-Design Cover Art

Angelwing Verlag / Paul Dahl
6 Rue Saint Joseph
57720 Obergailbach / Frankreich

ISBN-13: 9798327935020
Independently published
Auflage 01 / 2024

Die Illustrationen in diesem Buch wurden mithilfe von leonardo.ai sowie Midjourney erstellt.

THE GRAVE ANGELS MC

GRIM

WASHINGTON

DRUCIE ANNE TAYLOR

DIESES BUCH

RAVEN

Es hatte Jahre gedauert, bis ich mein Leben selbst in die Hand nehmen konnte, nun sann ich auf Rache an all jenen, die mein Dasein zur Hölle auf Erden gemacht hatten. Ich begann mit jenen, die ihnen unterstehen, arbeitete mich langsam durch ihre Reihen, bis ich ein Gerücht hörte. Die Grave Angels arbeiteten mit dem Mann zusammen, der mich meiner ersten Liebe und so viel mehr beraubt hatte. Ich suchte den Club an einem offenen Abend auf, bereit, den Präs an die Tafel des Teufels zu befördern, dummerweise kam es alles anders als erwartet.

GRIM

Sie erinnerte mich an jene, die ich verlor, dennoch wollte ich sie. Ich hatte keine Ahnung, wer sie war und woher sie kam, aber als sie mein Leben bedrohte, erkannte ich sie endlich. Raven, die Todesbotin der USA, die eine Schneise der Verwüstung hinter sich her zog. Nachdem sie mich angegriffen hatte, wäre ihr beinahe die Flucht gelungen, aber meine Brüder machten sie ausfindig und brachten sie zurück aufs Clubgelände. Ich erfuhr ihre Geschichte, dennoch weckte sie Gefühle in mir, von denen ich glaubte, sie nie mehr empfinden zu können.

Als sie mich verließ und ich ihr folgte, überschlugen sich die Dinge, bedrohten nicht nur ihr Leben, sondern auch meines, und ich wusste, dass der Teufel mich viel zu früh an seine Tafel beorderte.

TRIGGERWARNUNG

Liebe Leserin, lieber Leser,

Dieses Buch enthält eine teilweise sehr derbe Aussprache, Gewalt – auch gegen Frauen – und explizite Sexszenen. Auch werden Rassenkonflikte thematisiert, weshalb Wörter wie »Bohnenfresser« oder »Churro« verwendet werden, damit es authentischer ist, denn diese Männer drücken sich in solchen Fällen sicher nicht freundlich und politisch korrekt aus.

Wenn ihr derartige Darstellungen nicht lesen möchtet oder euch dabei unwohl fühlt, empfehle ich euch, dieses Buch nicht zu lesen, da es euch triggern könnte.

Alle sexuellen Handlungen zwischen den Protagonisten sind einvernehmlich, dennoch gilt im wahren Leben »safer Sex« und nicht »rein da und ab dafür.«

Allen, die sich von meiner Warnung nicht beeindrucken lassen, wünsche ich viel Spaß mit der Geschichte um Grim und Raven.

Triggerpunkte: Drogenmissbrauch, derbe sowie explizite Sprache, Folter, Entführung, sexuelle Gewalt, Kindesmissbrauch (nicht explizit beschrieben), Kindesmisshandlung (Beschreibungen enthalten), Suizid

RAVEN

20 JAHRE ZUVOR
REARDAN / WASHINGTON

Es war ein Tag wie jeder andere und ich spielte mit Dad im Garten. Wo Mommy war, wusste ich nicht, aber Daddy hatte gesagt, dass sie uns nicht mehr lieb hat, weshalb sie ging. Sie kam nicht mehr nach Hause, rief nicht an, nahm mich nicht mehr in die Arme.

Ich vermisste Mom.

Wir gingen sonntags nicht mehr miteinander in die Kirche. Sie backte keine Pancakes oder Waffeln, wenn ich morgens in die Küche kam, nachdem ich aufgestanden war. Ich verstand einfach nicht, warum sie nicht mehr hier war.

»Höher, Daddy!«, rief ich.

Er hatte mich auf die Schaukel gesetzt und schubste mich an, weil ich es mochte, wenn er es tat.

»Höher!«, forderte ich abermals. Ich liebte es, zu schaukeln, es war schön und ich glaubte immer, dass ich ein Vogel sei, wenn ich auf der Schaukel saß.

»Nein, du fällst noch, Kleines«, erwiderte er lachend.

»Bitte, Daddy!«

»Nein, Kleines, noch höher und du fällst runter.«

Ich verzog das Gesicht, aber er würde mich ja doch nicht noch höher schaukeln lassen.

»Sage?«

»Das ist Mommy!«, rief ich.

Dad fasste an die Ketten der Schaukel, sodass ich abspringen konnte.

Ich hüpfte hinunter und rannte zum Haus. »Mommy?« Ich riss die Fliegengittertür auf und stürmte hinein. »Mom?« Ich eilte durch das Haus, fand sie aber nicht.

Hatte ich es mir eingebildet?

Ich lief zurück zur Terrassentür und sah Mom und Dad an der Schaukel stehen. »Mommy!«, schrie ich und rannte zu ihr, kaum hatte ich sie erreicht, umarmte ich ihr Bein. Ich schaute zu ihr hoch, so lange hatte ich sie nicht mehr gesehen und sie war so schön. »Ich hab dich vermisst, Mom.«

Sie schob mich weg.

Hatte ich etwas falsch gemacht?

»Mommy?«

»Sei still, ich spreche mit deinem Dad!«

Ich schaute meinen Vater an. »Daddy?«

»Jetzt nicht, Kleines«, erwiderte er ernst.

Ich seufzte schwer, ließ die Schultern hängen, schließlich setzte ich mich auf den Rasen und schaute zu den beiden hoch. Sie sahen wütend aus – ich glaubte wirklich, dass ich etwas falsch gemacht hatte, weshalb sie böse auf mich waren.

Würde ich jetzt Ärger bekommen?

»Dann ist es jetzt so weit?«, fragte Dad mit gefährlicher Stimme.

»Ja, es ist an der Zeit, dass sie ihren Zweck erfüllt«, antwortete Mom ernst.

Die beiden sahen mich an.

»Spielst du mit mir, Mommy? Können wir Pancakes backen? Oder Waffeln?«, fragte ich voller Hoffnung.

Mom schüttelte den Kopf. »Nein, Kleines. Nichts davon.«

Meine Mundwinkel sackten hinab. Ich war traurig, weil sie nicht mit mir spielen wollte.

Dad seufzte. »Kleines, geh dich umziehen. Wir machen einen Ausflug.«

»Aber ich will spielen!«, wandte ich ein.

»Hör auf deinen Vater!«, herrschte Mom mich an.

Ich schniefte, stand auf und sah mit Tränen in den Augen zu ihr hoch. »Du hast mich gar nicht lieb!«, schrie ich sie an, drehte mich weg und rannte ins Haus.

Es war dunkel, als Daddy parkte. Ich war müde, hatte aber auch Hunger und Durst. »Wir sind da, Kleines«, verkündete er und schaute zu mir nach hinten.

»Wo ist Mom?«

Er zeigte zur Seite.

Ich schaute aus dem Fenster und sah Mommy aus einem anderen Auto steigen. »Warum ist sie nicht mit uns gefahren?«

»Weil sie ihr Auto nicht bei uns stehen lassen wollte, Kleines.« Dad stieg aus, kam um seinen Wagen herum und öffnete meine Tür. Selbst konnte ich es nicht, weil er die Kindersicherung aktiviert hatte. Er hob mich aus dem Auto und ich schlang meine Arme um seinen Hals. »Bist du müde, Kleines?«

Ich nickte, statt ihm eine Antwort zu geben.

»Du übernimmst es gleich«, sagte Mommy.

»Nein, das werde ich ihr nicht antun, Cat«, erwiderte er.

»Denk an unsere Abmachung!«, hielt sie aufgebracht dagegen. »Ich habe sie nur bekommen, damit sie ihren Zweck erfüllt.«

Er schnaubte. »Ich werde ihre Ausbildung trotzdem nicht übernehmen, Cat!« Daddy war so laut geworden, dass ich zusammenzuckte.

»Dann wird Rolan sie übernehmen«, meinte sie.

Er seufzte. »Lass uns reingehen. Die Kleine muss etwas essen und wir können besprechen, wer ihre Ausbildung übernimmt.«

»Na schön«, gab sich Mom geschlagen.

Dad setzte sich in Bewegung, Mom ging hinter uns und ich sah sie sehnsüchtig an. Ich verstand nicht, wovon sie sprachen, auch nicht, warum sie nicht mehr bei uns war. Ich hatte sie vermisst, aber sie hatte mich noch nicht einmal in den Arm genommen.

Sie war nur selten vorbeigekommen, hatte mich angesehen und begrüßt, aber ich bekam nie irgendeine Form von Liebe von ihr.

Als Dad ein Haus betrat, hörte ich schmerzerfüllte Schreie.

Ich bekam es mit der Angst zu tun, klammerte mich fester an ihn. »Wo sind wir hier, Daddy?«

Er reagierte nicht.

Ein hysterischer Schrei.

Ich schaute in eine offene Tür, an der wir vorbeikamen. Ein Junge lag übers Bett gebeugt, hinter ihm stand ein Mann und schlug ihn mit einem Seil oder einer Peitsche.

Er holte wieder aus und der Junge schrie so laut, dass ich anfing zu weinen.

»Ich will nach Hause, Daddy«, sagte ich ängstlich.

»Das hier ist jetzt dein Zuhause«, erwiderte Mom streng. »Und ich verlange von dir, dass du stärker wirst. Sei nicht mehr so weinerlich, du kleines Weichei.«

Dad brachte mich in ein Zimmer, setzte mich dort aufs Bett und ging vor mir in die Hocke. Er sah mich ernst an.

»Bitte lass uns nach Hause fahren«, weinte ich.

Er schüttelte den Kopf. »Nein, Kleines, das hier ist jetzt dein Zuhause. Ich will, dass du stark bleibst, okay? Sei tapfer, stark und verbirg deine Tränen, dann wird es nur halb so schlimm.« Dad wischte die Tränen von meinen Wangen, aber weitere folgten ihnen. »Ich sagte, dass du aufhören sollst!«, schrie er plötzlich.

Ich zuckte zusammen. »Ich will nach Hause!«

Auf einmal holte er aus und schlug mir hart ins Gesicht.

Weinend fiel ich zur Seite, kroch weiter aufs Bett, aber Dad zog mich an meinen Knöcheln wieder zu sich. Ich strampelte, schrie und versuchte, ihn abzuschütteln, aber es gelang mir nicht.

»Es reicht, Hadley!«, brüllte er mich an. »Entweder bist du tapfer oder du stirbst hier. Willst du das?«

»Ich will nach Hause!«, kreischte ich.

Er schüttelte den Kopf.

»Zeig ihr, dass sie sich nicht so verhalten darf, sondern den Befehlen Folge leisten muss«, verlangte Mom mit harter Stimme.

Daraufhin vergrub Dad seine Hand in meinen langen schwarzen Haaren, riss mich daran ins Stehen und zog einhändig seinen Gürtel. Dann drückte er mich bäuchlings aufs Bett. »Du wirst dich fügen!«, schrie er und reißender Schmerz fuhr durch meinen Rücken. Immer und immer wieder spürte ich diese Qualen und wie unter seinen Schlägen meine Haut aufriss.

Ich wollte doch nur nach Hause.

Stattdessen war ich in einem Albtraum gelandet.

GRIM

TACOMA / WASHINGTON HEUTE

Ich saß in meinem Büro, zählte das Schutzgeld, das Caen, Bronx und Axe eingetrieben hatten, und notierte mir die Beträge in meinem kleinen Notizbuch.

So behielt ich den Überblick über die Summen, die die Kleinunternehmer bezahlt hatten, außerdem wusste ich so auch, wie viel in der Kasse war.

Es klopfte, doch ich sagte nichts.

Kurz darauf stürmte mein jüngerer Bruder in mein Büro. »Du musst sofort zu den Häusern kommen.«

Irritiert sah ich Caen an, da er so gehetzt war. »Warum?«, fragte ich nach einem tiefen Atemzug.

»Ruby.«

Nur ihr Name reichte aus, um mich aufspringen zu lassen.

Die Kohle war scheißegal, ich musste wissen, wie es ihr ging und was los war.

Wenn Caen schon herkam, um mich zu holen, statt mich anzurufen, war es ernst.

Wir verließen mein Büro, als Ripper aus der Lounge kam. »Schließ ab!«, wandte ich mich an ihn, deutete zum Büro und rannte gemeinsam mit Caen los.

Es kam mir wie eine Ewigkeit vor, bis wir die Blockhäuser erreicht hatten.

»Ruby, bitte tu das nicht«, sagte Madison – Caens Old Lady – laut.

»Hör auf, hör auf, hör auf!«, schrie Ruby, die auf und ab ging. »Geh raus aus meinem Kopf!«

»O Fuck«, stieß ich aus. Sie hatte einen psychotischen Schub, was immer häufiger vorkam, seit sie neue Medikamente bekommen hatte. »Ruby«, wandte ich mich an sie.

Sie blieb stehen, sah mich geradewegs an und schüttelte den Kopf. »Du kriegst mich nicht! Du kriegst mich nicht!«, kreischte sie und dann sah ich das metallische Blitzen.

»Ruby, tu das nicht!«, rief Mads und wollte auf sie zugehen, doch Brooklyn hielt sie auf.

Caen ging zu ihr rüber, als ich mich Ruby langsam näherte.

»Kleines«, wandte ich mich abermals an Ruby. »Tu das nicht.«

Sie schaute zu mir, dabei fuchtelte sie immer noch mit meiner Knarre herum. »Du kriegst mich nicht!«

»Ruby, bitte!«, herrschte ich sie voller Verzweiflung an.

»Das ist nicht mein Name!«, kreischte sie. »Und du wirst mich nicht kriegen!« Sie schüttelte den Kopf und hob meine Magnum an ihr Kinn.

Sie drückte ab.

Ich erstarrte, als ich sie fallen sah.

»Nein!«, kreischte Madison, befreite sich von Brooklyn und rannte zu ihr.

Ich fiel auf die Knie.

Mein Bruder kam zu mir. »Steh auf.«

Doch ich konnte nur zu Rubys leblosem Körper schauen.

»Trae«, sagte er leise. »Steh auf. Du darfst keine Schwäche zeigen«, fuhr er nachdrücklich fort.

Als ich mich nicht bewegte, packte mich mein Bruder am Arm und zog mich auf die Beine. Mein Mund klappte auf und zu, ich wollte reden, aber konnte es nicht.

Die Worte blieben mir im Hals stecken.

»Soll ich Ripper Bescheid geben?«

Ich sah ihn nicht einmal an, sondern löste mich von ihm und ging langsam auf Rubys toten Körper zu. Als ich sie erreicht hatte, fiel ich auf die Knie, zog sie in meine Arme und drückte sie an mich.

»Warum hat sie das getan?«, fragte Madison weinend.

Ich gab ihr keine Antwort.

Das Sprechen fiel mir sowieso schon schwer, aber gerade

brach mein Herz und da wäre jedes Wort hohl gewesen. Ich hatte sie bei mir aufgenommen, nachdem wir Madison und sie damals aus diesem Irrenhaus befreit hatten. Auf den ersten Blick hatte ich mich in sie verliebt, mit ihr hatte ich reden können, ohne zu stottern, und jetzt war sie tot.

Tot.

Wieder einmal hatte der gottverdammte Sensenmann mir eine Frau genommen, die ich liebte.

Mein Herz war nichts weiter als ein Scherbenhaufen.

Unwiderruflich zerstört.

Ich erhob mich mit Ruby in meinen Armen, dann drehte ich mich zu meinem Bruder um.

»Was sollen wir mit ihr machen?«, fragte er ruhig.

»Ofen«, antwortete ich knapp.

»Ihr könnt sie doch nicht einfach verbrennen«, schaltete sich eine entsetzte Madison ein. »Sie muss vernünftig beerdigt werden.«

Ich wollte nicht, dass Ruby in einem Sarg verrottete. »Ver-ver-ver-verb-b-b-b-bren-nen. Sie … wo-wo-wollte d-d-d-das«, stammelte ich. »Argh.«

»Ich besorge eine Urne«, mischte sich Bronx ein. »Und die können wir beerdigen.«

Ich nickte.

Caen hob Ruby aus meinen Armen. Er zeigte keine Gefühle. Wir beide hatten es uns nach Moms Tod abgewöhnt, denn unseren Vater hatte nie interessiert, wie wir uns fühlen.

Als mein Bruder sie sicher hatte, nickte ich ihm zu.

»Ich kümmere mich darum«, sagte Caen und schaute auf Madison. »Willst du dich verabschieden?«, fragte er sie, als ich mich abwandte.

Ihre Antwort verstand ich nicht mehr, denn ich ging eiligen Schrittes auf mein Blockhaus zu. Ich verschwand darin, ohne auf Axe zu reagieren, den ich im Augenwinkel gesehen hatte.

Die Tür verriegelte ich hinter mir.

Ich fiel im Wohnzimmer auf die Knie.

Dann schrie ich.

Ich schrie, so laut ich konnte, bis meine Stimme meinen Gefühlen nachgab.

Jemand klopfte fest an meine Tür.

»Grim?«, rief Caen. »Alter, mach die Tür auf, sonst trete ich sie ein! Du verkriechst dich seit Tagen in deinem Haus, Mann!«

Ich schaute zur Tür und wusste, dass mein Bruder ernst machen würde, weshalb ich mich schwerfällig erhob. Ich hatte seit einer gefühlten Ewigkeit nicht geschlafen, dafür aber eine Menge Bourbon gesoffen.

Als ich die Tür öffnete, entgleisten Caens Gesichtszüge. »Wann hast du zuletzt geduscht?«

Ich zuckte mit den Schultern.

»Und wann zuletzt gegessen?«

Ich hob die Bourbonflasche.

»Mais, Roggen und Gerste sind jetzt nicht unbedingt das Richtige für dich, Trae«, sagte er ernst und schob sich an mir vorbei. »Alter, hier stinkt's wie in einer fucking Brauerei.«

Ein weiteres Schulterzucken.

Caen schnaubte. »Es ist eine Woche her, Grim, du musst dich fangen. Die Brüder fragen schon nach dir.«

»Ri-Ri-Ri-Ripper … ü-üb-über-ni-nim-nimmt.«

»Trotzdem wollen die Brüder wissen, was los ist, außerdem müssen wir Ruby noch beerdigen. Madison hat einen Platz bei den Bäumen ausgesucht.« Er seufzte. »Sie will das nicht durchziehen, ohne dass du dabei bist.«

»Ich…«, ich holte tief Luft, »k-k-kann … ni-nicht.« Ich hasste mich für mein Stottern, aber vor meinem Bruder schämte ich mich nicht dafür. Nur war ich immer noch so aufgebracht, so verdammt wütend, weil Ruby sich erschossen hatte.

Mit meiner fucking Knarre!

»Du musst dich zusammenreißen«, sagte er ernst. »Ich weiß, dass du eine Menge für sie empfunden hast, Alter, aber du darfst dich echt nicht so hängenlassen.«

Ich schüttelte den Kopf. »Zeit.«

»Du brauchst Zeit?«, hakte er nach.

Daraufhin nickte ich. »G-g-g-gib … sie … m-m-mir.«

»Na schön«, gab er sich geschlagen. »Ripper und wir halten die Stellung, aber wir müssen Ruby beerdigen.«

Ich verengte die Augen ein wenig.

»Meinetwegen können wir das auch im kleinen Kreis machen. Es waren sowieso nur du, Mads und ich, die relativ viel Kontakt zu ihr hatten.«

»Mhm.«

»Also kleiner Kreis oder alle?«

»Klein«, erwiderte ich und wankte zurück zur Couch. Ich setzte den Bourbon an und trank einen großen Schluck.

»Und du solltest nicht mehr saufen, Trae«, sagte er ernst.

»Ich weiß«, knurrte ich leise, auch wenn meine Worte kaum durch das Grollen hindurch zu ihm drangen.

»Okay, ich rufe Brooklyn oder Axe und wir räumen hier auf.«

»Nein«, entgegnete ich entschieden. »Ich … ma-ma-mache d-d-d-das.«

»Wann?«

»Sp-sp-später.«

»Na schön«, gab er sich geschlagen. Caen setzte sich in den Sessel. »Was ist mit ihren Sachen?«

Ich schaute meinen Bruder ratlos an. »Weg.«

»Du willst sie entsorgen?«

Daraufhin nickte ich.

»Soll ich das machen?«

Ein Kopfschütteln.

»Trae, du kannst dich echt nicht so hängenlassen. Sie war krank, sie hat es nicht mehr ertragen.«

»W-w-wie g-g-geht's … Ma-Mads?«

»Beschissen, sie hat ihre einzige Freundin verloren. Shafilea ist auch total durch den Wind, weil sie sah, wie Ruby sich das Hirn weggeschossen hat.« Er atmete tief durch. »Aber wir müssen sie wirklich endlich beerdigen.«

»U-und w-wann?«

»Am besten schläfst du deinen Rausch aus und wir kümmern uns morgen darum.«

Ich nickte ihm zu.

»Also morgen?«

»Ja«, antwortete ich mühsam und trank noch einen Schluck Bourbon.

»Okay. Hör auf zu saufen und iss was.«

»Ha-hab nix«, entgegnete ich. Alles überforderte mich, sogar meine Gefühle waren zu viel für mich.

Alles tat weh.

Atmen.

Denken.

Fühlen.

Es war zu viel.

In letzter Zeit hatte Ruby immer wieder psychotische Schübe, weshalb sie überhaupt erst in der Psychiatrie war, aber sie und Madison hatten mich lange glauben gemacht, dass alles okay wäre und sie grundlos dort drin war. Am Ende hatte ich es hingenommen, sie zu einem Psychologen gebracht und war froh, dass er ihr Medikamente verschrieben hatte. Vielleicht hatte sie die Einnahme vergessen oder der Wirkstoff musste erst einen gewissen Level erreichen, damit sie keine Psychosen mehr hatte – so gut kannte ich mich nicht damit aus –, aber jetzt war sie nicht mehr hier.

Sie war nicht mehr bei mir.

Es hatte mich nicht einmal gestört, dass sie mich nicht an sich herangelassen hatte, sondern mich auf Abstand hielt,

Hauptsache sie war in meiner Nähe.

Doch jetzt war sie weg.

Ich hatte Ruby verloren, die erste Frau, in die ich mich verliebt hatte, seit ich zum Präs des hiesigen Chapters geworden war.

»Okay, ich werde für dich einkaufen. Ripper kommt her und behält dich im Auge, damit du keine Scheiße baust.«

»Mhm.« Ich lehnte mich zurück, legte meinen Kopf auf die Rückenlehne und starrte an die Decke.

»Und später räumen wir hier auf«, entschied mein jüngerer Bruder. Er war mir damals hierher gefolgt, nachdem auch er nicht mehr mit unserem Vater zurechtgekommen war. Ich war mit 17 von zu Hause abgehauen, weil ich es nicht mehr ertrug, Caen war mir nur ein paar Jahre später gefolgt. Ich hatte mich zum Präs hochgearbeitet und auch mein Bruder musste ganz unten anfangen. Er war Prospect, dann Bruder und erst, nachdem sein Vorgänger umgekommen war, hatte ich ihn zum Road Captain gemacht, da er Washington wie seine Westentasche kannte. Es waren nicht die Blutsbande, die mich diese Entscheidung treffen ließen, sondern der Fakt, dass Caen unwahrscheinlich loyal und verlässlich war.

»Okay.«

Caen verließ mein Haus, die Tür fiel krachend ins Schloss.

Ich schloss die Augen. Da die Haustür offen war, wusste ich, dass Ripper einfach hereinkommen würde.

Keine Ahnung, ob ich eingeschlafen war oder nicht, aber draußen war es bereits dunkel, als ich die Augen wieder aufschlug. Der Winter hielt Washington in Atem und wir konnten kaum noch mit unseren Maschinen herausfahren, weil die Straßen spiegelglatt waren. Manche von uns wagten es trotzdem.

Ich erhob mich schwerfällig und schaute mich um. Mein Bourbon war weg.

Wahrscheinlich war Caen gekommen und hatte aufgeräumt, denn auch meine Klamotten lagen nicht mehr herum. Als mein Blick auf die Küche fiel, sah ich Ripper und Caen am Tisch sitzen. Madison stand am Herd.

»Guten Morgen, Dornröschen«, sagte mein VP trocken. Er war fix und fertig, das konnte ich ihm ansehen, aber die Führung des Chapters war auch verdammt anstrengend. An manchen Tagen war ich nach den Geschäften einfach nur ins Bett gefallen und sofort eingeschlafen, dabei war ich ein richtiges Arbeitstier.

Ich hob eine Augenbraue, dann näherte ich mich dem Tisch. »Duschen«, sagte ich knapp.

»Mach das, du hast es nötig«, erwiderte mein Bruder.

»Was Caen sagt«, stimmte Ripper ihm zu.

Ich schnaubte unzufrieden, dann machte ich mich auf den Weg ins Bad. Meine Kutte hatte ich seit Tagen nicht angezogen, sie lag im Schlafzimmer, während ich in Jeans, Hoodie und Boots unterwegs war. Ich hatte mich vorerst aus dem Tagesgeschäft zurückgezogen, um meine Ruhe zu haben und um Ruby trauern zu können. Nur diesmal war ich nicht sicher, ob ich mich überhaupt noch mal aufraffen könnte, um mein Leben wieder so zu führen, wie ich es gewöhnt war. Sie war der zweite schwere Verlust, den ich in meinem Leben erfahren hatte und hinnehmen musste. Ich wusste nicht, ob ich es noch länger leben wollte, wenn mir immerzu jene weggenommen wurden, die mir so viel bedeuteten.

Ich fand mich im Bad wieder, wo ich einen Blick in den Spiegel warf. Mein Bart war länger geworden, teilweise verfilzt, aber das war kein Wunder, da ich mich tagelang nicht um mein Äußeres gekümmert hatte.

Ich befreite mich von meiner Kleidung, bis ich nur noch Briefs trug, dann griff ich zu meiner Zahnbürste. Als ich mir wenige Minuten später die Zähne geputzt hatte, befreite ich mich auch von den engen Boxershorts und stieg in die Badewanne.

Nachdem ich den Duschvorhang geschlossen hatte, drehte ich das Wasser auf und zischte, als es eiskalt auf mich niederregnete, allerdings atmete ich erleichtert auf, als es sich schnell aufwärmte.

Nach der Dusche fühlte ich mich zwar nicht besser, aber wenigstens roch ich nicht mehr muffig. Ich ging nur mit einem Handtuch um die Hüften in mein Schlafzimmer, geradewegs an die Kommode und holte saubere Kleidung heraus, in die ich mich mühsam wand. Das Frotteetuch landete im Wäschekorb, nachdem ich mir noch einmal die Haare frottiert hatte. Ich schaute in den Spiegel über der Kommode.

Fuck, ich sah echt scheiße aus!

Ich fuhr mir mit den Fingern durch die Haare, zog eine Sweatjacke über und begab mich in die Küche.

»Da bist du ja wieder«, stellte Caen fest.

Madison stellte eine Schüssel mit Kartoffelbrei auf den Tisch, ebenso sah ich grüne Bohnen, Maisbrot und Braten. Sie hatte ziemlich opulent gekocht, was mich wunderte. »Setz dich, Grim«, sagte sie heiser.

Als ich sie näher betrachtete, erkannte ich ihre geröteten Augen. Ihr ging es nicht besser als mir.

Ich nickte ihr zu, dann nahm ich gegenüber meines jüngeren Bruders Platz.

»Bedient euch«, verlangte Madison und sah uns erwartungsvoll an.

Ich wusste, dass ich essen muss, aber der Hunger wollte sich nicht einstellen.

Ich fühlte einfach nichts mehr, außer Leere.

Als wäre ein klaffendes schwarzes Loch in mir, das augenblicklich jedes Gefühl in mir auslöschte.

RAVEN

SEATTLE / WASHINGTON

Sie hatten mich nicht verkauft, stattdessen war ich ihr persönlicher Todesbote geworden. Aus dem Grund hatten sie mir sogar zwei Rabenflügel tätowieren lassen, ich trug sie auf dem Rücken, doch war ich froh, sie nicht sehen zu können, außer ich warf einen Blick in den Spiegel, den ich wiederum vermied.

Mein Körper war voller Narben, die eine groteske und verdammt blutrünstige Geschichte erzählten. Vor einem Jahr war ich abgehauen, hatte mir den Sender aus dem Hals geschnitten, womit ich mich beinahe umgebracht hätte, aber ein befreundeter Arzt hatte mich gerade noch retten können. Ich wollte aus dem ewigen Kreislauf aus Gewalt, Blut und Verstümmelungen ausbrechen – und das war mir nach jahrelanger Vorbereitung gelungen. Meinen Opfern hatte ich ihr Geld geklaut, nachdem ich sie an einen Geldautomaten gezwungen hatte. Im Milieu kannte man mich als Raven, auch wenn das nicht mein Name war, und in eben jenem hatte ich zahlreiche Morde begangen, bis ich zur Abtrünnigen geworden war. Meine eigenen Eltern hatten mich meines Lebens beraubt, das meines Vaters hatte ich ihm bereits entrissen, nun wollte ich Mom ihres Lebens berauben. Mom würde vielleicht Weihnachten und Silvester noch erleben, Ostern definitiv nicht mehr. Ich wusste, dass sie nach mir suchen ließ, allerdings hatte ich mein Aussehen verändert, ebenso meinen Style. Ich trug nicht mehr die unschuldige Kleidung, die sie damals von mir erwartete, damit ich einen harmlosen Eindruck machte, sondern bewegte mich nur noch in einer schwarzen Lederkluft.

Lederhose, Shirt und Lederjacke sowie eine Sonnenbrille, auch wenn es tiefster Winter war. Meine Haare waren nicht länger dunkelbraun, sondern knallrot, auch wenn es eine sehr auffällige Farbe war, wurde ich nicht mehr als die erkannt, die ich wirklich war.

Für mich war es ein Vorteil, dass niemand wusste, dass ich eigentlich die berüchtigte Raven war. Ich war der Schatten jener, die mich dazu zwangen zu morden, nahm nun Rache an ihnen, doch griff ich sie nicht direkt an, sondern packte sie dort, wo es ihnen am meisten wehtat.

Ich rächte mich an den Familien ihrer Verbündeten oder dezimierte die Zahl ihrer Lakaien.

Marcos Rossis Linien hatte ich schon ausgedünnt, tat es sogar immer wieder, weil der Kerl seinen Wohnsitz in der Nähe hatte. Immer wieder hatte ich seine Männer überfallen und mich einmal den Grave Angels in Electric City angeschlossen, als sie einen Zirkus hochnahmen. Jedoch wussten sie nichts von meiner Hilfe, denn ich hatte mich so weit im Hintergrund gehalten, dass ich zwar die Italiener umgebracht, die Biker aber nicht auf mich aufmerksam gemacht hatte.

Ich fuhr meine Harley, die ich allerdings neu lackiert hatte, nachdem ich vor meinen eigenen Eltern geflohen war. Sie war nicht mehr in Silber und Schwarz gehalten, sondern erstrahlte schon seit einer Weile in Metallictürkis.

Ich saß auf meiner Fat Bob, trug den Helm, unter dem ich meine Haare verborgen hielt, und ließ meinen Blick schweifen. Da Rossi und der MC inzwischen miteinander arbeiteten, hatte ich herausgefunden, wann die Grave Angels die Schutzgelder eintrieben, um ebenfalls sie anzugreifen. Ich wollte das ganze verdammte Chapter auslöschen, angefangen mit dem Präs, um es in seinen Grundfesten zu erschüttern. Nur der Penner kam selten raus, also musste ich mit seinen Lemmingen anfangen.

Heute war offener Abend im Club und ich wollte dorthin, weshalb ich meine Maschine startete und mich schließlich auf den Weg nach Tacoma machte. Meine Eltern versteckten sich bei Reardan und an anderen Orten, wo niemand Fragen stellte, während ich mich in den Großstädten herumtrieb.

Ich hatte das Clubgelände eine Stunde später erreicht, da es sich etwas außerhalb von Tacoma befand. Die Tore waren offen, zwei halbe Portionen standen dort und richteten ihre Aufmerksamkeit auf mich.

Ich nahm meinen Helm ab, wusste um die Wirkung meiner langen Haare, meines Körpers und meiner Körpersprache. Die Kerle standen einfach auf mich, aber ich war auch darauf konditioniert worden, Männer anzumachen. »Hey, Jungs«, grüßte ich sie lächelnd. »Darf ich rein?«

»Ist offener Abend, also ja«, antwortete der Schmalste der beiden.

»Danke, Süßer.« Ich zwinkerte ihm zu, setzte den Helm wieder auf und fuhr das kurze Stück bis zum Haus. Ich parkte meine Fat Bob neben anderen Harleys, nahm den Helm ab und stieg von meinem Motorrad.

Ich hängte den Helm an den Lenker, danach machte ich mich auf den Weg ins Haus, die Sonnenbrille steckte ich in den tiefen Ausschnitt meines Shirts. Ich betrat das Clubhaus, das voller Menschen war. Hier waren einige Leute, aber ich ließ meinen Blick schweifen.

»Heißes Teil«, raunte jemand, weshalb ich über meine Schulter schaute. Ein Kerl mit modischer Frisur und hellbraunem Haar stand hinter mir. Seine lockigen Haare hielt er mit einem schwarzen Tuch mit weißem Paisleymuster in Schach, das er zum Bandana gefaltet hatte. Seine Augen waren von einem Blau, das ich noch nie zuvor bei einem Menschen gesehen hatte. »Hangaround?«, fragte er.

Ich nickte ihm zu, dann fiel mein Blick auf seine Brust.

Der Vizepräsident stand vor mir. Er war nicht der Jackpot, aber zumindest ein dicker Fisch in diesem Laden. »Bier?«

»Klar«, erwiderte ich und verzog meine Lippen zu einem Lächeln.

»Dann komm.« Er trat an meine Seite und legte seine Hand etwas zu tief auf meinen Rücken, aber ich beschwerte mich nicht. Sollte er doch denken, dass ich leicht zu haben war, das würde mir die Sache nicht nur ein wenig erleichtern. Und wenn er auf Tuchfühlung gehen wollte, würde ich ihn einfach in die Schranken weisen, denn ich wollte an den Präs, nicht an seinen Stiefellecker, aber über den würde ich leichter an Grim herankommen.

»Wie ist dein Name?«

»Ripper und deiner?«

»Witch«, log ich und rang mir mein verführerischstes Lächeln ab.

»Sexy.« Er zwinkerte mir zu.

Ich schnaubte amüsiert.

Ripper brachte mich zu einer Gruppe Männern, ich erkannte sie als die Offiziere, denn natürlich hatte ich mich über das Chapter informiert – über jedes Chapter und ich wusste genau, wer die Offiziere waren.

»O wow«, stieß einer aus, dabei fiel mein Blick auf das Patch auf seiner Brust. Er war der Road Captain – Grims jüngerer Bruder.

»Sie sieht aus wie Ruby«, sagte ein anderer – er war der Sergeant at Arms, also Bronx.

Ich hob eine Augenbraue. »Wer soll das sein?«

»Eine alte Bekannte«, mischte sich ein weiterer Kerl ein – der Sergeant, Axe.

Zugegeben ich kannte nur die Ränge sowie Namen, die Gesichter nicht, weshalb ich auf ihre Patches schauen musste.

»Das dachte ich auch gerade.« Der Secretary – Tiger.

Dann konnte der letzte Kerl nur noch Brooklyn sein, er war der Treasurer des Chapters.

»Wen muss ich eigentlich ficken, um ein Bier zu bekommen?«, wandte ich mich an Ripper.

Er grinste. »Niemanden, aber vielleicht sollten wir das einführen, wenn so heiße Bräute wie du hier auftauchen.«

Ich legte den Kopf ein bisschen schief, mit der Zungenspitze befeuchtete ich meine Unterlippe. »Bier?«

Ripper zeigte mir ein leichtes Kopfschütteln, dann drehte er sich zur Theke. »Yo, Scrum! Bring mir zwei Bier!«

Wenig später stellte der Kerl hinter der Bar zwei Flaschen vor den VP, der sich danach mit ihnen in den Händen zu mir umdrehte. »Hier.«

»Danke.« Ich nahm ihm eine Bierflasche ab und stieß mit ihm an, dann trank ich einen großen Schluck. Scheiße, ich war echt durstig, aber riss mich zusammen, damit ich das Bier nicht sofort austrank. Ich war zwar trinkfest, dennoch wollte ich mich hier nicht besaufen.

Die Männer sahen mich trotzdem überrascht an.

»Was?«, wollte ich wissen.

»Durstig?«, fragte Axe.

»Ein wenig.« Ich zwinkerte ihm zu und spürte Rippers Hand auf meinem Rücken, als wolle er seinen Brüdern klarmachen, dass er mich für sich beanspruchte, doch das würde ich ihm im Laufe des Abends noch austreiben.

»Woher kommst du?«, wollte Caen wissen.

»Aus Seattle, aber ich war in der Nähe, durstig und habe gehört, dass ihr einen offenen Abend veranstaltet, also dachte ich, dass ich mal vorbeischaue, da man viel von euch hört«, antwortete ich. »Ist doch nichts dabei, oder?«

»Caen ist immer misstrauisch, wenn heiße Bräute hier auftauchen«, mischte sich Brooklyn ein.

»Ist doch überhaupt nicht wahr«, verteidigte sich dieser.

»Leute«, schritt Ripper ein. »Es ist doch völlig egal, woher sie kommt. Hauptsache sie ist hier.« Er sah zu mir runter und zwinkerte mir zu. So langsam war ich kurz davor, ihn zu fragen, ob er etwas im Auge hat.

»Na sieh mal einer an, wer sich aus seinem Haus gewagt hat«, stieß Tiger überrascht aus.

Ripper drehte sich um. »Wow.«

»Leute«, sagte der neue Kerl, als er zu uns gestoßen war.

»Präs«, erwiderten die anderen.

Grim.

Neben mir stand also der Präs des Chapters.

Ich schaute ihn ziemlich offensichtlich an. Mein Gott, der Kerl war richtig gutaussehend, aber er war nicht von dieser geleckten Schönheit, sondern von einer gefährlichen.

Sein Blick fiel auf mich, statt etwas zu sagen, nickte er mir zu – ich erwiderte den stummen Gruß.

»Willst du ein Bier, Präs?«, fragte Caen.

Er atmete tief durch. »Bourbon.«

»Scrum!«, brüllte Caen daraufhin.

»Bin hier«, erwiderte der Hänfling hinter dem Tresen.

»Bring mir 'ne Flasche Bourbon und acht Gläser«, entgegnete Caen.

Ich konnte nicht aufhören, Grim anzusehen.

Verdammt, ich hatte noch nie so einen Mann gesehen!

»Ist was?«, fragte er mich mit einer gehobenen Augenbraue.

Daraufhin schüttelte ich den Kopf. »Nein, sorry. Ich war bloß in Gedanken, dann starre ich schon mal«, redete ich mich heraus, trank einen Schluck Bier und ließ meinen Blick durch den Raum schweifen. Hier war es echt voll und laut. Um sich zu unterhalten, musste man sich fast anschreien, aber damit hatte ich kein Problem. Die Musik war krass hoch aufgedreht, weshalb ich die Augen verengte. Ich selbst hörte keine, weshalb ich nicht damit zurechtkam, wenn jemand den Lautstärkeregler bis zum Anschlag drehte.

»Ah ja«, stieß er aus, dabei zog er seinen linken Mundwinkel ein wenig hoch.

Caen hielt mir ein Glas Bourbon vor die Nase.

»Nein danke, ich trinke keinen harten Alkohol«, lehnte ich ab, dennoch lächelte ich. Am liebsten hätte ich eine geraucht, allerdings hingen hier überall »Rauchen verboten« Schilder. »Ich gehe eine rauchen.« Danach wandte ich mich ab und ging nach draußen.

Gott, der Gestank im Haus war echt heftig.

Bourbon.

Bier.

Parfums.

Deo.

Schweiß.

Und der Gestank nach altem Schweiß übertünchte alles, was echt widerlich war.

Als ich vor der Tür stand, setzte ich mich auf eine der Stufen und lehnte meinen Rücken an das Geländer, dann holte ich die Zigaretten aus meiner Brusttasche. »Fuck«, fluchte ich, als ich feststellte, dass mein Feuerzeug weg war.

»Hier.« Jemand zündete eines an.

»Danke.« Ich steckte mir den Filter zwischen die Lippen, zog an der Zigarette und war froh, als sie brannte. Erleichtert stieß ich den Rauch in die Nacht. Es war echt scheißkalt geworden und ich musste mir dringend wieder ein Auto besorgen, denn wenn die Straßen noch glatter wurden, konnte ich nicht mehr gefahrlos mit meiner Harley fahren.

»Gern.«

Ich schaute hoch. Grim war mir gefolgt.

»Wer … bist du?«, wollte er wissen.

»Man nennt mich Witch«, erwiderte ich und betrachtete ihn näher. Er trug einen Hut, einen Bardolino, wenn mich nicht alles täuschte, der von vielen jungen Männern getragen wurde. »Und du?«

Er hob eine Augenbraue, als wäre er davon ausgegangen, dass man seinen Namen kennt, wenn man das Patch auf seiner Brust sah. »Grim.«

»Weil du so grimmig bist?«

Er schnaubte amüsiert. »Früher war's Grim Reaper.«

»Der Sensenmann also«, stellte ich unbeeindruckt fest und trank noch einen Schluck meines Biers. »Warum heute nicht mehr?«

Wieder holte er tief Luft. »Zu lang.«

»Okay«, stieß ich aus und konnte mir das Grinsen nicht verkneifen.

Er setzte sich auf die Stufe über mir, allerdings lehnte er sich nicht an das Geländer, sondern hatte die Tür im Rücken. »Woher kommst du?«

Warum atmete er vor jedem Satz tief durch?

»Aus Seattle, bin aber im Moment rastlos und fahre so durch die Städte«, erwiderte ich.

Sein Blick fiel auf meine Haare, dann auf meine Augen. In seinen Augen sammelten sich Tränen, doch er rieb sie weg und zog die Nase hoch, dann atmete er tief durch. »Was … treibt dich her?«

»Neugier«, antwortete ich, während ich ihn ebenfalls offen betrachtete. Ich machte keinen Hehl daraus, dass ich mich für ihn interessierte. Vielleicht würde ich ihn ficken, bevor ich ihn ins Jenseits beförderte, dann hatte ich wenigstens noch ein bisschen Spaß an der Sache.

Grim holte abermals tief Luft. »Du erinnerst mich an jemanden.«

Meine Augenbraue glitt in die Höhe. »An wen?«

»An jemanden, der mich verlassen hat«, antwortete er, doch diesmal hatte er vorher nicht tief durchgeatmet. Der Kerl verwirrte mich.

Hatte er vielleicht einen Sprachfehler, weshalb er immer wieder durchatmen musste?

Stotterte er womöglich?

»Tut mir leid«, entgegnete ich und schaute gen Himmel, dabei leerte ich meine Bierflasche, die ich dann neben mich stellte. »Macht ihr häufig offene Abende?«

»Alle paar Wochen.«

Ich sah ihn wieder an. Grim hatte kurze dunkelbraune Haare, an den Seiten waren sie kurzrasiert, das Deckhaar war etwas länger und schaute unter dem Hut hervor. Mehr konnte ich nicht erkennen. »Du bist ziemlich jung für den Präsidenten eines Motorradclubs.«

Nun war er derjenige, der die Augenbraue hob. »Denkst du?«

Ich nickte ihm zu, er schnaubte amüsiert.

»Wie alt bist du?«

»26«, ließ ich ihn wissen. »Und du?«

»33«, erwiderte Grim gelassen.

»Also wirklich jung für einen Präs.«

»Na ja«, stieß er aus – ein weiteres tiefes Durchatmen. »Gibt jüngere und ältere.«

»Na dann.« Ich zog an meiner Zigarette und inhalierte den blauen Dunst tief, bis ich ihn wieder in die Nacht entließ.

GRIM

Die Braut erinnerte mich an Ruby, sie klang sogar fast genauso wie sie, hatte den gleichen Singsang in ihrer Stimme und viele Bewegungen waren nahezu identisch. Bei näherer Betrachtung erinnerte sie mich sogar noch mehr an die verlorene Seele, die mein Herz erobert hatte – und das war schmerzhaft.

Verdammt schmerzhaft, auch wenn Ruby seit vier Wochen tot und längst beerdigt war.

Dennoch konnte ich nicht aufhören, sie anzusehen. Keine Ahnung, woher sie gekommen war, oder was Ripper vorschwebte mit ihr zu tun, denn er hatte sie kaum aus den Augen oder seine Finger von ihr gelassen, als wir noch in der Lounge waren. Er war angepisst, als sie nach draußen ging, um eine zu rauchen, und es wunderte mich, dass er ihr nicht gefolgt war, da er sein Interesse an ihr ziemlich offensichtlich gezeigt hatte.

Witch schnalzte mit der Zunge, als sie ihren Blick schweifen ließ.

»Was … ist?«, fragte ich interessiert. Fuck, ich hasste mich für meinen Sprachfehler, denn mit ihm wuchs auch ständig die Unsicherheit in mir. Ripper verstand mich auch ohne Worte, ebenso meine Offiziere, weshalb der VP oft das Sprechen für mich übernahm, wenn ich die Chapel einberief, obwohl ich dort für gewöhnlich weniger Probleme als im Alltag hatte.

Sie schaute zu mir. »Was soll sein?«

Ich holte tief Luft, außerdem konzentrierte ich mich auf meine Worte. »Du hast mit der Zunge geschnalzt.«

»Ab und zu tue ich das, wenn ich nachdenke.« Sie zog noch einmal an ihrer Zigarette, dann schnippte sie diese weg. »Ich habe mich gefragt, warum so viele herkommen, wenn offener Abend ist.«

Ich schnaubte amüsiert, atmete abermals durch. »Weil wir nicht täglich Hangarounds aufs Gelände lassen.«

Sie nickte mir zu, dabei erhob sie sich. Fuck, ihr Körper war verdammt kurvenreich – genauso wie Rubys, was mir abermals einen Stich versetzte. »Bleibst du draußen?«

»Denke schon.«

»Mhm.« Sie zuckte mit den Schultern. »Dann schaue ich drinnen mal nach etwas Fickbarem.«

Ich verschluckte mich beinahe an meinem Bourbon, den ich mit nach draußen genommen hatte. »*W-was?*«

Witch grinste. »Du hast mich sicher verstanden.« Sie schaute sich um, klopfte den Dreck von ihrem Hintern, der in einer engen Lederhose steckte, und zwinkerte mir zu. »Vielleicht bis nachher.«

»Mhm.«

Witch ging zurück ins Clubhaus und ich fragte mich, ob sie es wirklich ernst meinte, hier etwas Fickbares zu suchen. Ich hätte auch mal wieder Sex vertragen können. Seit einem halben Jahr hatte ich keine Braut gevögelt – ich stand verdammt noch mal unter Druck, denn Ruby und ich waren einander nie nähergekommen, aber keine andere hatte mich erregen können. Ihretwegen hatte ich mir ständig einen runtergeholt, als sei ich wieder ein gottverdammter Teenager, der kein Mädchen abbekam.

Kopfschüttelnd stand ich auf, leerte den Bourbon und ließ meinen Blick übers Gelände schweifen. Die Werkstatt war geschlossen, einige Autos standen hier herum, die nicht zu uns gehörten, auch Motorräder waren dazugekommen. Ich fragte mich, welche Karre Witch gehörte, andererseits wirkte ihr Aufzug nicht so, als würde sie Auto fahren. Mit einem Kopfschütteln vertrieb ich die Gedanken, wandte mich vom Gelände ab und ging ebenfalls zurück ins Clubhaus. Ripper stand mit Witch im Eingangsbereich, sie sah nicht unbedingt zufrieden aus, hatte die Arme vor der Brust verschränkt.

»Alles okay?«, erkundigte ich mich, als ich auf der Höhe der beiden war.

»Alles bestens«, erwiderte Ripper sofort, doch mein Blick fiel auf Witch.

»Und bei dir?«

Sie schnaubte. »Nicht unbedingt.«

»Warum?«, hakte ich nach.

»Weil er mich nicht in Ruhe und sich nicht klarmachen lässt, dass ich kein Flittchen bin, das liebend gern mit ihm in die Kiste springen würde«, antwortete sie und sah mich übellaunig an. »Werden die Hangarounds hier immer belästigt?«

Okay, das kam unerwartet, immerhin wollte sie sich nach etwas Fickbarem umsehen.

Ich schaue Ripper skeptisch an. »Lass sie.«

Abwehrend hob er die Hände, drehte sich weg und verschwand in die Lounge.

Witch atmete auf. »Danke, Grim.« Sie kam zu mir. »Ich denke, ich haue ab. Mir hat's den Abend versaut, mit dem Kerl zu diskutieren.«

Nein. Sie sollte noch nicht gehen. »Ein Bier noch.«

Überrascht schaute sie zu mir hoch. »Wie bitte?«

»Trink noch eins … mit mir.«

Sie sah sich um, danach mich wieder an, diesmal jedoch unzufrieden. »Hier?«

»Oder bei mir.«

Offensichtlich dachte sie nach.

Ich neigte den Kopf, sammelte all mein Selbstbewusstsein zusammen und grinste. »Oder bin ich nichts Fickbares?«

Ihre Gesichtszüge entgleisten, doch fing sie sich schneller als erwartet. Dann schürzte sie die Lippen, als sie mich von oben bis unten betrachtete. »Doch.«

»Dann komm.« Ich wandte mich ab und verließ das Clubhaus wieder.

Witch kam an meine Seite. »Ich sollte mein Bike mitnehmen.«

Diesmal war ich derjenige, der überrascht dreinschaute, auch wenn ich schon damit gerechnet hatte, dass sie eher Motorrad als Auto fuhr. »Welche Lady ist deine?«

»Die metallictürkise Fat Bob 114 dort vorne.« Sie zeigte dorthin und steuerte schon die Maschine an.

»Wir können … zu mir laufen«, bot ich an.

»Ich nehme sie trotzdem mit.« Sie schwang sich auf die Harley und sah mich erwartungsvoll an. »Komm schon.«

»Ich setze mich nicht hinten drauf.«

Witch legte den Kopf in den Nacken. »Okay, dann fährst du.«

»Na schön«, gab ich mich geschlagen, ging zu ihr und sie rückte auf dem Bock nach hinten. Ich stieg auf, ließ mir ihre Schlüssel geben und startete die Harley. Da ich den Weg kannte, stellte ich die Spiegel nicht neu ein, sondern brachte uns direkt zu meinem Haus, auf der Strecke schlang Witch ihre Arme um meinen Körper, ich spürte ihre Wärme im Rücken – Fuck, es fühlte sich unwahrscheinlich gut an.

Vor meinem Blockhaus parkte ich und klappte mit dem Fuß den Ständer runter. Witch stieg ab, außerdem zog sie den Helm von ihrem Kopf, von dem ich gar nicht mitbekommen hatte, dass sie ihn aufgesetzt hatte.

Nachdem ich abgestiegen war, deutete ich zur Veranda. »Rein oder … raus?«

»Rein«, entgegnete sie lächelnd.

Nickend reichte ich ihr die Schlüssel ihrer Harley, dann führte ich sie zur Haustür. Ich schloss auf und war froh, dass ich heute Nachmittag aufgeräumt hatte. Ich ließ Witch den Vortritt ins Haus, in dem noch Licht brannte, allerdings hatte ich die Fensterläden geschlossen.

Sie ging hinein und steuerte die Couch an, den Motorradhelm legte sie auf den Tisch davor. Danach drehte sie sich zu mir um, sie befreite sich von ihrer Lederjacke und was sie entblößte, war der absolute Hammer. Sie hatte Kurven und üppige Brüste, die ich unter ihrer Jacke gar nicht so recht ausgemacht hatte.

Ich holte tief Luft. »Bier?«

»Klar.«

Abermals nickte ich und ging an den Kühlschrank. Fuck, ich hatte echt lange nicht mehr geflirtet und das brach mir heute wahrscheinlich das Genick.

Ich war nicht sicher, ob sie darauf stand, wenn man aufs Ganze ging oder zurückhaltend war, aber Rubys Tod hatte einen anderen Kerl aus mir gemacht.

Ich war unsicher, was ich sonst nie gewesen war, wenn ich auf eine Braut stand.

Witch kam zu mir, stellte sich dicht neben mich und griff an mir vorbei in den Kühlschrank. »Ich sollte mein Bike später schieben.«

Irritiert sah ich sie an. »Warum?«

Sie schaute zu mir hoch, für einen kurzen Augenblick schürzte sie die Lippen. »Wenn ich angetrunken bin, sollte ich nicht fahren, immerhin sind die Straßen glatt.«

»Bleib hier.«

Ihre Augenbraue glitt in die Höhe. »Sicher?« Wow, das klang skeptisch.

Ich nickte.

»Alles klar.« Sie stellte die Bierflasche auf die Anrichte, ich wandte mich ihr zu. Witch schob ihre Hände an meinem Körper hoch, schließlich legte sie ihre Finger an meine Kutte und zerrte diese über meine Schultern.

Ich zog meine Arme heraus, das Leder fiel zu Boden. »Was … wird das?«

»Spaß«, erwiderte sie mit rauchiger Stimme, schob ihre Hände in meinen Nacken und zog mich zu sich herunter. Witch drängte ihre Lippen auf meine, küsste mich stürmisch und endlich kam Leben in meinen Körper. Meine Finger schwebten auf ihren Hintern, packten zu und ich hob sie auf meine Arme. Ich trug sie den Meter zum Esstisch, setzte sie auf die Tischplatte und griff an den Saum ihres Shirts.

Witch zog ihre Arme zurück, ich befreite sie von dem engen Teil und leckte mir über die Unterlippe, als ich ihre vollen Brüste sah, die in einem viel zu kleinen BH steckten. Sie legte ihre Finger an den Reißverschluss meiner Sweatjacke, riss ihn regelrecht herunter und schob den Stoff schließlich von meinen Schultern.

Von meinem Longsleeve befreite ich mich selbst, als ich plötzlich ihre Hand an meinem Hals spürte. Sie übte Druck aus und es dauerte nur wenige Sekunden, bis ich in mich zusammensackte.

Den Aufschlag auf den Boden bekam ich gar nicht mehr mit.

Ich wachte mit höllischen Kopfschmerzen auf. Meine Sicht war verschwommen, weshalb ich die Augen zusammenkniff, schließlich wieder öffnete. Irritiert schaute ich mich um und musste feststellen, dass ich mich in Rubys Zimmer befand.

Ich war gefesselt.

Mit allen vieren an die Bettpfosten.

Und ich hatte einen verfickten Knebel im Mund.

»Dornröschen ist aufgewacht.«

Ich hob schwerfällig den Kopf und erkannte Witch, die auf der Bettkante saß. Als ich sie sah, verengte ich die Augen und schnaubte.

»Es interessiert dich sicher, warum ich hier bin, hm?« Sie fuhr mit der breiten Seite eines Messers über meinen Oberkörper.

Ich nickte, als sie mich aufmerksam betrachtete.

»Euer Drecksclub macht gemeinsame Sache mit Rossi.«

Ich schnaubte. »Waffenstillstand«, wollte ich sagen, jedoch schluckte der Knebel es und ich nuschelte bloß.

»Wirst du schreien, wenn ich den Knebel löse?«

Ich schüttelte den Kopf.

»Gut, wenn du schreist, ramme ich dir dieses Messer direkt ins Herz, das kann nicht mal euer versoffener Arzt richten.« Sie legte das Messer auf meinen Bauch, setzte sich rittlings auf mich und beugte sich vor.

Ihre Brüste waren genau vor meiner Nase, als sie den Knebel löste, danach richtete sie sich wieder auf und griff nach dem Bowiemesser. »Also?«

»Es … he-he-herrscht … Wa-Wa-Waffen-sti-sti-still-stand«, stotterte ich.

Sie grinste. »Angst?«

Ein weiteres Kopfschütteln meinerseits.

»Was dann? Du stotterst doch nicht, weil du ein Idiot bist, oder?«, hakte Witch amüsiert nach.

»Mu-mu-mu…«

Sie verdrehte die Augen. »Was?«

»Mu-tis-mu-mus.«

»Mutismus?«

Ich nickte.

»Also bist du ein Idiot«, stellte sie fest.

Ich knurrte wütend, aber ich wusste genau, dass sie mich umbringen würde, würde ich nach meinen Brüdern schreien. Abgesehen davon würden sie sicher denken, dass ich die Kleine um Sinn und Verstand fickte, wenn ich schrie.

Witch schnalzte mit der Zunge. »Ein Waffenstillstand mit Rossi ist genauso schlimm, außerdem habe ich gesehen, dass ihr gemeinsame Sache macht.«

Ich kniff die Augenbrauen zusammen und holte tief Luft, denn ich wollte nicht schon wieder stottern, auch wenn sie schon einen Idioten in mir sah. »Tun wir … nicht.«

»Nein? Ihr unterstützt also keinen Mann, der Kindersoldaten für sich arbeiten lässt, um seine Männer zu schützen oder die absolute Drecksarbeit für ihn zu erledigen?«, hakte sie nach.

»Nein … Wir … ha-haben nichts, mi-mit ihm zu schaffen … Der Wa-Wa-Waffenstillstand ging vom Grü-Grü-Gründungschapter aus«, erwiderte ich unruhig, denn sie fuhr mit der Schneide über meine Brust.

Witch hob eine Augenbraue, dann schnalzte sie mit der Zunge. »Du willst nur deinen Hals retten.«

»Nein, mir … ist egal, ob … ich lebe … oder sterbe.« Und so war es wirklich, mit Rubys Tod hatte ich meinen Lebenswillen verloren und Witchs Anwesenheit machte es nicht besser, weil sie genauso wie Ruby aussah. Außerdem war sie im Begriff, mich abzustechen.

Sie schnitt mir in die Brust, was mich knurren ließ. »Warum?«

»Verlust.«

»Du hast jemanden verloren?«

Daraufhin nickte ich.

»Deine Frau?«

»Nein … Die war sie nicht.«

Ihre Augenbraue glitt in die Höhe. »Du trauerst doch nicht um eine eurer Schlampen.«

Ich schnaubte. »Sie war keine Schlampe.« Es erstaunte mich, dass ich diesen Satz so klar hervorgebracht hatte, aber ich zeigte Witch keine Regung.

Sie rückte mit ihrem Hintern auf mir herum, weshalb sich mein Schwanz regte. »Was war sie dann?«

»Ich … habe sie geliebt.«

»Also eine Schlampe, wenn sie sich auf einen Drecksbiker wie dich einlässt«, sagte sie kalt, dabei schnitt sie tiefer in meine Haut und ich holte tief Luft. »Also, du hast eine Minute Zeit, mir einen Grund zu nennen, dich nicht abzuschlachten.«

Witch zog das Messer über meine Brust, was mich knurren ließ, wenig später setzte sie es an meiner Schläfe an, genau dort, wo meine Augenbraue auslief. »Ich zähle bis drei.«

Ich gab ihr keine Antwort.

»Grim?«, rief Caen.

»Fuck!«, stieß sie aus und sprang von meinem Schoß – und ich Idiot hatte einen Ständer.

Als Witch sich umdrehte, fielen mir die tätowierten Rabenflügel auf.

»Raven«, stieß ich erschrocken aus. Ich hatte diese Frau immer für eine urbane Legende gehalten.

Sie drehte sich zu mir um, zog ihre Lederjacke über und steckte das Messer in ihren Hosenbund. »Ein Wort und dein Bruder ist tot.«

»Alter, wo steckst du?«, rief Caen und ich hörte seine Schritte. Er näherte sich meinem Schlafzimmer.

Raven ging an die Tür.

»Grim?« Caen wurde ungeduldig. »Alter, liegst du wieder in ihrem Bett?«

Raven schnaubte amüsiert – nun wusste ich ja, dass sie mich belogen hatte.

»Caen!«, rief ich, da riss sie die Tür auf und ging auf meinen Bruder los.

»Wow, was …« Die dumpfen Geräusche von Schlägen bremsten ihn, dann krachte es.

»Hey!«, rief ich. »Caen?«

»Bronx!«, brüllte mein Bruder hingegen.

»Was ist denn hier los?«, wollte mein Sergeant at Arms wissen, doch dem folgten wieder dumpfe Laute, es krachte wieder und die beiden keuchten, sie hörte ich hingegen gar nicht.

Plötzlich folgten schnelle Schritte, ich hörte, dass ein Motorrad gestartet wurde, das Geräusch entfernte sich.

»Leute?«, rief ich.

»Fuck, wieso liegt ihr hier beide mit Platzwunden?«, vernahm ich Rippers überraschte Stimme. Wenig später stand mein VP im Gästezimmer und sah mich mit gehobenen Augenbrauen an. »Was ist passiert?«

»Binde mich los«, verlangte ich nach einem tiefen Durchatmen.

Er kam näher, schließlich zog er sein Springmesser und durchtrennte die Fesseln. »War das die Kleine?«

»Ja«, knurrte ich, nachdem ich mich aufgerichtet hatte.

»Booze sollte sich deine Brust und dein Gesicht ansehen.«

»Mhm.« Ich sah an mir hinab, sie hatte mir einen langen Schnitt von der Brust bis zum Bauchnabel verpasst, der wie Sau blutete.

Wenn ich die Kleine in die Finger bekam, würde ich das erste Mal gegen meine Prinzipien verstoßen und eine Frau erschießen!

RAVEN

Fuck!

Fuck, Fuck, Fuck!

Wäre dieser Penner nicht ins Haus gekommen, hätte ich Grim umbringen können, aber ich blöde Kuh musste mir ja so viel Zeit lassen!

Ich hätte mich treten können.

Kaum hatte ich Caen außer Gefecht gesetzt und wollte ihn abstechen, kam Bronx dazu und fing an, sich mit mir zu prügeln. Der Kerl hatte echt einiges eingesteckt, bevor ich den finalen Treffer versenkt hatte. Vor den Häusern hatten weitere Männer gestanden, aber ich hatte ihnen entwischen können. Nun saß ich auf meiner Harley, mein Helm war noch bei Grim und mein Haar flog mir ins Gesicht, weshalb ich rechts ran fuhr. Ich nahm die langen Strähnen zusammen, drehte sie ein und band meine Haare zu einem Dutt zusammen, danach schaute ich hinter mich.

»O Fuck!«, fluchte ich, als ich die Biker sah.

Ich zog mein Halstuch vor Mund und Nase, dann gab ich wieder Gas und schoss über die Straße. Ich wich einigen Autos aus, überholte andere oder fuhr zwischen zweien von ihnen hindurch, doch die Biker holten auf. Scheiße, wenn die Kerle mich in die Finger bekamen, war ich gefickt – aber ich wusste schon, wo ich entwischen konnte.

So schlau, dass sie sich aufteilen würden, waren sie bestimmt nicht.

Ich war bis nach Seattle gefahren und hatte dann eine meiner Abkürzungen genutzt, um zu meinem Unterschlupf zu gelangen – eine alte Werkstatt, in der ich auch meine Harley abstellte, aber heute hatte ich sie hinter der ehemaligen Autowerkstatt abgestellt, falls ich schnell wegmusste.

Das Tor hatte ich abgeschlossen, die Alarmanlage war eingeschaltet und ich lag auf der Couch, die mitten im Raum stand. Ich hatte es mir hier wohnlich gemacht, sogar ein Bett stand weiter hinten. Es war quasi mein Loft – hier fühlte ich mich wohl, auch wenn es noch nach altem Motorenöl stank. Aber der Geruch beruhigte mich gewissermaßen. Grim hatte auch eine Note davon an sich und er war wirklich heiß, aber sein gutes Aussehen durfte meine Mission nicht in Gefahr bringen. Ich richtete mich auf, schaute mich um, dann ging ich an die Werkbank. Ich schaltete die Lampe ein, sah mir an, was ich so herumliegen hatte, und verzog meine Lippen zu einem wissenden Lächeln. »Dann wird's eben eine Bombe.«

Ich griff nach dem Plastiksprengstoff, dann überlegte ich, wie heftig die Explosion werden sollte.

Ich hatte einen kleinen Sprengsatz gebaut, mit dem ich den Grave Angels ein bisschen Feuer unterm Arsch machen würde. Sie hatten es nicht besser verdient, immerhin machten sie gemeinsame Sache mit Rossi, auch wenn Grim es abgestritten hatte. Der Kerl hatte vor Kurzem eine seiner Schlampen verloren, was mich nicht kümmerte, aber damit war er ein leichtes Ziel. Trauer und andere Gefühlte machten Menschen unvorsichtig, da sie zu sehr mit sich selbst beschäftigt waren. Aus dem Grund ließ ich nichts dergleichen zu und genau deshalb hatte ich auch Grims Nervendruckpunkt am Hals tangiert, damit es nicht zum Sex zwischen uns kam. Danach hatte ich ihn in dieses Schlafzimmer geschleppt und an die Bettpfosten gefesselt.

Kopfschüttelnd vertrieb ich die Gedanken an Grim. Ich sollte sie nicht zulassen, sonst würde ich Skrupel bekommen, die ich mir keinesfalls erlauben durfte. Ich wollte diesen Drecks-MC auslöschen, weil sie mit dem Mann gemeinsame

Sache machten, in dessen Auftrag ich so viele Menschen ermorden musste. Ein Mann, der mich gefoltert und vergewaltigt hatte, bis er mich retourniert hatte. Dann wurde ich von meiner Mutter auf Missionen geschickt, bis ich mich letztes Jahr abgesetzt hatte.

Als ich ein Geräusch hörte, wurde ich aufmerksam. Ich lauschte angestrengt, dann rumpelte es wieder.

Ich drehte mich zum Rolltor, doch war dort nichts, dennoch ging der stille Alarm meiner Anlage los. Ich griff an meinen hinteren Hosenbund, zog meine Smith and Wesson und suchte Deckung. Ich versteckte mich hinter einem Pfeiler und wartete ab, denn ich war mir sicher, dass jemand versuchte, in mein Heim einzubrechen.

Wenn man mich fragte, war es ein dummer Fehler, denn man musste immer damit rechnen, dass der Eigentümer anwesend und bewaffnet war.

Die Geräusche verstummten wenig später, weshalb ich mich beruhigte. Mithilfe der Handy-App schaltete ich den Alarm aus. Vielleicht war es ein Waschbär oder ein Streuner, der an den Mülltonnen zugange war, und ich hatte mir umsonst den Kopf zerbrochen.

Ich ließ meine Bombe auf der Werkbank liegen, steckte die Pistole weg und ging in das kleine Bad. Die Werkstatt stand damals zum Verkauf, der Besitzer wollte kaum Geld dafür, weil sie außerhalb der Stadt lag und er entsprechend wenig Kundschaft hatte, also hatte ich sie ihm in Raten abgestottert. Nun gehörte sie mir, lief aber auf ein Alias, damit mich niemand damit in Verbindung bringen konnte. Ich durfte kein Risiko eingehen, denn ich war mir sicher, dass sowohl meine Eltern als auch die Grave Angels auf der Suche nach mir waren. Zwar hatte ich vor niemandem Angst, aber ich wusste, dass mich beide Parteien foltern und schließlich entsorgen würden, sollten sie mich in die Finger kriegen. Mit einem Kopfschütteln vertrieb ich das Szenario, das meine Fantasie mir ausmalte.

Ich wollte nicht daran denken, wie ich enden würde, sondern lieber darüber nachdenken, wie ich Grim letztlich in die Hölle befördern würde. Im Moment waren die Biker auf der Hut, denn ich hatte ihren Präs verletzt – natürlich nicht schwer, ich hatte darauf geachtet, dass die Schnitte nicht zu tief waren. Ich wollte den Kerl ja nicht schnell umbringen, sondern ihm vorher noch ein paar Antworten entlocken, damit ich erfuhr, warum sie gemeinsame Sache mit Rossi machten. Der Kerl hatte mich als Kind gekauft, ich hatte seine Kontrahenten auslöschen sollen, bis ich mich eines Tages weigerte und er mich zurückgab. Die darauffolgende Folter der Handlanger meiner Mutter war schrecklich. Noch heute zeichneten all die Narben meinen Körper, selbst die Tattoos hatten sie mir danach verpasst – ich war gerade einmal 16 Jahre alt, als es passierte.

Ich wusste, dass meine Mom nicht die Einzige war, die so ein Bootcamp betrieb. Es gab noch Goldenblatt in Arizona, Prescott in Kalifornien, Froon in Massachusetts und Doyle in New Mexico. Es war wie eine Sekte, aus der es kein Entkommen gab. Zwar rankten sich Gerüchte um Goldenblatts Tod, aber dann hätte Rizzo die Geschäfte übernommen. Wenn man einer Hydra den Kopf abschlug, wuchsen mindestens zwei neue nach. Man konnte diese Leute nicht an ihren Geschäften hindern, aber man konnte blutige Rache nehmen.

Und genau das hatte ich vor.

Genau das würde ich.

Ich hatte eine recht schlafreiche Nacht hinter mir, denn in jener davor hatte ich kein Auge zugemacht, immerhin hatte ich Grim in dieses Schlafzimmer schleppen, aufs Bett wuchten und ihn fesseln müssen, womit ich zwei Stunden verbracht hatte.

Dann hatte ich gewartet, bis er aufwachte, was erst geschah, als der Morgen graute. Also hatte ich die letzte Nacht damit verbracht, mich auszuschlafen. Ich fühlte mich großartig, war nicht verspannt und hatte mir gerade einen Kaffee gemacht, als jemand gegen das Rolltor hämmerte. Irritiert sah ich dorthin, rief mein Handy auf und checkte die Sicherheitskamera. »Fuck«, stieß ich leise aus und war froh, dass nur der Wasserkocher lief, da ich immer Instantkaffee trank. Er war nicht gut, erfüllte aber seinen Zweck.

»Jemand zu Hause?«, rief eine männliche Stimme.

Ich schnaubte amüsiert, zog meine Lederhose an und stieg in meine Boots, danach nahm ich meine Waffen sowie mein Geld an mich. Als ich auch meine Lederjacke trug, lief ich zum Regal und stieg es hoch, dann öffnete ich eine der Dachluken und hangelte mich nach oben. Ich schloss diese geräuschlos, schließlich kroch ich über das Dach bis nach vorn, um nachzusehen, wer mich störte.

Ich zückte mein Handy, öffnete die Kamera-App und schob es ein wenig über die Kante. Mein Blick fiel auf das Display – die Grave Angels standen vor meiner Tür. Ich schnaubte amüsiert, kroch zurück und kletterte über die Leiter vom Dach, dann eilte ich zu meiner Fat Bob, stieg darauf und startete den Motor. Ich schoss mit hohem Tempo auf die Straße, warf einen Blick in den Rückspiegel und sah, dass die Männer auf ihre Bikes stiegen.

Fuck, wenn sie mich in die Finger bekamen, wäre das mein Ende!

Ich gab Gas und hätte mich treten können, weil ich den kleinen Sprengsatz zurückgelassen hatte, aber zum Glück hatte ich einen weiteren Unterschlupf, der gar nicht so weit vom Clubgelände der Grave Angels entfernt war. Ich würde mich einfach dort aufhalten, denn je offensichtlicher ich mich verhielt, desto weniger fiel ich auf.

Hinter mir heulten Motoren auf, weshalb ich noch einen Blick in den Rückspiegel warf.

Sie waren mir auf den Fersen, aber ich würde nicht kampflos aufgeben. Schlimmstenfalls würde ich auf sie schießen, auch wenn ich dafür Kollateralschäden in Kauf nehmen musste.

Ich griff nach meiner Smith and Wesson, die ich im Hosenbund hatte. Fuck, ich konnte zwar Motorrad fahren, aber es war schwer, es bei spiegelglatter Fahrbahn einhändig zu lenken. Ich bekam es hin, allerdings verriet mir der Rückspiegel, dass die Kerle noch relativ weit von mir entfernt waren. Ich fragte mich, wie sie mich gefunden hatten, denn ich war über meine Schleichwege und Abkürzungen gefahren, um die Penner abzuhängen. Dummerweise hatte ich eine verdammt auffällige Haarfarbe und womöglich hatten sie andere Leute nach mir gefragt.

Etwas flog an meinem Ohr vorbei, als ich abermals in den Rückspiegel sah, stellte ich fest, dass die Wichser ihre Knarren auf mich richteten.

Ich umfasste den Lenker fester, rauschte über eine rote Ampel und bog nach rechts ab, bei nächster Gelegenheit nach links und gab Gas.

RIPPER

Die Braut hatte den Präs verletzt und wir hatten seit gestern Seattle und Umgebung nach ihr abgesucht. Glücklicherweise hatte Axe ein Foto gemacht und in der Ecke war Witch zu sehen, die wohl die berüchtigte Raven war. In unserem Milieu kannte man ihren Namen, denn sie war der Todesengel von Washington. Die Braut war genauso heiß wie tödlich und hatte angeblich mehr Menschen auf dem Gewissen, als all unsere Chapter zusammen – und wir waren echt fleißig, wenn es darum ging, unsere Feinde aus dem Weg zu räumen. Ich hielt es für Gerüchte, damit sie gefährlicher wirkte, aber seit gestern Morgen wusste ich, dass sie definitiv tödlich war. Sie hatte den Präs überwältigt, es sogar geschafft, ihn in Rubys Schlafzimmer auf das Bett zu bugsieren und ihn dort zu fesseln, außerdem hatte sie ihm einen tiefen Schnitt von der Brust bis zum Nabel zugefügt, der von Booze genäht werden musste.

Grim tobte und wollte, dass wir die Braut ausfindig machten und bloß nicht ohne sie zurückkommen sollten.

Der Kerl war im Moment in der Stimmung, uns zu erschießen, deshalb hatten wir seit gestern mit zwölf Männern nach ihr gesucht.

Und dann hatten wir herausgefunden, wo sie ihren Unterschlupf hatte. Gemeinsam mit Caen, Bronx, Brooklyn, Axe und Tiger war ich nach Seattle gefahren, in einer Tankstelle hatte Axe den Verkäufer gefragt, ob er die Kleine kennen würde, der uns dann zu dieser alten Werkstatt geschickt hatte.

Das kleine Miststück hätte uns beinahe abgehängt, aber wir hatten uns aufgeteilt, sodass wir sie von zwei Seiten erwischen konnten. Caen, Axe und Tiger waren nach rechts abgebogen, so wie sie es kurz zuvor getan hatte, während Brooklyn und ich auf unseren Harleys weiter geradeaus fuhren. Scrum und Maze saßen im Van, der uns beiden folgte.

»Dort hinten ist sie wieder!«, rief Brooklyn mir zu, als die Kleine aus einer Seitenstraße schoss und sich beinahe mit ihrer Fat Bob auf die Fresse legte.

»Jetzt reicht's!«, brüllte ich, zog meine Beretta und zielte auf den Hinterreifen.

Es war mir scheißegal, dass die Kleine draufgehen konnte, immerhin hatte sie den Präs verletzt, dem unser aller Loyalität gehörte.

Ich wollte gerade schießen, als Brooklyn näher zu mir gefahren kam – er hielt mein Handgelenk fest. Wegen des Penners hätte ich beinahe die Kontrolle über mein Bike verloren, aber ich schaffte es, mich nicht langzumachen – was bei dem Tempo großes Glück war.

»Grim will sie lebend!«, rief Brooklyn mir zu.

Ich schnaubte, dann zielte ich höher, als ich sah, dass meine Brüder ihr den Weg abschnitten. Die Kleine bremste zwar ab, jedoch machte sie eine Kehre und kam auf uns zugefahren.

Glücklicherweise waren wir inzwischen so weit außerhalb, dass wir keine Passanten mehr bedrohten. Ich sah, dass Bronx seine Waffe gehoben hatte, er schoss und die Kleine verlor die Kontrolle über ihre Maschine. Sie bremste, doch schlingerte ihre Harley und schließlich rutschte sie damit weg.

Jeder normale Mensch wäre liegen geblieben, aber sie versuchte, sich auf die Beine zu kämpfen. Sie zog ihre Waffe, doch ich schoss darauf und sie flog aus ihrer Hand. Raven schaute sich um, mein Blick fiel auf ihre Schulter und ich sah das Loch, das das Projektil hinterlassen hatte. Es war wohl ein glatter Durchschuss.

»Nimm die Hände hoch!«, verlangte ich, ohne meine Beretta zu senken.

Sie neigte den Kopf, grinste sogar, doch dann drehte sie sich weg und wollte abhauen, aber ich schoss ihr ins Bein. »Fuck!«, brüllte sie, aber es hörte sich nicht so an, als würde sie Schmerzen verspüren.

Sie fiel auf den Bauch, ich ging zu ihr rüber, dabei hielt ich weiterhin meine Knarre auf sie gerichtet.

»Wenn du uns angreifst, erschießen wir dich«, warnte ich sie.

»Süß, wie ihr im Grüppchen kommt, statt euch mir allein zu stellen«, erwiderte sie und kämpfte sich abermals auf die Beine.

»Warum hast du unseren Präs angegriffen?«, wollte ich wissen, nachdem sie sich zu mir umgedreht hatte. Ich zielte auf ihre Stirn, als ich hörte, dass meine Brüder parkten.

»Knall sie nicht ab!«, sagte Caen entschieden. »Grim will sich noch für den Schnitt revanchieren.«

Die Kleine lachte. »Ka-ka-kann e-e-e-er d-d-d-d-das d-d-d-denn?« Dass sie ihn nachäffte, ließ meine Wut steigen, weshalb ich den Hahn an meiner Beretta spannte.

»Ripper!«, sagte Axe mit harter Stimme.

Ich schnaubte unzufrieden. »Tütet sie ein.«

»Ihr Bike auch?«, wollten Maze und Scrum wissen, die zwischenzeitlich ausgestiegen waren.

»Ja, ich denke, irgendein Bruder wird sich darüber freuen«, erwiderte ich wütend.

»Ich werde euch sicher nicht begleiten, du Wichser!«, schnappte die Kleine.

Ich hob eine Augenbraue, schaute kurz zu Bronx und sah, dass er eine Pistole mit einem Betäubungspfeil lud.

Er schaute mich an, ich nickte – er schoss ihr den Pfeil in den Hals.

Raven schnaubte. »Hurensöh…« Sie sackte in sich zusammen, bevor sie sich aussprechen konnte. Keiner meiner Brüder fing sie auf, sie knallte auf den Boden.

»Schafft die Kleine in den Van. Scrum, du fährst ihre Fat Bob nach Tacoma«, entschied ich und ging zurück zu meiner Harley.

»Die Kleine ist echt zäh«, stellte Brooklyn fest.

»Sieht so aus«, stimmte Axe ihm zu. »Hab noch keine erlebt, die mit zwei Schusswunden noch auf den Beinen war.«

»Kinky und Ghost«, sagte Bronx knapp.

»Du meinst die Old Ladys von Venom und Skull aus Tucson?«, hakte Tiger nach.

»Richtig. Die beiden sind aus so einem Kinderbootcamp, wurden zu Soldatinnen ausgebildet. Ich glaub, wenn das da Raven ist, ist sie auch so eine«, sagte der Sergeant at Arms.

»Ich hielt Raven immer für eine urbane Legende«, meinte Maze. »Von der Frau hört man auf der Straße verdammt viel, aber ich hab's nie geglaubt.«

»Warum nicht?«, wollte ich wissen.

»Weil Raven der Tod mit einem heißen Paar Möpsen sein soll. Die Braut macht sogar dem Teufel Angst«, antwortete der Prospect.

Ich verdrehte die Augen, während die Anwärter die kleine Killerin mit Handschellen fesselten und sie dann in den Van schafften.

»Steckt der Schlüssel?«, wollte Scrum wenig später wissen.

»Ich gehe davon aus«, erwiderte ich und stieg auf meine Harley.

Der Prospect stellte Ravens Maschine auf, stieg auf die Fat Bob und richtete die Spiegel neu aus. »Kann losgehen«, sagte er laut und band dann sein Halstuch vor Mund und Nase. Scrum startete die Harley, weshalb ich zu Maze schaute.

Der andere Anwärter zeigte mir einen gehobenen Daumen.

Ich nickte und warf den anderen einen Blick zu. »Es geht weiter!« Auch ich startete den Motor meines Bikes, wendete und fuhr voraus.

GRIM

Ich war fuchsteufelswild!
Booze wollte mich im Krankenzimmer festhalten, allerdings ließ ich ihn bloß den Schnitt nähen und hatte es danach verlassen, da ich mich um die Geschäfte kümmern musste. Trotz der Schmerzmittel saß ich mit einem Glas Bourbon im Büro, das mir auch als Chapel diente, und wartete auf meine Offiziere sowie meinen VP, die mit zwei Prospects unterwegs waren, um Raven einzufangen. Die Kleine würde mich ja so was von kennenlernen und das von der Seite, die sie definitiv nicht erleben wollte! Ich würde ihr kleines erbärmliches Leben beenden, denn sie hatte sich mit dem Falschen angelegt. Dass sie der Meinung war, wir würden Geschäfte mit Rossi machen, ging mir tierisch auf die Nüsse, denn das taten wir nicht. Broke und ich hatten lediglich einen Waffenstillstand mit ihm ausgehandelt.

Mein Handy klingelte, es tanzte vibrierend über den Schreibtisch. Ich beugte mich vor, warf einen Blick aufs Display und nahm es schließlich an mich. Ich holte tief Luft, machte meine Atemübung und ging ans Handy. »Habt ihr sie?«, fragte ich Maze, von dem der Anruf kam.

»Ja, sie liegt bewusstlos im Van. Bronx hat mit einem Betäubungspfeil auf sie geschossen und sie hat zwei Kugeln abbekommen«, antwortete der Anwärter.

»Dann wird sie damit leben müssen«, entgegnete ich knurrend. Zum Glück hatte ich nicht gestottert, aber es kotzte mich an, dass der Prospect anrief und nicht Ripper.

»Booze sollte …«

Mein Knurren wurde wütender.

»Okay, wir sind in anderthalb Stunden da, Präs.«

»Alles klar«, erwiderte ich und beendete das Telefonat. Ich legte das Smartphone zurück auf den Schreibtisch, dann lehnte ich mich mit dem Tumbler in der Hand zurück. Für einen Moment schloss ich die Augen, atmete tief durch und hoffte, meine kreisenden Gedanken unter Kontrolle zu kriegen.

Die Mischung aus Bourbon und Schmerzmitteln gehörte nicht zu meinen klügsten Entscheidungen, aber jetzt konnte ich sie ohnehin nicht mehr rückgängig machen.

Als sich mir schwere Schritte näherten, schlug ich die Augen auf. Ripper stand vor dem Schreibtisch. »Wir haben sie im Keller untergebracht.«

Ich nickte, leerte mein Glas und erhob mich. »Ist Booze…«

»Nein, ist deine Entscheidung, ob er sie verarztet oder nicht«, unterbrach mich mein VP.

»Gut.« Ich umrundete den Tisch, anschließend verließ ich das Büro und machte mich auf den Weg zum Keller. Während ich an meinen Offizieren vorbeiging, zog ich mein Klappmesser, denn ich hatte mich für zwei Schnitte zu bedanken – und Fuck, das würde ich!

Die Kleine konnte sich echt warm anziehen!

Als ich unten war, schaltete ich den Scheinwerfer ein, der sie anleuchtete. Sie war scheißblass, was aber auch daran liegen konnte, dass das knallige Rot ihrer Haare sie blass machte, andererseits sah ich das Blut aus der Schulterwunde sickern, ebenso jenes, das sich bereits unter ihrem linken Bein sammelte. Ich schnaubte unzufrieden, drehte mich um und sah Booze auf der Treppe.

»Soll ich die Wunden zumindest verbinden?«, fragte unser Clubarzt, na ja, er war Sanitäter bei der Army, bevor er zu uns kam, kein richtiger Arzt, aber der Kerl hatte hier schon so viele Operationen geleitet, dass man ihn inzwischen Arzt nennen konnte.

Er hatte uns bisher immer wieder zusammengeflickt und uns so davor bewahrt, an der Tafel des Teufels Platz zu nehmen.

»Adrenalin«, verlangte ich stattdessen.

Nickend reichte er mir eine Spritze, die Mullbinden hielt er fest. »Sicher, dass ich sie nicht zumindest notdürftig verarzten soll?«

»Ja«, erwiderte ich, näherte mich Raven und zog die Kappe von der Kanüle. Sie war mit Handschellen gefesselt, ihre Beine waren mit Ketten an die Stuhlbeine gebunden, die wiederum am Boden verschraubt waren. Normalerweise folterten wir unsere Feinde hinten im Wald, aber da Mads und Shafilea immer noch wegen Rubys Selbstmord traumatisiert waren, wollte ich kein Risiko eingehen, dass sie etwas von Ravens Tortur mitbekamen. Ich stieß die Kanüle geradewegs in ihr Herz und drückte das Adrenalin in ihren Kreislauf.

Laut keuchend kam sie zu sich, dabei riss sie den Kopf hoch und sah mich mit großen Augen an, danach schaute sie sich hektisch um. Sie atmete schwer und das Blut sickerte mit jedem rasanten Herzschlag aus der Schusswunde an ihrer Schulter.

»Ihre Wunde blutet ziemlich stark«, schaltete sich Booze ein, doch ich warf ihm bloß einen wütenden Blick zu. Abwehrend hob er die Hände. »Na gut, ich sag nichts mehr. Bring sie ruhig um.«

Ich nickte grimmig, danach konzentrierte ich mich auf die Kleine. Ich holte mir einen Stuhl, drehte die Rückenlehne zu ihr und nahm darauf Platz. Ich betrachtete sie.

»Was?«, fragte sie schnippisch.

Ich machte eine Atemübung. »So schnell sieht man sich wieder.« Ich spielte mit meinem Klappmesser, entfernte mit der Klingenspitze den Dreck unter meinem Daumennagel.

»Hättest mich einladen sollen, dann hätte ich den Sprengstoff mitgebracht, um dir deinen Arsch um die Ohren fliegen zu lassen«, erwiderte sie hasserfüllt, doch ihr Keuchen nahm ihr die Bedrohlichkeit.

Ich schnaubte abfällig. »Warum?«

»Warum ich dich umbringen will?«

Daraufhin nickte ich.

»Hab ich dir schon verraten.«

Ich hob eine Augenbraue, eine weitere Atemübung später, setzte ich zur Antwort an: »Wir machen keine Geschäfte mit Rossi, es herrscht Waffenstillstand.« Ich holte abermals tief Luft. »Was hast du mit ihm zu schaffen?«

Sie verengte die Augen.

»Yo, Präs«, sagte Bronx.

»Was?«, zischte ich.

»Als wir vor ein paar Monaten den Zirkus hochgenommen haben, habe ich eine Braut gesehen, die mit Wurfmessern auf Rossis Männer losging. Bin mir sicher, dass es die Kleine war.«

Fragend sah ich Raven an. »Stimmt das?«

Sie schürzte die Lippen. »Könnte sein.«

»Warum hast du uns geholfen?«, wollte Bronx wissen und ich war froh, dass ich gerade nicht sprechen musste.

»Weil ich eine Rechnung mit Rossi und einigen anderen offen habe«, erwiderte sie knurrend und versuchte, sich von ihren Fesseln zu befreien, doch das war aussichtslos.

Ich hob eine Augenbraue.

»Mit wem noch?«, war es nun an Ripper nachzuhaken, der mir offensichtlich nach hier unten gefolgt war.

Die Kleine schnaubte. »Ich verrecke lieber, bevor ich euch etwas sage.«

Fuck, die Kleine erinnerte mich an Ghost und Kinky, die Old Ladys des VPs und Road Captains des Gründungschapters.

Die beiden waren von Goldenblatt zu Soldatinnen ausgebildet worden, hatten sich jedoch auf blutige Weise an diesem und seinem Handlanger gerächt.

Die Frauen waren darauf konditioniert zu kämpfen, keine Gefühle oder gar Schmerzen zu zeigen.

Sie waren skrupellose Killermaschinen.

»Kannst du haben«, erwiderte ich und stand auf. Ich trat direkt vor sie, griff in ihr Haar und zog ihren Kopf nach hinten.

Raven sah mich stoisch an, doch sah ich etwas in ihren blaugrünen Augen aufblitzen, das mich an Ruby erinnerte. »Mach schon, du Schlappschwanz«, knurrte sie.

Ich setzte das Messer an ihrer Schläfe an, holte tief Luft und konnte mich kaum von ihrem Anblick losreißen. Und ich brachte es einfach nicht übers Herz, sie zu verletzen.

Sie erinnerte mich zu sehr an Ruby.

Ich schnaubte, ließ das Klappmesser fallen und wandte mich ab.

»Was ist jetzt los?«, wollte Bronx wissen, als ich an ihm vorbeiging.

»Schlappschwanz«, wiederholte Raven verächtlich.

»Halt's Maul«, ging Ripper sie harsch an.

»Fick dich, du Hurenbock!«, hielt sie dagegen, dann klatschte es. Sie lachte auf. »Süß, kriegst du nur einen hoch, wenn du eine wehrlose Frau schlägst?«

»Halt endlich die Fresse!«, schrie er sie an.

»Du hast nicht bitte gesagt«, konterte Raven gelassen, als ich die Treppe zur Hälfte hinter mir hatte.

Ich ging kopfschüttelnd weiter und erreichte schließlich das Erdgeschoss.

»Was ist los?«, hakte Caen, mein jüngerer – leiblicher – Bruder nach.

Ich schnaubte bloß, ging an ihm vorbei und machte mich auf den Weg ins Büro. Als ich es erreicht hatte, verschwand ich darin und schlug die Tür hinter mir zu.

»Alter, was ist los?«, fragte Caen, als er es betrat. Er schubste die Holztür nicht ganz so kraftvoll zu wie ich.

Ich schaute ihn durch verengte Augen an. »Sie … s-s-sieht aus wie Ruby.« Anschließend holte ich tief Luft. »Ganz genauso.«

Caen hob verwundert die Augenbrauen. »Mir ist eine Ähnlichkeit aufgefallen, aber nicht, dass sie mehr oder weniger eine Kopie von ihr ist.« Er kam näher, dabei räusperte er sich, schließlich setzte er sich auf den Stuhl vor dem Schreibtisch.

»Hatte Ruby Geschwister?«

Daraufhin zuckte ich mit den Schultern. »K-k-k-keine Ahnung.«

Er schnaubte. »Vielleicht weiß Mads etwas.«

»Mö-mö-möglich«, stimmte ich zu und schnaubte einen Moment später genervt. Ich hasste diesen fucking Sprachfehler!

»Willst du die Braut im Keller an die Tafel des Teufels befördern?«

»W-weiß n-nicht.« Diese verdammte Unsicherheit erfasste mich, denn ihre Ähnlichkeit zu Ruby ließ mich Skrupel entwickeln. Ich griff zum Bourbon, kippte reichlich in mein Glas und leerte dieses in einem Zug – Fuck, ich war hier echt zum Säufer geworden, auch wenn man es mir nicht ansah. Ich trainierte täglich, jeden Morgen gleich nach dem Aufstehen frühstückte ich und dann machte ich mein Fitnessprogramm.

Liegestütze.

Gewichtheben.

Manchmal ging ich sogar joggen, das aber nur, wenn ich viel zu früh aufwachte, damit mich meine Brüder nicht dabei sahen.

»Ich frage sie.«

Ich nickte Caen zu, als ich ein weiteres Mal Bourbon in mein Glas kippte.

»Du solltest nicht saufen, wenn du Schmerzmittel im Körper hast. Ich weiß von Booze, dass er dich kräftig abgeschossen hat.«

Ich knurrte, dabei winkte ich ab.

»Alter, Trae, willst du umkippen und dass die Brüder dich für schwach halten?«

»T-t-tu-tun sie d-d-d-doch e-e-eh scho-schon, w-w-weil d-d-die B-b-braut m-mich … ü-über-überwäl-tigt hat«, stotterte ich. »Argh!«, stieß ich wütend aus.

Caen schüttelte den Kopf. »Nein, die wissen nichts. Die denken nur, dass sie auf dich losgegangen ist und dich verletzt hat.«

»Mhm.« Ich lehnte mich nickend zurück. »W-wa-was w-wür-dest d-d-du t-t-tun?«

»Mit der Braut?«

Ein weiteres Nicken meinerseits.

»Da wir keine Frauen angreifen oder umbringen, auch wenn sie uns zuerst angegriffen haben, würde ich sagen, dass Booze sie zusammenflicken soll, sie aber erst mal im Keller angekettet bleibt oder wir sie ins Loch stecken, bis sie den Mund aufmacht«, sagte er nachdenklich. »Aber du bist der Präs und es ist deine Entscheidung.«

»Geh … zu Bo-Booze.«

»Damit er sie flickt?«

»Ja.« Ich atmete tief durch. Es war eine Qual für mich, viel zu reden, außerdem tat ich es nicht gern, weil ich stotterte.

»Alles klar.« Mein Bruder erhob sich, dann ging er zur Tür. »Trae?« So sprach er mich nur an, wenn wir allein waren, wofür ich ihm dankbar war. Wir beide konnten unsere Namen nicht ausstehen, deshalb waren wir froh um die Spitznamen, die man uns hier gegeben hatte. Grim, eigentlich Grim Reaper hatte ich bekommen, weil ich nie zimperlich mit den Feinden des Clubs umgegangen war. Der ehemalige Präs, möge er in Frieden ruhen, hatte ihn mir damals nach kurzer Zeit verpasst.

»Was?«

»Du solltest dich ausruhen, du siehst echt fertig aus.«

»Spä-später.«

»Okay, ich hole dich auf dem Rückweg und bringe dich in dein Haus.«

Ich nickte meinem jüngeren Bruder zu – er verließ das Büro, die Tür zog er hinter sich ins Schloss. Kaum war er weg, zückte ich mein Handy und ging die Fotos durch, die ich damit gemacht hatte. Fieberhaft suchte ich nach einer Aufnahme von Ruby, die ich mit Ravens Gesicht vergleichen konnte, denn ich war mir sicher, dass die beiden auf irgendeine Weise miteinander verwandt waren.

Fuck, als sie mich gestern küsste, dachte ich, es würde eine verdammt heiße Nacht werden, aber dann hatte sie die Blutzufuhr zu meinem Hirn blockiert und ich war zusammengebrochen. Ich hatte immer noch Kopfschmerzen, weil ich wohl hart mit dem Kopf aufgeschlagen war, nachdem sie mich in die Ohnmacht befördert hatte, aber laut Booze hatte ich keine Gehirnerschütterung. Ich wusste nicht, ob ich nicht doch besser zu einer Arztpraxis fahren sollte, um mich dort durchchecken zu lassen, oder ihm vertrauen sollte. Ich meine, Booze war ja nicht mal richtiger Arzt, sondern bloß ausgebildeter Sanitäter, auch wenn er während seiner Zeit bei der Army zu diesem ausgebildet wurde und eine Menge Scheiße erlebt sowie gesehen hatte. Er hatte seinen Kameraden teilweise noch auf dem Schlachtfeld Gliedmaßen amputieren müssen, um sie dann in Sicherheit bringen zu können, oder hatte Notoperationen durchgeführt, weil der dortige Arzt gerade abwesend oder anderweitig beschäftigt war. Als er vor ein paar Jahren hier auftauchte, hatte unser ehemaliger Arzt ihn weiter ausgebildet, da er wegen seines Alters aus dem Club austreten wollte.

Garth war immer noch ein guter Clubfreund, der unter unserem Schutz stand, aber er kam nicht mehr vorbei. Booze rief ihn bloß gelegentlich an, wenn ein krasserer Eingriff durchgeführt werden musste, durch den Garth ihn dann per Videocall leitete.

Mit einem Kopfschütteln schob ich die Erinnerungen sowie Gedanken zur Seite und leerte mein Glas.

Mein Blick schweifte durch den Raum und blieb an der Wand mit den Mugshots hängen.

Das Gründungschapter hatte aus seinen ein Mosaik gestaltet, das an das Skelett erinnerte, das ein Teil unseres Clublogos war, wir hatten die Buchstaben GAMC damit geformt.

Ich holte tief Luft, stellte mein Glas weg und erhob mich. Ich schwankte zur Tür – also hatte ich zu viel gesoffen.

Scheißmedikamente!

Mir war übel und mein Kreislauf rebellierte wegen des Bourbons, aber es gab Schlimmeres. Ich würde mich gleich ins Bett legen, davor vielleicht kotzen, und den Rausch ausschlafen, damit ich später wieder zurechnungsfähig war. Oder ich würde Ripper die Geschäfte überlassen, solange ich noch verletzt war, denn dieser verfickte Schnitt schmerzte wie die Hölle.

Die Tür war gerade geöffnet, als mein Bruder in meinem Blickfeld auftauchte. »Ich bringe dich nach Hause«, sagte er ernst, griff nach meinem rechten Arm und legte ihn sich über die Schulter, so schaffte er mich aus dem Clubhaus.

Fuck, ich war froh, dass heute nicht viele Brüder anwesend waren, und jene, die hier waren, beschäftigten sich mit den Clubschlampen, die ich nicht besonders gern im Clubhaus hatte, wenn kein offener Abend war. Aber die Männer bestanden darauf, dass sie jederzeit etwas zu ficken bekamen, also duldete ich sie zähneknirschend. Zudem musste ich auch eine Menge Druck loswerden – und das würde ich, sobald ich wieder fit war!

Mein Bruder brachte mich zu meinem Haus, auf der Veranda setzte er mich auf einen der Stühle. »Du solltest etwas essen.«

»Hab nix da«, erwiderte ich.

»Dann hole ich was bei mir. Mads hat vorhin gekocht, das wärme ich dir auf.«

Widerwillig nickte ich, denn seit Ruby tot war, hatte ich kaum noch Appetit. Ich aß nur, damit ich nicht zusammenklappte, doch sicher nicht, um wieder nüchtern zu werden. Ich hatte meinen Lebenswillen verloren, nachdem sie sich gerichtet hatte. Scheiße, Mann!

Wenn ich nur gewusst hätte, wie schlimm es wirklich um sie stand, statt mich auf die fucking Tabletten zu verlassen! Ich gab mir die Schuld an ihrem Tod, nicht nur, weil sie sich mit einer meiner Knarren das Hirn weggeballert hatte, sondern auch, weil ich nicht für sie da gewesen war, obwohl ich es hätte sein müssen.

Ich hasste mich richtiggehend dafür!

Ich konnte nicht einmal mehr meinem Spiegelbild in die Augen sehen.

Seufzend nahm ich den Bardolino ab, meinen Hut, ohne den ich nur unterwegs war, wenn ich wusste, dass ich auf meine Harley stieg und den Helm aufsetzte. Zwar hatte ich nichts gegen meine Frisur, fand sie sogar echt gut, obwohl mir eine Old Lady die Haare schnitt, dennoch hatte ich mir irgendwann dieses Markenzeichen zugelegt, auch wenn es in Kombination mit der Kutte dämlich aussehen mochte. Es kümmerte mich nicht. Ich war der Präs des Washington-Chapters und hielt die Stadt in meiner Hand, erpresste Schutzgeld, beging Verbrechen und kümmerte mich einen Scheiß um das, was man von mir dachte.

RAVEN

Der Scheißkerl hatte mir einen heftigen Punch verpasst, nachdem ich mich über seinen stotternden Präs lustiggemacht hatte. Zwar hatte Bronx ihn von mir weggerissen, aber es folgten keine Konsequenzen. Danach hatte sich ein anderer Kerl vor mich gehockt – über den ich dummerweise nicht recherchiert hatte –, meine Lederjacke heruntergeschoben und mein Top aufgeschnitten, um die Kugel aus meiner Schulter zu holen. Dabei hatte der Penner mich nicht betäubt, was auch nicht das Problem für mich war, aber ich hasste, dass er mich gegen meinen Willen verarztet hatte.

Ich hatte ihn nicht an mich heranlassen wollen, jedoch war der Stuhl offensichtlich am Boden verschraubt und ich so gefesselt, dass ich ihm nicht ausweichen konnte, also hatte ich es wohl oder übel über mich ergehen lassen.

Danach hatte er sich um meine Wade gekümmert. Meine Schulter und mein Bein schmerzten, aber ich zuckte mit keiner Wimper. Ich hatte große Lust, die Kerle einen nach dem anderen umzubringen – dummerweise war ich gefesselt und verletzt. Im Moment konnte ich mich nicht zur Wehr setzen, aber ich hatte es schon geschafft, die Nagelfeile aus meinem Armband zu holen. Na ja, es war kein Armband, sondern ein gefaltetes Tuch, das ich immer trug, darin verbarg ich eine Nagelfeile, die sich zusammenklappen ließ. Da ich allein war, hatte ich sie aufgeklappt und versuchte, die Handschellen zu öffnen. Zumindest eine, dann würde ich meine Beine befreien können.

Ich war kein Fan davon, mich mit den Kerlen anlegen zu müssen, während ich verletzt war, aber die Schweine hatten mich angegriffen und jetzt war die Sache mehr als persönlich geworden. Sie hatten mir meine Waffen genommen und ich hatte sie nirgendwo im Keller gesehen, als das Licht noch brannte, weshalb ich improvisieren musste.

Und das würde ich!

Es klickte und ich befreite meine rechte Hand. »Idioten«, stieß ich gut gelaunt aus.

Ich hätte mich und jede andere, die den Präs angegriffen hat, richtig gefilzt, aber die Kerle waren verdammt unvorsichtig.

Als ich wieder Gefühl in meinen Armen hatte, beugte ich mich vor und musste feststellen, dass der Pisser meine Lederhose zerschnitten hatte. »Mieser Wichser«, knurrte ich und bearbeitete mit der Nagelfeile die Vorhängeschlösser an den Ketten, mit denen sie meine Knöchel gefesselt hatten. Das erste Schloss klickte und ich öffnete es, danach wickelte ich die Eisenkette von meinem Bein. Ich kümmerte mich um das andere Teil, befreite auch mein linkes Bein und erhob mich. Der Schmerz schoss durch meinen Schenkel und ich humpelte durch den Keller. Meine Augen hatten sich an die Dunkelheit gewöhnt, jedoch widerstrebte meiner Lunge die muffige Luft. Ich wusste, dass sie den Keller abgeschlossen hatten, weshalb ich warten musste, bis eines der Arschlöcher hier herunterkam. Und ich musste mich verstecken, um sie überrumpeln zu können. Beschissen war, dass mein Körper bereits das Adrenalin abgebaut hatte, das Grim mir gespritzt hatte. Mit dem Zeug in der Blutbahn hätte ich dem nächsten Kerl wirklich den Arsch versohlt.

Der Tag war angebrochen und ich müde, aber ich musste auf der Hut bleiben. Sobald eines dieser Bikerschweine die Treppe herunterkommen würde, würden Schmerzensschreie das Haus erfüllen, die nicht von mir stammten. Ich brauchte keine Knarre, um jemanden wehzutun, auch kein Messer, meine bloßen Hände reichten.

Eine Tür knarzte, dann fiel Licht auf die Treppe. Ich schaute zwischen den Stufen hindurch und wartete darauf, dass die Penner herunterkamen. Gut, ich konnte mich nicht so zur Wehr setzen, wie ich es gewöhnt war, aber ich würde ihnen trotzdem zusetzen.

Hoffte ich zumindest.

Schwere Schritte kamen die Stufen herunter, als die Knöchel vor meinen Augen erschienen, griff ich durch den Spalt zwischen den Holzstufen und umfasste das Bein des Kerls. Ich riss daran.

»Fuck!«, rief er aus und knallte die restlichen Stufen runter.

Ich behielt ihn im Auge, dummerweise rappelte er sich schneller auf, als ich hätte bei ihm sein können.

»Komm raus, du Scheißbitch!«, knurrte er wütend und entsicherte seine Waffe. Diesen Laut hätte ich immer und überall erkannt.

»Steck die Waffe weg«, verlangte ich. »Und mach das Licht an.«

Ich hörte, dass er sich bewegte.

»Komm endlich raus.« Er schaltete das Licht ein.

Daraufhin verließ ich mein Versteck, jedoch ging ich nicht auf ihn zu.

»Wie hast du dich befreit?«

»Tja, man sollte seine Geiseln vernünftig filzen«, antwortete ich gelassen. Mein linker Arm hing schlaff herunter, nur den rechten konnte ich gebrauchen, weshalb ich doch darauf hoffte, mich nicht mit dem Penner prügeln zu müssen.

»Warum hast du mich angegriffen?«

Also war es Grim, der vor mir stand. Zwar erkannte ich eine Silhouette, aber die Stimmen und Staturen konnte ich den Männern noch nicht zuordnen.

»Ihr macht gemeinsame Sache mit Rossi«, erwiderte ich überzeugt. »Und ich habe eine Rechnung mit ihm und seinen Verbündeten offen.«

Ein tiefes Durchatmen. »Wir haben bloß Waffenstillstand mit ihm«, sagte Grim mit fester Stimme.

»Das reicht schon.«

»Du warst das in Electric City, nicht wahr?«

Ich hob eine Augenbraue, auch wenn er es nicht sehen konnte. »Stimmt.«

»Warum?«

»Wie ich schon sagte, ich dünne Rossis Reihen aus.«

»Warum?«, wiederholte er.

Atmete er wegen seines Sprachfehlers ständig durch?

Vielleicht waren es ja Atemübungen.

»Weil ich dem Penner einige Narben zu verdanken und Traumata habe.«

»Wa…«

»Was weißt du über die Kindersoldaten, die überall in den Staaten ausgebildet werden?«

»Nicht viel, außer, dass das Bootcamp in Tucson hochgenommen wurde.«

»Von wem?«

»Zuerst brachte Ghost Goldenblatt um, später starb Rizzo durch Kinkys Hand.«

Na gut, ich war beeindruckt, zumal er die Namen der beiden Frauen kannte, die ich vor ein paar Jahren kennengelernt hatte. »Ist das so?«

»Ich denke, das spricht sich in deinen Kreisen herum«, entgegnete Grim gleich eines Knurrens. »Wir machen keine Geschäfte mit Rossi.«

»Das habe ich verstanden«, sagte ich gelassen.

»Wenn ich dich nicht erschießen soll«, wieder atmete er durch, »sagst du mir besser, warum du mich angegriffen hast.«

»Ich bin wohl auf Gerüchte hereingefallen, also nichts für ungut«, erwiderte ich desinteressiert.

»Ha«, stieß er aus. »Meinst du, dass ich dich gehen lasse?«

»Ja.«

Er schüttelte den Kopf. »Sicher nicht.«

»Weil?«, hakte ich nach.

Ein Durchatmen. Was auch sonst? »Du wolltest mich umbringen.«

»Und?«, hakte ich desinteressiert nach.

»Das lasse ich nicht auf mir sitzen.«

Ich schnaubte amüsiert. »Zwei Kugeln fallen schwerer ins Gewicht.«

»Sehe ich nicht so.« Er räusperte sich und holte tief Luft. »Kannst froh sein, d-dass sie nicht in d-d-deinen K-K-Kopf gingen.«

»Warum stotterst du wie ein Idiot?«, hakte ich nach.

Er gab ein Knurren von sich. »Aus Gründen.«

»Ah ja.«

Grim zückte sein Handy und tippte darauf herum. »Kennst du sie?« Er drehte es, doch ich erkannte kaum etwas.

Widerwillig schnalzte ich mit der Zunge. »Wirst du mir eine reinhauen, wie dein lächerlicher VP, wenn ich näher komme?«

»Nein.«

»Ich hoff's, sonst schlage ich zurück.« Ich näherte mich ihm, doch als ich ihn erreicht hatte, war das Display dunkel. »Du musst es noch mal entsperren.«

Er erledigt es und drehte das Display ein weiteres Mal zu mir.

Ich warf einen Blick darauf und erkannte eine Frau mit dunkelbraunen Haaren, ihre Augen waren blaugrün wie meine und sie hatte ebenso zwei Muttermale unter dem rechten Auge, genauso wie ich. »Ich kenne sie nicht.«

»Sicher? Ihr seht aus wie Zwillinge«, meinte er, nachdem er – schon wieder – durchgeatmet hatte.

»Absolut.« Ich hatte keine Ahnung, wer die Tussi sein soll, denn ich hatte sie noch nie zuvor gesehen. »Ich weiß nicht, wer das sein soll.«

Er verengte die Augen, musterte mich. »Ich glaube dir kein Wort.«

»Ich habe wirklich keine Ahnung, wer das ist«, hielt ich dagegen und wollte die Arme vor der Brust verschränken – dummerweise tat ich es auch und zischte beinahe wegen meiner Schulter.

Grim betrachtete mich skeptisch. »Na schön.« Er räusperte sich. »Schmerzen, hm?«

Ich nickte ihm zu.

»Du wirst mich nicht angreifen, verstanden?«

»Ja.«

Er schnaubte. »Du wirst so lange hierbleiben, bis wir wissen, wem du sonst noch an den Kragen willst«, sagte er, dann deutete er zur Treppe. »Geh vor.«

Ich humpelte an ihm vorbei, erreichte den Fuß der Treppe und legte meine rechte Hand ans Geländer. Genervt zog ich mich die Stufen hoch und als ich oben angekommen war, richteten fünf Kerle ihre Waffen auf mich.

»Ernsthaft?«, fragte ich unbeeindruckt.

»Wo ist der Präs?«, wollte Ripper wissen, in dessen Stimme die Feindseligkeit lag.

»Hier«, sagte Grim hinter mir und gab mir einen Stoß in den Rücken, der mich stolpern ließ.

Ich verkniff mir die Beleidigung, fing mich glücklicherweise, aber ein scharfer Schmerz schoss durch mein linkes Bein.

Grim kam an meine Seite, er umfasste meinen rechten Arm und dirigierte mich zu einem Raum. Er öffnete die Tür, zog mich hinein und warf diese hinter mir zu.

Seinetwegen stolperte ich die ganze Zeit, aber ich würde den Teufel tun und mich beschweren.

Schließlich machte er vor einem Schreibtisch Halt und schubste mich auf einen Stuhl.

Ich biss die Zähne wegen meines Beins und meiner Schulter zusammen, zudem streckte ich mein linkes Bein aus. Kalter Schweiß stand auf meiner Stirn, aber das schob ich auf eine beginnende Bleivergiftung, denn gespritzt hatte mir der Kerl gestern nichts – und jeder normale Mensch wusste, dass man nach einer Schussverletzung ein Antibiotikum verabreicht bekommen musste, damit es weder zu Entzündungen noch zu Vergiftungen kommt.

»Was ist?«, wollte er wissen, als er hinter dem Schreibtisch Platz genommen hatte.

Ich schaute ihn an. »Nichts.«

»Du schwitzt doch nicht umsonst so«, sagte Grim.

»Liegt wohl daran, dass mir der Kasper gestern kein Antibiotikum gespritzt hat, nachdem er die Kugeln entfernt hat«, erwiderte ich.

Daraufhin nickte er und stand auf. »Bleib hier und mach keinen Scheiß.«

»Keine Sorge«, sagte ich, um ihn zu beruhigen. Ich wusste sowieso nicht, wie ich von hier wegkommen sollte, denn meine Harley lag sicher noch im Straßengraben.

Nachdem er weg war, ließ ich meinen Blick schweifen. Das hier war sicher sein Büro, womöglich auch die ominöse Chapel, in der die Biker ihren Quatsch miteinander besprachen. Ich war genervt, weil sie mich verletzt hatten, zumal ich mich nun nicht so bewegen konnte, wie ich es gern gewollt hätte. Dass die Kerle mir in Schulter und Wade geschossen hatten, war sicher nicht geplant, aber es kam ihnen zugute, weil ich mich nun nicht vernünftig verteidigen konnte.

Ich hielt mich gerade, als sich mir Schritte näherten. »Bist du sicher, dass ich ihr ein Antibiotikum spritzen soll? Die Frau ist eine Killermaschine, wenn sie aus demselben Topf wie Ghost und Kinky kommt.«

»Sie soll nicht an einer Bleivergiftung verrecken«, erwiderte Grim entschieden.

»Na schön.«

Die beiden tauchten in meinem Sichtfeld auf, sie sahen mich finster an, doch an Grim hatte ich noch keinen anderen Blick wahrgenommen. Sein Spitzname passte zu ihm.

»Booze wird dir ein Antibiotikum spritzen, damit du keine Bleivergiftung bekommst«, sagte Grim. »Hast du irgendeine Allergie?«

»Penicillin«, antwortete ich.

»Dann muss ich noch mal ins Krankenzimmer«, meinte Booze und verließ abermals den Raum.

Ich wischte den kalten Schweiß von meiner Stirn und lehnte mich zurück.

»Wem willst du noch an den Kragen?«, fragte Grim, als er sich wieder hinter den Schreibtisch setzte.

Daraufhin schnaubte ich. »Was geht's dich an?«

Er verengte die Augen, sah mich finster an, dann holte er tief Luft. »Du wolltest mich abstechen, also ist es mein gutes Recht, es z-zu er-erfahren.«

Skeptisch betrachtete ich ihn.

»Sag's mir«, verlangte er, dabei donnerte er seine Faust auf die Tischplatte.

»Wow, du hast ein ziemliches Aggressionsproblem«, sagte ich unbeeindruckt. Klar, ich war nicht gerade in der Position, mich über ihn lustig zu machen, schlimmstenfalls würde er mich erschießen, wovor ich mich nicht fürchtete, denn das war ein Risiko, das ich seit Jahren ständig einging.

Grim knurrte. »Spuck's endlich aus!«

»O Mann«, stieß ich kopfschüttelnd aus. »Du kennst Kinky und Ghost?«

Daraufhin nickte er.

»Gut, dann lass mich dir meine Geschichte erzählen«, sagte ich gelassen. »Aber ich hätte gern etwas zu trinken.«

»Treib's nicht zu weit, Kleine«, knurrte er.

»Mein Hals ist so trocken«, hielt ich dagegen und legte meinen Hundeblick auf, woraufhin er sich erhob. Mühsam verkniff ich mir das Grinsen, denn Kerle waren doch alle gleich und so unglaublich berechenbar.

GRIM

Die Kleine machte mich wahnsinnig!

Nicht nur, dass sie vorlaut war, sie war auch frech und das kotzte mich an. Ich hatte meine Magnum griffbereit und war kurz davor, sie zu erschießen, aber ich wollte wissen, wem sie abgesehen von Rossi noch an den Kragen wollte.

Ich hatte ihr in der Lounge eine Flasche Wasser geholt, sonst hätte sie mir womöglich keine Antworten gegeben. Als ich gerade den Flur betrat, sah ich Booze im Büro verschwinden, meine Offiziere standen vor der Tür und hielten Wache.

»Brauchst du uns?«, fragte Ripper mit finsterem Blick.

Ich nickte ihm zu, so konnte er wenigstens das Reden für mich übernehmen. Ich sprach nicht gern, obwohl ich nur noch stotterte, wenn ich mich aufregte – aber das tat ich ständig. Ich führte meine Männer ins Büro, ging an den Schreibtisch – sie stellten sich hinter mir auf.

Raven schaute meine Brüder unbeeindruckt an, dann fiel ihr Blick auf mich. »Ich spreche mit dir, nicht mit deinen Speichelleckern.«

»Es läuft so oder du kommst wieder in den Keller«, erwiderte ich, als Booze eine Spritze aufzog.

»Tja dann«, erwiderte sie desinteressiert.

»Gefesselt.«

Raven schnalzte mit der Zunge. »Ich habe mich schon einmal befreit.« Sie zeigte auf ihre Nase. »Beweist deine Nase, Süßer.«

Schnaubend fasste ich an meine und bemerkte die Feuchtigkeit. Ich warf einen Blick auf meine Fingerspitzen, sie waren voller Blut. »Du kostest mich wirklich noch den letzten Nerv«, knurrte ich wütend und erhob mich. Ich zog meine Magnum, die ich auf ihre Stirn richtete. »Rede endlich!«, brüllte ich.

»Zwing mich doch!«, schoss sie zurück.

Ich spannte den Hahn. »Ich mein's ernst!«

Booze verabreichte ihr die Spritze, doch sie zuckte nicht einmal mit der Wimper.

Fuck, diese Kids waren echt darauf konditioniert, keinerlei Gefühle zu zeigen.

Als ich auf sie schießen wollte, packte sie Booze und nahm ihn in den Schwitzkasten. »Ich habe dem Kerl schneller das Genick gebrochen, als du schießen kannst, Grim.« Sie packte ihn etwas fester. »Also willst du es riskieren, *Präs*?« Meinen Rang spuckte sie mir richtiggehend vor die Füße.

Booze fasste an ihren Arm, aber er schaffte es nicht, ihn von ihrer Kehle zu lösen. »Alter«, keuchte er und sah mich alarmiert an, während er verzweifelt versuchte, sich von ihr zu befreien.

Meine Offiziere zogen ebenfalls ihre Waffen.

Sie beugte sich an Booze' Ohr: »Du stehst jetzt ganz langsam mit mir auf und bringst mich zu meinem Bike, kapiert?«

»Nein«, erwiderte er krächzend.

Sie drückte fester zu – Booze keuchte lauter. »Los!«, grollte sie ihm zu.

Ich schnaubte. »Es sind sieben Waffen auf dich gerichtet, du solltest ihn loslassen.«

»Bestimmt nicht«, hielt sie dagegen und sah mich durch verengte Augen an. »Schick deine Lakaien raus und ich rede mit dir, bleiben sie, breche ich dem Kerl hier das Genick und ihr erschießt mich, bekommt aber bald sicher eine Menge Probleme mit den Leuten, denen ich an den Kragen will.«

Ein Knurren rollte meine Kehle hinauf. »Lass. Ihn. Los.«

Raven legte ihre Hand an Booze' Kiefer, er versuchte zwar, sich von ihr zu befreien, aber sie hatte wohl zu viel Kraft für ihn. »Schick deine Schoßhunde raus.«

Ich schoss an ihrem Kopf vorbei in die Wand. »Lass ihn los.«

Sie zuckte nicht einmal mit der Wimper. »Zwing mich doch«, erwiderte sie unbeeindruckt.

Caen und Bronx lösten sich aus der Gruppe und gingen auf Raven und Booze zu. »Kleine, lass ihn los.«

Ich wollte kein Risiko eingehen, denn würde sie unseren Arzt um die Ecke bringen, wären wir am Arsch. Unzufrieden legte ich die Magnum auf den Schreibtisch. »Lass ihn los.«

»Schick deine Lakaien raus«, verlangte sie noch einmal.

»Geht«, wandte ich mich an meine Brüder und hasste, dass sie mich in der Hand hatte.

»Sicher?«, hakte Ripper nach.

Ich nickte ihm zu.

»Na schön«, brummte er und nickte den anderen zu.

Die Männer verließen das Büro, bis auf Caen, der hinter Raven stehenblieb. Ein gezielter Schlag in Ravens Genick ließ sie unaufmerksam werden und Booze freigeben.

Unser Arzt fiel keuchend nach vorn, kam auf die Beine und sah mich mit zusammengezogenen Augenbrauen an. »Ich werde diese Kleine nie wieder behandeln«, sagte er heiser, dann verließ er hustend das Büro.

Caen blieb hinter Raven stehen und sah mich fragend an. »Kommst du klar?«

Ich griff nach meiner Magnum, schließlich nickte ich ihm zu.

»Gut.« Er wandte sich ab, anschließend ging er ebenfalls nach draußen. Die Tür zog er hinter sich zu.

Mein Blick fiel auf Raven, die ihn finster erwiderte. »Greif noch einen meiner Männer an und es knallt.«

Sie schnaubte, dann grinste sie plötzlich. »Na dann.«

Ich holte tief Luft, machte eine kurze Atemübung. »Du wolltest mir deine Geschichte erzählen … Ich höre.«

Raven beugte sich vor und griff nach der Wasserflasche, dann trank sie mehrere Schlucke.

»Also?«

»Du hast ja schon von Goldenblatt gehört«, begann sie – ich nickte. »Leute wie ihn gibt's überall auf der Welt und in den Staaten. Ich wurde ausgebildet, um Verbrechern zur Hand zu gehen. Mir wurde ausgetrieben, Schmerzen oder Gefühle zu zeigen, was ich auch nicht tue. Und ich will diejenigen aus dem Weg räumen, die mich ausgebildet haben.«

»Das ist nicht deine Geschichte«, stellte ich klar.

Raven schnaubte. »Die erzähle ich dir, wenn du dich als vertrauenswürdig herausgestellt hast.«

»Mhm«, gab ich unzufrieden zurück. »Dann geht's zurück in den Keller.«

»Ich will nur meine Maschine und abhauen.«

Daraufhin schüttelte ich den Kopf. »Sicher nicht.«

Geradezu trotzig sah sie mich an, dabei erinnerte sie mich unheimlich an Ruby. Jeder Gedanke an sie schmerzte, weshalb es mir schwerfiel, Raven anzusehen. »Was dann?«

»Es geht wieder in den Keller, alternativ kannst du ein Schlafzimmer haben, in dem du angekettet wirst«, schlug ich nach einer weiteren Atemübung vor.

»Arschloch«, knurrte sie.

»Hab nie etwas Anderes von mir behauptet«, konterte ich und erhob mich. »Also Geschichte oder Gefangenschaft?«

»Was erwartet mich, wenn ich sie dir erzähle?«, wollte sie wissen.

»Nicht der Keller«, erwiderte ich gelassen, obwohl ich noch innerlich tobte. Am liebsten wäre ich dem kleinen Biest an den Hals gegangen, aber ich schlug keine Frauen, auch wenn sie mich zuvor angegriffen hatten.

»Sondern?«, hakte Raven interessiert nach.

»D-das überlege ich mir noch.«

Daraufhin verengte sie die Augen. »Wenn du mir erzählst, warum du stotterst, erzähle ich dir, warum ich Rache will.«

Ich schüttelte den Kopf. »Nein.«

»Dann werden wir einander wohl anschweigen«, sagte sie und zuckte mit ihrer rechten Schulter.

Wütend sah ich sie an. »Caen, Bronx, Ripper!«, brüllte ich dann, damit sie die Kleine zurück in den Keller brachten.

»Was gibt's?«, fragte Ripper.

Ich schaute zu ihm, dann zu Raven, anschließend wieder zu meinem VP.

»Bringt sie ins Loch, kettet sie an, dann filzt sie, damit sie sich nicht noch mal befreit.«

»Du willst sie ernsthaft ins Loch stecken?«, hakte Caen mit gehobener Augenbraue nach.

Ich nickte meinem jüngeren Bruder zu.

»Na gut«, knurrte er und ich wusste, dass er mit meiner Entscheidung überhaupt nicht einverstanden war.

Ich griff an Rippers Arm.

»Was noch?«, wollte er wissen.

»Hol bei Booze was zum Betäuben.«

Er nickte mir zu, als sich Caen und Bronx hinter die Braut stellten. Ripper verließ das Büro und ich ging um den Schreibtisch herum. Gegenüber von Raven lehnte ich mich dagegen, verschränkte die Arme vor der Brust und betrachtete sie finster.

Stoisch hielt sie meinen Blick, als würde sie sich überhaupt nicht vor mir fürchten, was sonst der Fall war, wenn mir fremde Frauen begegneten, doch sie war allem Anschein nach furchtlos. Nein, es hatte nicht nur diese Wirkung – sie war definitiv unerschrocken, obwohl sie sich schon den Waffen meiner Brüder gegenüber sah, angeschossen und betäubt wurde. Diese Frau wurde von kleinauf aufs Töten gedrillt und ich wusste, dass meine Männer nur eine Chance gegen sie hatten, weil sie verletzt war.

Wie würde es erst aussehen, wenn sie wieder fit war?

Sicher würde sie ihnen dann die Ärsche versohlen.

Als Ripper wieder im Büro war, fackelte er nicht lange, sondern stieß die Spritze in ihren Hals, drückte das Betäubungsmittel in ihren Kreislauf und wartete.

Raven sagte kein Wort, bis sie in sich zusammensackte.

»Schafft sie ins Loch«, befahl ich entschieden.

Caen packte sie und warf sie über seine Schulter.

»Dann helfe ich dir eben nicht«, sagte Bronx trocken, dennoch folgte er meinem jüngeren Bruder.

Ich sah den beiden finster hinterher, bis sich Ripper zwischen mich und die Tür stellte, die Bronx wenig später hinter sich schloss. »Was ist?«

Er hob eine Augenbraue. »Was war das vorhin mit der Kleinen?«

Ich schnaubte genervt, stieß mich vom Schreibtisch ab, ging um diesen herum und setzte mich in meinen Sessel. »Sie sieht g-genauso aus, wie Ru-Ruby.«

Ripper nickte. »Das ist mir auch aufgefallen.« Anschließend setzte er sich auf den Stuhl, auf dem Raven zuvor gesessen hatte. »Warum wollte sie dir an den Kragen?«

»Sie sagte, d-d-dass wir G-Geschäfte mit Ro-Rossi machen, und je-jeder, d-d-der«, ich machte eine Atemübung, da ich mich gerade so sehr aufregte, »Geschäfte mit ihm macht, einer ihrer Feinde ist.« Ich räusperte mich. »So was in die Richtung.«

»Aha«, stieß er aus. »Und warum willst du sie ins Loch sperren?«

»Weil sie nicht mit ihrer Geschichte rausgerückt ist.«

»Mhm.« Rippe lehnte sich zurück. »Wir sollten Rossi auf den Zahn fühlen, um herauszufinden, was er mit ihr zu schaffen hat oder hatte.«

Daraufhin schnalzte ich mit der Zunge. »Sie war für ihn tätig, als er sie nicht mehr brauchte, gab er sie quasi zurück.«

Seine Augenbraue glitt in die Höhe. »Soll ich ihm auf den Zahn fühlen?«

»Ruf erst mal in Tucson an und frag Broke, ob Beams Old Lady etwas weiß.«

Ripper zeigte mir ein Kopfschütteln. »Sie wurde immer rausgehalten, das sagte sie doch selbst, nachdem wir Beam bei Rossi rausgeholt haben.«

»Stimmt«, brummte ich. »Was schlägst du sonst vor?«

»Rossi wird uns keine Informationen geben, auch wenn wir Waffenstillstand mit ihm haben«, sagte Ripper nachdenklich.

Abermals schnalzte ich mit der Zunge. »Wenn er auch …

K-Kindersoldaten hatte, sollten wir mit ihm sprechen. Er w-wi-wird uns sagen können, w-we-wer sie ihm verk-k-kauft hat.«

»Soll ich ihn anrufen?«, fragte mein VP.

»Ja.« Ich griff nach dem Bourbon, füllte mein Glas und exte den Inhalt. »Ich geh in mein Haus.«

»Du solltest immer noch nicht saufen, so viele Schmerzmittel, wie du intus hast«, sagte er.

»Mhm.« Ich stellte das Glas auf den Tisch, dann erhob ich mich. »K-kümmer dich um alles.«

»Mach ich, Präs.« Er stand ebenfalls auf und kam um den Schreibtisch herum. Ripper nahm meinen Platz ein, ich verließ das Büro.

»Hey, Präs«, grüßte mich Axe, als ich gerade auf dem Flur war.

»Hey. Alles ruhig?«

»Ja, alles ruhig. Ist die Braut wirklich im Loch?«

»Hab's Caen und Bronx so aufgetragen«, antwortete ich. »Ich bin weg, Ripper übernimmt.«

»Alles klar. Sehen wir uns heute Abend auf der Veranda?«, wollte er wissen.

»Vermutlich«, entgegnete ich und stieß meine Faust gegen seine, als er sie ausstreckte. »Bis spä-später.« Ich ging an Axe vorbei und machte mich auf den Weg zu meinem Haus. Ich fühlte mich wirklich beschissen, aber ich hatte mit Raven reden müssen, auch wenn es nichts gebracht hatte, weil die Braut verschlossener als verschlossen war.

»Hey, Alter«, sagte Caen, der an meine Seite gejoggt war. »Wohin des Weges?«

»Nach Hause«, antwortete ich knapp.

»Hunger?«

»Ja, mach m-mir gleich was.«

»Komm doch zu uns. Mads schrieb mir eben, dass sie gekocht hat«, schlug er vor.

Daraufhin sah ich Caen nachdenklich an.

Früher wurden wir oft miteinander verwechselt, weil wir uns ähnelten wie ein Ei dem anderen, weshalb ich mir irgendwann die Augenbraue piercen ließ, außerdem hatte er inzwischen eine Narbe von der Schläfe bis zum Mundwinkel, mit deren Hilfe man uns heute voneinander unterscheiden konnte.

»Also kommst du mit?«

»Na gut«, gab ich mich geschlagen, denn ich wusste, dass Caen es nur gut meinte.

Trotzdem hob er eine Augenbraue. »Klingt so, als würde ich dich zwingen.« Danach grinste er.

Ich schnaubte amüsiert. »Nein, alles gut.« Ich holte eine Zigarette aus der Brusttasche meiner Kutte, steckte mir den Filter zwischen die Lippen und zündete sie an.

»Wie geht's dir, abgesehen von dem Schnitt und den Schmerzen?«

»Mhm.«

»Nicht so gut?«

Ich holte tief Luft, damit ich nicht anfing zu stottern. Fuck, dank Ruby hatte ich mich echt gut im Griff gehabt, aber seit sie sich umgebracht hatte, war ich ein Wrack. »Doch, es wird langsam.«

»Beruhigend.«

»A-aber … die Braut … sie…«

»Sie sieht genauso aus wie Ruby«, beendete Caen meinen Satz.

»Genau. Das macht mich fer-fertig.« Ich zog an meiner Zigarette. »Das hat die Wunden … au-aufgerissen.«

»Glaub ich dir. Mads will sie unbedingt sehen, weil sie mir nicht glaubt, dass die Braut sogar die Muttermale an der gleichen Stelle wie Ruby hat, aber ich lasse sie sicher nicht in ihre Nähe, nachdem sie dich beinahe umgebracht hat.«

Ich nickte. »Würde ich auch nicht.«

»Mhm.«

Wir erreichten die Häusergruppe und ich deutete zu jenem meines Bruders. »Mads und Shaf sitzen auf der Veranda.«

Caen schaute ebenfalls zu ihnen. »Normalerweise sitzen sie im Winter nicht draußen.«

»Ich weiß, d-deshalb wu-wundert es mich.«

»Schätze, dass Shaf Mads ablenkt. Sie verkriecht sich ja auch ständig, weil sie um Ruby trauert«, erwiderte er nachdenklich.

»Gut möglich.« Ich zog noch einmal an meiner Kippe, dann schnippte ich sie weg. »Gehen wir … zu ihnen?«

»Ja.«

Daraufhin steuerten wir Caens Veranda an. Als Shafilea, Bronx' Old Lady, uns sah, tippte sie Madison, jene meines Bruders, an. Mads hob den Blick und verzog ihre Lippen zu einem Lächeln, doch mir fielen ihre geröteten Augen auf. Sie war ständig an Rubys Grab. Wir hatten sie auf der Lichtung in dem kleinen Wald hinter den Häusern beerdigt, damit wir einen Ort hatten, an dem wir uns ihr nah fühlen konnten. »Hey, ihr zwei.«

»Hi«, grüßte uns auch Shafilea.

»Hi, Mädels«, erwiderte ich, als Caen um den Tisch herumging und Mads einen Kuss aufs Haar drückte.

»Habt ihr Hunger?«, wollte Mads wissen.

»Ich habe Grim eingeladen, ist doch kein Problem, oder?«

»Nein, ich koche doch eh immer genug«, entgegnete Mads. »Es ist gleich fertig.«

»Was gibt's denn?«, erkundigte er sich.

»Shaf und ich haben Lasagne gemacht, sie nimmt eine der Auflaufformen gleich mit rüber, da sie für Bronx kochen wollte«, antwortete Madison und rang sich ein Lächeln ab, während Shaf neben ihr errötete.

»Willst du ein Bier?«, wandte sich Caen an mich.

Ich winkte ab, da ich wirklich genug hatte, denn die Schmerzmittel vertrugen sich nicht allzu gut mit Alkohol, dennoch hatte ich Bourbon gesoffen. Manchmal war ich lebensmüde – zurzeit besonders. Und das alles nur, weil ich eine Frau vermisste, mit der mich nie eine richtige Beziehung verbunden hatte.

RAVEN

Ich hatte keine Ahnung, wie viele Tage vergangen waren, denn die Kerle ließen mich hier unten verrotten. Zweimal am Tag kamen sie, führten mich in Hand- und Fußfesseln zu einer Toilette, dann bekam ich ein Sandwich und eine Plastikflasche Wasser.

Die Wichser hielten mich gerade so am Leben, dabei hatte ich Besseres zu tun, als Geiselhaft mit ihnen zu spielen. Sie hatten mir alles weggenommen, womit ich mich hätte befreien können – sogar die Schnürsenkel von meinen Boots.

Ich fühlte mich beschissen, konnte mich aber aufgrund der Schwäche nicht befreien.

Zwar hatte ich schon Schlimmeres erlebt – das sogar über Jahre –, aber die Kerle kamen nah an die Top twenty der abstrusen Horrorcharts meines Lebens.

Die Metalltür quietschte, weshalb ich meinen Blick darauf richtete.

Ich rappelte mich auf, denn ich war an Händen und Füßen angekettet, sie hatten mir sogar ein Halsband angelegt, das mit einem Schloss verriegelt und einer Kette verbunden war.

»Da ist ja unser Hündchen«, sagte Ripper amüsiert – den Kerl hatte ich echt gefressen.

»Fick dich«, stieß ich müde aus.

»Ripper«, knurrte Grim.

Ich erkannte die Penner nur an ihren Stimmen, da ich verschwommen sah. Wie gesagt, die Flachwichser hielten mich gerade so am Leben.

Schritte näherten sich und Grims Silhouette kam näher. Ich legte den Kopf in den Nacken, um ihm zumindest das Gefühl zu geben, dass ich ihn ansah, auch wenn ich sonst keine Freundin von Höflichkeit war. Seine Hand legte sich um mein Kinn. »Redest du?«

»Mhm.« Da mir Nicken nicht möglich war, gab ich nur diesen bestätigenden Laut von mir.

»Gut. Dann rede.«

»Was?«, fragte ich mit leiser Stimme.

Fuck, ich war's doch gewöhnt, auch mal auf Nahrungsentzug gesetzt zu werden, aber die Kerle hatten das schon eine kleine Ewigkeit durchgezogen.

»Rede«, verlangte er noch einmal.

Ich stieß die Luft aus.

»Sie wird zu schwach sein«, sagte ein anderer – ich war mir sicher, dass es sich bei ihm um den Arzt handelte. »Ich hab euch gesagt, dass sie mehr Essen braucht.«

»Gut, was braucht sie, um wieder auf die Beine zu kommen?«, wollte Grim wissen.

»Nährstoffe, Nahrung, Getränke«, antwortete Booze, mittlerweile war ich mir wirklich sicher, dass er es war.

»In Ordnung«, sagte Grim. »Axe, binde sie los.«

Ein weiterer Mann kam dazu, er ging in die Hocke und ich merkte, dass er die Ketten an meinen Knöcheln löste, dem folgten jene an meinen Handgelenken, zuletzt befreite er mich von dem Halsband.

Wenn Grim mich nicht festgehalten hätte, wäre ich wohl von meinen Kräften verlassen worden, doch dann ging er weg und ich fiel auf die Knie. »Steh auf.«

Ich versuchte, wieder auf Beine zu kommen, aber es gelang mir nicht.

Er schnaubte, tauchte abermals in meinem verschwommenen Sichtfeld auf und hob mich auf seine Arme.

»Wohin bringst du sie?«, fragte Ripper.

»Zu mir. Ich kette sie aber ans Bett«, antwortete Grim, kurz darauf setzte er sich in Bewegung.

Mein Kopf ruhte an seiner Brust und kaum hatte er den Keller verlassen, schloss ich die Augen, weil mich das Licht blendete. Ich atmete ruhig durch, blendete die Stimmen der Männer aus und hoffte, bald wieder meine Ruhe zu haben. Mein Kopf tat höllisch weh, ich hatte Magenschmerzen und war so unwahrscheinlich durstig.

Ich musste eingeschlafen sein, aber ich lag weich, nicht auf dem Boden, auf dem ich in letzter Zeit geschlafen, gesessen und gelegen hatte. Ich kniff die Augen zu, öffnete sie und ließ meinen Blick schweifen, um mich zu orientieren. Ich erhob mich, wollte ein Stück gehen, doch gab es einen Widerstand an meiner linken Fessel. Als ich dorthin sah, erkannte ich eine Handschelle, ebenso einen Zugang, der in meinem Handrücken steckte.

Verwirrt setzte ich mich auf die Bettkante und ließ abermals meinen Blick durch den Raum gleiten. Es war das Schlafzimmer, in dem ich Grim gefesselt und verletzt hatte.

Schritte näherten sich, dann wurde die Tür geöffnet. Grim kam herein. »Na endlich.«

Ich hob die Augenbrauen.

»Ausgeschlafen?«, wollte er wissen.

»Wie lange war ich weggetreten?«, wollte ich heiser wissen.

Grim holte tief Luft. »Seit ich dich hergebracht habe, ist eine Woche vergangen.«

»Und wie lange war ich davor eingesperrt?«, hakte ich nach.

»Zwei Wochen.«

Ungläubig sah ich ihn an. »Ihr habt mich drei Wochen eingesperrt?«

»Nein, nur zwei.«

Ich hob meine linke Hand, die festgekettet war. »Drei Wochen.«

»Na gut, du warst zwei Wochen im Keller eingesperrt, eine mehr oder weniger hier.« Er atmete abermals durch, dabei hielt er die Luft an und zählte offensichtlich im Kopf, bis er sie wieder ausstieß. »Aber in der letzten Woche wurdest du aufgepäppelt.«

»Aha«, stieß ich aus.

Grim neigte den Kopf. »Hungrig?«
Daraufhin nickte ich.
»Alles klar.« Er wandte sich ab und verließ den Raum.
»Hey!«, rief ich.
»Was?«, wollte er laut wissen.
»Wo willst du hin?«, hakte ich nach.
»Ich hole dir etwas zu essen!«
»Wow«, stieß ich leise aus. Dass er mich gefesselt ließ, wunderte mich nicht, immerhin hatte ich ihn beinahe umgebracht. Ich hätte dem Scheißkerl das Messer einfach in sein verkümmertes Herz rammen sollen, dann wäre er ein gelöstes Problem gewesen, aber nein, ich musste ja überrascht werden.
Als er zurückkam, hatte er einen Teller bei sich. »Ich habe hier Spaghetti Bolognese für dich.« Als er mich erreicht hatte, stellte er den Teller auf den Nachttisch und ich sah, dass er bloß Plastikbesteck auf diesen gelegt hatte.
»Angst?«, fragte ich, dabei deutete ich auf das Plastikmesser und konnte das Grinsen nicht unterdrücken.
Er schnaubte. »Sicher ist sicher.«
»Ah ja.« Ich nahm den Teller an mich, selbst dieser war aus Plastik, nun wusste ich, dass er wirklich Schiss vor mir hatte. Ein Kerl, der so riesig wie er war, hatte Angst vor mir, die mehr als einen Kopf kleiner als er war.
Süß!
»Hast du Geschwister?«, fragte er, nachdem er sich in den Sessel in der Zimmerecke gesetzt hatte.
Ich zuckte mit den Schultern. »Denke nicht, aber ich weiß es nicht.«
»Warum weißt du es nicht?«, wollte Grim wissen.
»Ich bin wohl nicht so aufgewachsen wie du und dein Bruder«, erwiderte ich, griff nach dem Plastikbesteck und fing an zu essen.
»Sondern wie?«
Mit vollem Mund sah ich zu ihm.
»Okay, du isst, danach reden wir, dann lasse ich dich vielleicht laufen.«

Ich verdrehte die Augen, hatte aber keine Lust darauf, dass er mir jetzt das Essen wegnahm. Besonders gut war es nicht, vermutlich handelte es sich um irgendeine Fertigpampe, denn die Nudeln waren verkocht und die Soße geschmacklos.

»Ich hole mir ein Bier.« Grim erhob sich, dann ließ er mich schon wieder allein.

Ich legte nicht besonders viele Manieren an den Tag, außer dass ich mit geschlossenem Mund kaute, denn ich war verdammt hungrig. Ich hatte seit gut drei Wochen keine warme Mahlzeit mehr bekommen und ich wusste, dass ich wesentlich besser kochen konnte als Grim.

Ich war gerade fertig, als Grim wieder ins Schlafzimmer kam. Er hatte zwei Flaschen dabei, ein Bier und ein Wasser. Die kleine Wasserflasche reichte er mir. »Danke.« Ich stellte den Teller zurück auf den Nachttisch, dann öffnete ich die Flasche und trank einen großen Schluck.

Er hatte wieder Platz genommen, weshalb ich meinen Blick auf ihn richtete. »Also?«

Ich rutschte weiter aufs Bett, bis ich mit dem Rücken am Kopfteil lehnte, und sah ihn nachdenklich an. »Als ich sechs Jahre alt war, lebte ich gemeinsam mit meinem Dad in Reardan, das ist ein unheimlich kleines Kaff hier in Washington«, begann ich und wusste, dass ich seine volle Aufmerksamkeit hatte.

»Und weiter?«

»Meine Mom hatte uns verlassen und kam nur selten vorbei, aber wenn sie uns besuchte, beachtete sie mich kaum. Nun, wie Kinder so sind, suchte ich trotzdem ständig ihre Nähe und Aufmerksamkeit, bis zu jenem Tag. Sie kam zu uns und wollte, dass es losgeht, was ich nicht verstand.« Ich räusperte mich und trank noch einen Schluck Wasser. »Sie wollten einen Ausflug mit mir machen, aber wir fuhren, bis es stockduster war. Ich war eingeschlafen und mein Vater hob mich aus dem Wagen, die beiden brachten mich in ein Haus und ich hörte Geschrei, dann sah ich sogar, wie ein Kind mit einem

Gürtel ausgepeitscht wurde.« Ich holte tief Luft. »Sie brachten mich in ein Zimmer und mein Vater sagte, dass ich stark sein soll. Ich sollte nicht weinen, keine Gefühle zeigen und alles ertragen, was mir blüht. Ich hörte nicht auf zu weinen, er schrie mich an und ich feuerte zurück, dann ohrfeigte er mich und kurz darauf, schlug er mich auch mit einem Ledergürtel.«

Grim trank einen Schluck Bier. »Und weiter?«

»Meine Mutter betreibt ebenfalls so ein Bootcamp wie Goldenblatt in Tucson, das von Ghost und den Grave Angels ausgehoben wurde.« Ich rieb meine Augen. »Sie verlangte Perfektion und bildete mich zu einer Killerin aus. Mit sieben Jahren konnte ich ein Scharfschützengewehr händeln, mit acht Wurfmesser und mit zehn einen Granatwerfer. Mit dreizehn Jahren wurde ich von einem Handlanger meiner Mutter entjungfert, sollte meine Opfer verführen und sie dann umbringen, sofern sie sich als Pädophile herausstellen, und mit vierzehn wurde ich an Marco Rossi verkauft. Er benutzte mich dazu, seine Lust an mir auszulassen, außerdem sollte ich seine Feinde ausschalten, zu denen er seine Männer nicht schicken konnte, weil sie sie kannten. Als ich mich mit sechzehn weigerte, den Jungen umzubringen, in den ich mich verliebt hatte, folterte er ihn vor meinen Augen und tötete ihn schließlich auf bestialische Art und Weise.« Mühsam hielt ich die Tränen zurück, denn diese Erinnerung war die einzige, die mich schmerzte. »Danach gab er mich meinen Eltern zurück, die mich eine Woche lang angekettet hielten, mir die Rabenflügel auf den Rücken tätowierten und mich für meinen Ungehorsam bestraften. Sie ließen mich ständig von den Männern vergewaltigen, die sie beschäftigten, und als ich von einem von ihnen schwanger wurde, prügelten sie mir das Baby aus dem Leib, danach brachten sie mich nicht zum Arzt, sondern banden mich so an, dass ich es ständig sah, weil die Schwangerschaft schon ein wenig weiter fortgeschritten war.«

Grim verzog das Gesicht.

»Als ich beinahe tot war, lösten sie die Fesseln und ließen mich in Ruhe, bis ich wieder fit war, danach bekam ich einen Auftrag nach dem anderen. Ich versuchte jedes Mal, abzuhauen, aber sie fanden mich, schließlich erfuhr ich, dass sie mir einen Sender implantiert hatten. Mit 25 fand ich heraus, dass er in meinem Hals sitzt«, ich drehte den Kopf und zeigte ihm die große Narbe, »ich fuhr wieder zu einem Auftrag raus, doch hielt ich irgendwo im Nirgendwo an, schnitt den Chip raus und wäre beinahe daran verreckt, aber ich begegnete einem Arzt, der mir das Leben rettete und mit dem ich heute befreundet bin. Ich erzählte ihm meine Geschichte, allerdings glaubte er mir kein Wort, sondern ließ mich einweisen.« Ich holte tief Luft. »Ich kam in eine Psychiatrie außerhalb von Seattle, saß dort in der geschlossenen Abteilung, aber mir gelang die Flucht. Seither schalte ich Rossis Männer aus, ebenso die meiner Eltern, sobald ich sie sehe. Ich verfolge sie und schlachte sie ab, denn sie haben es nicht besser verdient.«

»Und das war's?«

Ich nickte ihm zu.

»Und du wolltest mir an den Kragen, weil du dachtest, dass wir Geschäfte mit Rossi machen?«, hakte Grim nach.

»Richtig.«

»Es herrscht Waffenstillstand«, sagte er abermals. »Aber keine Ahnung, wie lange er anhält, da ich nun weiß, dass Rossi ein pädophiler Wichser ist.«

Ich hob eine Augenbraue.

»Und du wirst mir sagen, wo dieser Kindermarktplatz deiner Mutter ist«, verlangte er.

»Was bekomme ich dafür?«, wollte ich wissen.

Er holte tief Luft. »Du bekommst die Möglichkeit, dich an deinen Eltern zu rächen, denn du kennst dich dort aus und wirst uns sagen können, wie die Kids ausgebildet sind, wie das Gelände aufgebaut ist und so weiter.«

»Mein Vater ist tot«, antwortete ich kalt. »Er war der erste Kerl, den ich ausgeschaltet habe, nachdem ich abgehauen war.«

»Du hast deinen eigenen Vater abgeknallt?«, fragte er überrascht.

Ich schnaubte amüsiert. »Nein, nicht abgeknallt.«

Er zog die Augenbrauen zusammen. »Sondern?«

»Ich habe ihn auf der Straße abgefangen, k.o. geschlagen und eine Kette um seine Knöchel gewickelt.«

»Dann hast du ihn an deine Harley gebunden und bist losgefahren?«

Daraufhin nickte ich. »Richtig. Ich habe den Asphalt die Drecksarbeit übernehmen lassen. Die Leiche habe ich vor dem Hauptquartier meiner Mutter abgelegt.«

Grim schnalzte mit der Zunge. »Fast bewundernswert.«

Irritiert musterte ich ihn.

»Ich hatte mehr erwartet, also dass du ihn heftiger zurichtest.«

Ich zuckte desinteressiert mit den Schultern.

GRIM

Die Braut war total irre.
Heiß, aber irre.
»Und du hast sicher keine Geschwister?«
»Ich weiß es nicht«, wiederholte sie. »Ich bin ohne Geschwister aufgewachsen, aber keine Ahnung, ob meine Eltern noch Kinder bekommen haben.«
Ich neigte den Kopf, betrachtete sie nachdenklich. »Von einer Zwillingsschwester weißt du nichts?«
Sie zeigte mir ein Kopfschütteln. »Nein, warum? Spielst du schon wieder auf die Kleine von dem Foto an?«
Ich nickte ihr zu.
»Ich habe wirklich keine Ahnung, wer sie ist«, sagte sie schließlich. »Auch wenn mir die Ähnlichkeit zwischen ihr und mir aufgefallen ist.«
Genervt machte ich eine Atemübung. »Dann weißt du wirklich nicht, ob du eine Schwester hast oder nicht?«
»Nein.« Sie legte den Kopf schief, spiegelte so meine Haltung. »Wie ist ihr Name?«
»Ihr Name war Ruby.«
»Und weiter?«, hakte Raven nach.
»Robinson.«
Die Braut versteifte sich. »Ruby Robinson?«
»Na ja, Ruby war ihr Spitzname, aber sie verriet mir ihren richtigen Namen nie.«
Nachdenklich schaute Raven auf ihre Hände. Es sah so aus, als würde sie krampfhaft nach einer Erinnerung suchen.
»Ist dein Name ebenfalls Robinson?«
»Ja«, erwiderte sie knapp.
»Aber Raven ist nicht dein Vorname, oder?«
»Sicher nicht«, zischte sie.
»Sondern?«
»Den verrate ich dir erst, wenn ich auch deinen kenne«, sagte Raven, als sie den Blick hob.
»Trae.«
»Das ist dein Name?«

Ich nickte ihr gelassen zu.

Raven holte tief Luft. »Mein richtiger Name ist Hadley.«

»Ein außergewöhnlicher Name.«

Sie zuckte mit den Schultern. »Könntest du mir die Handschellen abnehmen? Ich werde dich nicht angreifen.«

»Wenn du es trotzdem versuchst, erschieße ich dich, denn ich weiß jetzt, wer du bist und woher du kommst. Also weiß ich alles, was ich wissen muss«, antwortete ich.

»Keine Sorge, ich versuch's nicht«, sagte sie. »Aber vielleicht versohle ich dem- oder derjenigen den Arsch, der oder die mir dieses furchtbare T-Shirt angezogen hat.«

»Du wirst Shafilea und Rose sicher nicht angreifen.« Ich erhob mich und deutete zum Kleiderschrank, an dem ihr Outfit hing. »Meine Brüder haben deinen Unterschlupf unter die Lupe genommen. Für wen war die Bombe?«

Raven schürzte die Lippen. »Für denjenigen, der sich ein Feuerwerk wünscht.«

Damit war mir schon klar, dass sie die Bombe bei uns hochgehen lassen wollte. Es wunderte mich nicht, immerhin hatte sie einen ziemlichen Hass auf uns gehabt, doch jetzt wirkte sie gewissermaßen friedlich – hoffentlich trügte der Schein nicht. »Also wolltest du, dass uns unsere Ärsche um die Ohren fliegen.«

Sie zuckte mit den Schultern. »Vielleicht.«

»Wir werden sie bestimmt zu einem geeigneten Zeitpunkt einsetzen können«, meinte ich und betrachtete sie. »Wenn ich die Handschellen löse, wirst du mich nicht angreifen, verstanden?«

»Keine Sorge, ich werde dir oder deinen Leuten nichts tun.« Sie nuschelte noch irgendwas davon, dass es ohnehin keinen Spaß machen würde, uns die Ärsche zu versohlen, weil es viel zu schnell gehen würde, uns auf die Bretter zu befördern. Ich schnaubte amüsiert. Dass sie mich ausgeknockt hatte, war ihr nur gelungen, weil ich etwas vollkommen Anderes im Sinn hatte, bevor es so weit gekommen war.

Ich meine, welcher Kerl wäre bei ihrem wirklich heißen und kurvenreichen Körper auf alles konzentriert geblieben?

Ich gehörte definitiv nicht zu den Männern, die ständig auf der Hut waren, wenn man kurz davor war, eine Braut flachzulegen. Ich ging zu ihr, holte den Schlüssel aus meiner Hosentasche und sah in ihre blaugrünen Augen. Das Blau überwog in ihnen, nicht wie bei Ruby, bei der das Grün stärker hervorgetreten war.

Ich war mir sicher, dass die beiden miteinander verwandt waren, denn die wirklich auffällige Ähnlichkeit bekam man nicht, wenn man nicht die gleichen Eltern hatte. Vielleicht, wenn man geklont wurde, aber bis es bei uns Menschen so weit war, würde sicher noch einige Zeit vergehen. »Denk dran, ich erschieße dich, wenn du dich nicht daran hältst.«

»Ich hab's verstanden«, erwiderte sie leicht genervt.

Ich öffnete die Handschellen, machte mich dabei sogar darauf gefasst, dass sie mich angreifen würde. Allerdings tat sie das nicht, auch nicht, als ich mich aufrichtete. Mein Blick fiel auf sie. »Willst du duschen?«

Raven roch an sich, dann verzog sie das Gesicht. »Wäre angebracht.«

»Gut, im Bad steht ein Hocker, auf den du dich setzen kannst, denn dein Kreislauf dürfte noch nicht ganz so gefestigt sein«, erwiderte ich nach einer weiteren Atemübung. »Komm mit.«

»Okay.« Sie stand auf und massierte ihre Hand, weshalb ich hinter mich deutete.

»Geh vor.«

Mit einem weiteren Zungenschnalzen ging sie an mir vorbei und verließ das Gästezimmer, in dem immer noch Rubys Touch steckte.

Ihre Sachen hatte ich weggeräumt, da ich es nicht ertrug, dass sie hier waren. Sie erinnerten mich zu sehr an sie, doch dass ich nun Raven im Haus hatte, machte es nicht besser, den Verlust zu verkraften, geschweige denn zu verarbeiten.

»Schräg gegenüber«, sagte ich, als wir auf dem Flur standen.

Raven sah kurz zu mir, danach steuerte sie das Bad an, in dem sie verschwand.

»H-H-Handtücher liegen im Schrank, D-D-Duschgel steht im E-E-Eckregal.« *Argh*! Ich hasste mich fürs Stottern, allerdings konnte ich es nie vollkommen unter Kontrolle bekommen. Dass sie hier war, machte mich fertig, entsprechend konnte ich mich nicht auf mein Reden konzentrieren.

»Danke.« Sie schubste die Tür zu, ich hob eine Augenbraue.

»Ich warte im Wohnzimmer auf dich!«, rief ich ihr zu, begab mich dorthin und ging an den Kamin. Ich stapelte Holzscheite darin, steckte Zunder dazwischen und zündete diesen an. Schnell fing er Feuer, knisterte und entzündete langsam das Holz. Ich richtete mich auf, lief in die offene Küche und holte mir ein Bier aus dem Kühlschrank. Drei Wochen waren vergangen, seit ich sie ins Loch sperren ließ, vor einer brachte ich sie hierher, da sie fast am Ende war, und sie angekettet, während Booze sie versorgte, damit sie nicht draufging.

Der Schnitt war verheilt, den sie mir zugefügt hatte, und mittlerweile hatte ich keine Schmerzen mehr, aber ich würde nun auch keine Rücksicht mehr auf sie nehmen. Sollte sie mich angreifen, würde ich sie an die Tafel des Teufels befördern.

Mit dem Bier setzte ich mich in den Sessel und lehnte mich zurück. Meinen Kopf legte ich auf die Rückenlehne, dabei behielt ich den Flur im Auge. Schließen würde ich sie nicht, denn ich wusste, dass sich diese Frau lautlos bewegen konnte. Sie kam auch aus so einem Stall wie Ghost und Kinky, womit sie sicherlich eine tickende Zeitbombe war.

Ich holte das Handy aus meiner Hosentasche, dann wählte ich Venoms Nummer.

»Hey«, sagte er irritiert. »Brennt die Luft in Washington?«

»Ist deine Frau in der Nähe?«, fragte ich hingegen.

»Ja, warum?«

»Aktivier bitte den Lautsprecher«, erwiderte ich.

»Moment.« Es raschelte und ich hörte, dass er sie zu sich rief. »Kannst reden«, sagte er.

Ich holte tief Luft. »Was wisst ihr über diese Bootcamps?«

»Dass zumindest Goldenblatts nicht mehr existiert«, antwortete Venom. »Warum rufst du deshalb an?«

Ich schnaubte. »Ghost, weißt du etwas über so ein Camp in Washington?«

»Ja, Raven wurde dort ausgebildet, sofern es sie wirklich gibt«, antwortete sie. »Warum fragst du denn?«

»Weil sie gerade in meinem Haus ist. Sie hat vor drei Wochen versucht, mich umzubringen.« Venom und Broke wussten schon darüber Bescheid, aber Ghost hatte keine Ahnung von den Clubangelegenheiten.

»O Mann, du solltest sie loswerden«, sagte Ghost sofort. »Ich meine, Kinky und ich sind schon hart drauf, aber Raven stellt selbst uns in den Schatten.«

»Das geht?«, vernahm ich den überraschten VP des Gründungschapters.

»Ja, sie ist eine Legende in unseren Reihen, obwohl sie wesentlich später rekrutiert wurde als ich. Goldenblatt nahm mich einmal mit nach Washington und ich wollte sie unbedingt sehen, aber die Frau ist wie ein Geist. Wenn sie nicht will, dass man sie sieht, dann passiert es auch nicht.«

»Also zeigte sie sich nicht?«, hakte ich nach.

»Nein, sie war wohl da, hielt sich aber im Hintergrund. Ich kenne sie nur vom Hörensagen, weiß aber, dass sie Kinky und mich kennt.«

Ich holte tief Luft. »Dann hat sie es wohl perfektioniert, sich bedeckt zu halten.«

»Da wir am Wochenende mit dem Chapter zu euch kommen, werden Broke und ich sie uns ansehen«, sagte Venom. »Aber du solltest sie im Auge und vor allem im Zaum behalten.«

»Werde ich«, entgegnete ich. »Dann sehen wir uns am Wochenende beim Clubtreffen.«

»Bis dann, Grim«, erwiderte Venom, nachdem sich Ghost mit einem knappen »Bye« verabschiedet hatte.

»Bis dann.« Ich beendete das Telefonat, würde am Wochenende mit Broke und Venom sprechen, gegebenenfalls auch mit Ghost und Kinky, damit sie mir sagen konnten, wo sich das Bootcamp von Ravens Mutter befand. Hoffentlich würde Beam seine Old Lady nicht mitbringen, denn Raven würde bestimmt keinen Halt vor Alessandra Rossi, Marco Rossis Tochter, machen.

Ich dachte über Ghosts sowie Venoms Worte nach. Wenn sie am Wochenende hier ankamen, würde ich mich mit Broke und seinen Offizieren zusammensetzen, um zu besprechen, wie wir mit Raven verfahren würden. Bis dahin musste es mir irgendwie gelingen, dass sie blieb, aber das war womöglich das kleinere Problem. Gemeinsam mit dem Gründungschapter hatten wir so ein Scheißbootcamp ausgehoben und Fuck, was wir dort zu sehen bekamen, war der pure Horror. Noch einmal wollte ich es meinen Brüdern nicht zumuten, weshalb ich Raven wohl oder übel ziehen lassen musste. Unsere Hilfe kostete verdammt viel Geld, nur Madison hatte ich die Kosten erlassen, weil sie Caens Old Lady wurde, doch sie hatte trotzdem bezahlt. Sie wollte keine Schulden beim Club, weshalb sie die Kohle beschafft hatte. Nun war sie unsere Waffenlieferantin, auch wenn der Sohn eines Freundes der aktive Teil ihrer kleinen illegalen Firma war.

Raven verließ das Bad nur mit einem Handtuch um den Körper. Sie schaute zu mir und neigte den Kopf.

Mein Schwanz meldete sich, aber ich kämpfte die Lust nieder, die sie heraufbeschworen hatte.

»Da ihr meinen Unterschlupf auf den Kopf gestellt habt, habt ihr vielleicht auch ein paar Klamotten von mir mitgebracht?«, wollte sie wissen.

»In deinem Schlafzimmer.«

Sie nickte mir zu, wandte sich ab und verschwand.

Ich atmete tief durch, stellte mir andere Dinge vor, damit ich nicht aufstand und ihr folgte. Definitiv würde sie mir aufs Maul geben, wenn ich nun versuchen würde, auf Tuchfühlung zu gehen.

Ein paar Minuten später kam sie ins Wohnzimmer, sie war langsam unterwegs und auf ihrer Stirn standen feine Schweißperlen.

»Alles in Ordnung?«

»Nur der Kreislauf, wie du sagtest«, erwiderte sie, nachdem sie auf der Couch Platz genommen hatte. Raven atmete kontrolliert durch. »Ich bin weg, sobald es mir besser geht.«

Ich hob eine Augenbraue, dabei atmete ich schon mal durch, damit ich gleich nicht stotterte. »Am Wochenende kommen die anderen Chapter zum Clubtreffen her … Auch Kinky und Ghost werden dabei sein … Du wirst so lange hierbleiben, bis wir mit ihnen gesprochen haben.«

Sie spiegelte meinen Blick wider. »Dein Ernst?«

»Mein voller Ernst.«

Raven schnaubte. »Das ist so kindisch.«

»Ich weiß von Ghost, dass«, ich holte tief Luft, »du ganz gut darin bist, dich im Hintergrund zu halten. Sie meinte, dass du in euren Kreisen eine Legende bist und viele bezweifeln, dass du überhaupt existierst.«

Daraufhin lachte sie, ein recht heiserer Laut, der meinen Körper in Schwingung versetzte. »Ja, ich bin gut darin, weshalb es mich umso mehr ärgert, dass mich deine Leute gefunden haben.« Sie räusperte sich. »Kinky mag den Senator auf dem Gewissen haben, aber ich hab die Frau des Präsidenten abgeknallt.« Sie verzog das Gesicht. »Dummerweise war sie ein Kollateralschaden, weil sie genau in dem Moment in die Schussbahn lief, als ich auf ihn gezielt habe.« Raven sah mich vollkommen emotionslos an, es bockte sie nicht einmal, dass sie die Frau des Präsidenten auf dem Gewissen hatte. Jedoch war ich mir sicher, dass es sich mit all den Jahren verabschiedet hatte, in denen sie bereits für andere mordete.

»Warum solltest du ihn abknallen?«

»Weil er ein paar Gesetzesänderungen durchbringen wollte, na ja, ist halt dumm gelaufen, aber nach diesem fehlgeschlagenen Attentat folgte, was ich dir erzählte.«

»Die Folter, bevor du abgehauen bist?«

Sie nickte knapp.

»Na dann.«

Es klopfte, weshalb ich über meine Schulter schaute.

»Ist offen!«, rief ich.

Caen betrat mein Haus und hob eine Augenbraue, als sein Blick auf Raven fiel. Seine Hand glitt an seine Kehrseite und ich wusste, dass er nach seiner Waffe tastete. »Sicher, dass du sie nicht mehr anketten willst?«, fragte er skeptisch.

»Ich habe ihm zugesagt, euch nicht die Ärsche zu versohlen«, antwortete Raven, auch wenn sie nicht gemeint war. »Also kannst du deine Waffe loslassen, ich bin sowieso schneller als du.«

Er schnaubte amüsiert. »Es wurde schon mal das Gegenteil bewiesen.«

»Tja, jetzt bin ich unverletzt, also können wir es gern noch mal versuchen oder kriegst du nur einen hoch, wenn du hinterrücks auf Frauen schießt?«, forderte sie ihn heraus.

»Es reicht!«, mischte ich mich mit harter Stimme ein. »Was gibt's, Caen?«

»Die Nomads sind angekommen.«

Überrascht sah ich ihn an. »Jetzt schon?«

Er nickte. »Ja, Reaper will mit dir und Ripper sprechen, da Tucson wohl auch schon in Aufbruchstimmung ist.«

»Alles klar.« Ich erhob mich, mein Blick fiel auf Raven. »Mach keine Scheiße, solange ich weg bin.«

»Darf ich mich an deinen Getränken bedienen?«, fragte sie.

»Fühl dich wie zu Hause«, erwiderte ich, umrundete den Sessel und ging zu meinem Bruder. »Lass uns gehen.«

»Sicher, dass du sie allein lassen willst?«, hakte Caen nach.

»Ja.«

»Na dann«, stieß er aus.

Gemeinsam verließen wir mein Haus und ich war gespannt, warum Reaper, der Präsident der Nomads, mit mir sprechen wollte.

RAVEN

Ich durfte Grims Haus nicht alleine verlassen. Er wollte nicht, dass ich seinen Brüdern die Ärsche versohle, genauso wenig, dass sie mich erschießen. Laut Grim war das Wochenende gekommen und die anderen Chapter waren auf dem Gelände, doch ich hielt mich nur in seiner Holzkiste auf. Das Haus gefiel mir nicht, permanent hing der schwere Geruch von Bourbon in der Luft und ich wollte nach Hause, allerdings ließ mich der Penner nicht gehen. Er hatte mir sogar eine Fußfessel angelegt, als ich geschlafen hatte, damit er mich im Auge behalten konnte. Sobald ich mich zu weit von seinem Haus entfernte, schrillte das Ding los – was bisher zweimal passiert war. Ich wusste, dass ich das Ding knacken konnte, aber noch spielte ich sein kleines gestörtes Spielchen mit.

Ich stand in seiner Küche, um mir etwas zu essen zu machen. Einmal hatte ich für uns beide gekocht, doch er wollte es nicht essen, weil er glaubte, dass ich ihn vergiften will, seither bereitete ich nur noch für mich etwas zu, um nichts wegzuwerfen. Das Kochen hatte ich mir selbst mithilfe von Kochbüchern oder Rezepten aus dem Internet beigebracht, auch wenn ich es selten tat, aber gelegentlich wollte ich keinen Fertigfraß essen, zudem konnte diese Kleine echt nicht kochen, die ständig am Zipfel von Caens Kutte hing. Im Kamin brannte ein Feuer, es knisterte vor sich hin, während ich mir Bratkartoffeln machte.

Die Tür wurde geöffnet.

»Hey.«

Über meine Schulter schaute ich zu Caen. »Habt ihr eure lächerliche kleine Besprechung abgehalten?«

»Es heißt Chapel und sei nicht so frech«, erwiderte er, als er sich mir näherte. Aus seinen beinahe schwarzen Augen sah er mich finster an. »Grim will dich im Clubhaus sehen.«

Ich schnaubte amüsiert. »Ich mache mir gerade etwas zu essen.«

Daraufhin schob er mich zur Seite und schaltete den Herd aus. »Das kann warten.«

»Ich begleite dich nicht dorthin.«

Caens Blick verfinsterte sich noch weiter. »Du wirst.«

»Sonst was?«, hakte ich bissig nach.

Er griff hinter sich und hielt mir kurz darauf eine Beretta an die Stirn.

»Süß.«

Caen spannte den Hahn. »Beweg dich.«

Ich schnalzte mit der Zunge. »Sei froh, dass ich zu hungrig bin, um dir deinen arroganten Arsch zu versohlen.« Ich drehte mich weg und machte mich auf den Weg in mein Zimmer. Dort stieg ich in meine Boots, außerdem zog ich meine Lederjacke über das bauchfreie Top, auch wenn es bereits zu kalt für dieses Outfit war, allerdings war ich mir sicher, dass mir bald warm werden würde. Meine roten Haare hatte ich zu einem Dutt gebunden, aus dem sich schon ein paar Strähnen gelöst hatten. Nach einem kurzen Blick in den Spiegel stellte ich fest, dass ich die Kerle in diesem Outfit schnell um den kleinen Finger wickeln konnte, auch wenn sie mich für eine skrupellose Killerin hielten – die ich ja auch war.

»Wird's bald?«, rief er ungeduldig.

»Mein Gott, stell dich nicht so an, Kleiner«, antwortete ich, als ich mich auf den Weg zu ihm machte.

»In dem Outfit dürfte dir kalt werden.«

»Tja, wer hat denn nur solche Sachen aus meinem Unterschlupf geholt?«, hakte ich nach, dann schnalzte ich mit der Zunge. »Lass uns gehen, bevor ich es mir anders überlege.« Meine Ringe hatten sie mir gelassen und ich wusste, dass sie bei einem gezielten Schlag die Haut meines Gegners aufplatzen ließen, aber bei so vielen Bikern auf dem Gelände, würde ich erst mal auf keinen der Flachwichser losgehen.

»Los jetzt«, meinte er und schob mich in Richtung Tür.

»Finger weg«, zischte ich und schüttelte ihn ab, außerdem beschleunigte ich meine Schritte. Draußen war es bereits dunkel und ich hörte, dass die Männer in Scharen auf dem Gelände waren, da sie sich so lautstark unterhielten.

Es war kalt, aber ich fror nicht, gerade brannte die Wut über Caen viel zu heiß in meinen Venen. Ich war so richtig angepisst, weil Grim nicht selbst zu mir gekommen war, sondern seinen Road Captain geschickt hatte.

»Anstelle meines Bruders hätte ich dich im Loch gelassen«, knurrte er.

»Tja«, kommentierte ich es knapp, als wir an zahlreichen Zelten, Vans und sogar Trailern vorbeikamen. Ich ließ meinen Blick schweifen, suchte nach Schwachstellen in den Mauern, konnte aber keine ausmachen.

Fuck, der Schuppen war echt besser gesichert, als ich bisher gesehen hatte!

Nach einem etwas längeren Fußmarsch hatten wir das Clubhaus erreicht. Ich sah meine Fat Bob vor der Tür stehen, weshalb ich sie ansteuerte.

»Du wirst jetzt sicher nicht abhauen«, sagte Caen hinter mir.

Ich drehte mich zu ihm um. »Wie soll ich das ohne Schlüssel machen, du Knallkopf?«

»Was willst du dann an dem Teil?«

Ich öffnete den Seitenkoffer. »Ich brauche meine Medikamente, sonst könnte das hier noch zum Schlachtfest werden.« Demonstrativ kreiste ich mit der Hand, damit der Kerl checkte, was ich meinte. Ich wusste ja nicht, ob er schwer von Begriff war oder nicht.

Er hob eine Augenbraue. »Bitte was?«

»Antidepressiva, Schlafmittel, all so was eben, damit das Monster in mir ruhiggestellt ist«, ließ ich ihn wissen und trat einen Schritt zurück. »Wenn du mir nicht glaubst, da ist ein kleines Täschchen im Seitenkoffer, in dem die Medikamente sind.«

»Na schön.« Er kam an meine Seite, griff hinein und holte das Samttäschchen heraus. Caen öffnete es und warf einen Blick hinein, nachdem er sich aufgerichtet hatte. »Gut.« Er drückte es mir in die Hand.

Ich nahm den Karabiner und hängte es an die Gürtelschlaufe meiner Lederhose.

»Weiter geht's.« Er deutete zum Eingang des Clubhauses.

Ich ging an seine Seite und begab mich gemeinsam mit ihm dorthin.

Caen führte mich zu einer Tür, an die er klopfte.

Sie wurde geöffnet und ich sah mich einem riesigen Kerl mit dunkelbraunem Haar gegenüberstehen. Na ja, es waren Locken, die mich an einen unrasierten Schwanz erinnerten – und von denen hatte ich in meinem Leben wahrlich nicht wenige gesehen.

»Ist sie das?«, hakte er nach.

»Ja, das ist sie.«

Der Große ging zur Seite und Caen schob mich ins Büro. Ein Haufen Kerle stand und saß um den Tisch herum, außerdem Ghost und Kinky.

»Das soll sie sein?«, fragte Kinky mit einer gehobenen Augenbraue.

Ich schnaubte amüsiert. »Ball flachhalten.« Danach verschränkte ich die Arme vor der Brust und sah Grim an. »Was willst du von mir?«

»Das sind die Präsidenten des Gründungschapters sowie der anderen Chapter. Du solltest uns also noch mal erzählen, wo du herkommst, wer dort das Sagen hat und wie wir den Laden hochnehmen können«, erklärte Ripper, nachdem Grim ihm einen Blick zugeworfen hatte.

»Da du Bescheid weißt, kannst du das doch übernehmen«, wandte ich mich an Grim. »Ich wiederhole mich nur ungern.«

»Du solltest das Maul aufmachen, denn ich gehöre nicht zur geduldigen Sorte Mensch«, mischte sich ein Kerl mit schwarzen Haaren ein. Auf seiner Brust erkannte ich ein weiteres President-Patch sowie Tucson.

Dann war der Kerl also der Präs des Gründungschapters.

»Vielleicht bist du mal ein bisschen freundlicher, du Pomadenhengst«, hielt ich mit einer gehobenen Augenbraue dagegen.

Er zog eine Beretta Fusion Blu und richtete sie auf meine Stirn, allerdings machte er mir keine Angst.

»Buhu, könnt ihr euch auch irgendwie anders durchsetzen als mit euren Waffen?«, fragte ich interessiert. »Oder sind eure Schwänze so klein, dass ihr nur so einen hochbekommt?«

Ghost lachte auf, doch nach einem ernsten Blick von Schamhaarlöckchen verstummte sie wieder, gluckste aber noch. »Sorry. Ich hab nur gerade einen Flashback.«

Ich schnalzte mit der Zunge. »War's das dann?«

»Erzähl uns deine Geschichte«, sagte Ripper ernst.

»Vielleicht sagt ihr einfach mal *bitte*«, erwiderte ich. »Mein Gott, wie unfreundlich ihr alle seid.« Ich schaute mir meine Fingernägel an, von denen der Lack bereits abgesplittert war, außerdem war die Gelmodellage ein wenig herausgewachsen, was mich ärgerte.

»Würdest du uns *bitte* deine Geschichte erzählen?«, fragte er dann übertrieben freundlich.

»Geht doch«, entgegnete ich zufrieden, ließ mir sogar das kleine Lächeln nicht nehmen, das meine Lippen umspielte.

»Hör mit dem Quatsch auf und sag uns endlich, was wir wissen wollen«, forderte der andere Präs.

Ein weiteres Mal sah ich Grim an. »Du kennst meine Geschichte. Ich bin mir sicher, dass diese Kerle sie auch kennen, also warum soll ich sie noch einmal erzählen?«

»Weil wir es so wollen«, antwortete Ripper.

Ich schüttelte den Kopf. »Wenn ich mit Grim spreche, will ich die Antwort von ihm, nicht von seinem Nummer eins Arschkriecher.«

»Es reicht«, erwiderte Grim mit ernster Stimme.

»Gut, habt ihr Zeit? Ich schon.« Ich ging an die Wand neben der Tür, lehnte mich mit dem Rücken dagegen und sah die Kerle finster an.

Warum sollte ich alles noch mal erzählen?

Einmal reichte doch!

»Das wird mir hier langsam zu kindisch«, sagte Ghost.

»Ihre Geschichte wird sich nicht sehr von Kinkys und meiner unterscheiden.«

»Sie soll sie trotzdem erzählen«, beharrte der mir fremde Präs.

»Das bringt nichts, Broke«, mischte sich Kinky ein. »Sie wird nichts sagen, wenn sie nicht will.«

Wenigstens eine hatte es erkannt, aber ich sprach meine Gedanken nicht laut aus. Ich wollte einfach nur meine Ruhe vor den Kerlen haben, aber nein, Grim hatte mich hierher beordert. Und zumindest kannte ich nun den Namen dieses anderen Präs, was schon mal von Vorteil war, auch wenn ich mir sein Gesicht schon längst gemerkt hatte.

»Grim«, sagte dieser Broke bloß, woraufhin Grim durchatmete.

Er fing an, ihnen meine Geschichte zu erzählen, doch ich schaltete auf Durchzug, immerhin wusste ich, was ich durchgemacht hatte.

Ich lehnte meinen Hinterkopf an die Wand und ließ meinen Blick durch den Raum schweifen, während Grim alles zum Besten gab, was ich ihm anvertraut hatte, ebenso sparte er nicht mit dem Detail, dass Rossi ein pädophiles Arschloch war.

Grim hatte meine Lebensgeschichte sehr detailliert erzählt, alles, was ich ihm anvertraut hatte, wussten nun auch diese Männer, dabei hätte ich manche Dinge gern unter den Tisch fallen lassen.

»Klingt für mich nicht schlimmer als Kinkys oder Ghosts Geschichte«, sagte ein blonder Kerl, der seine langen Haare zu einem Dutt gebunden hatte.

Er war der Sergeant aus Tucson – noch so ein Arschloch vom Gründungschapter.

»Sie war vielleicht nicht so früh im Bootcamp wie wir, aber ihre Ausbildung war härter. So, wie ich ein Prototyp war, war auch Raven einer, nur sie ist wesentlich effektiver und mordet effizienter«, mischte sich Ghost ein und schaute zu mir. »Wo ist der Schuppen deiner Mutter?«

»Sie hat mehrere – wie soll ich sagen? – Zweigstellen«, antwortete ich gelassen.

»Was ist mit den Adressen?«, wollte Broke wissen.

Ich schnaubte. »Sie sind nicht mehr an diesen Orten. Ich muss sie suchen.«

»Das kommt dir ja sicher sehr gelegen«, knurrte das Schamhaarlöckchen.

Es beeindruckte mich nicht, aber ich wurde jetzt lieber mal nicht frech. Noch eine Kugel wollte ich mir nicht einfangen, aber langsam wirkten alle Kerle so, als würden sie mir liebend gern ein paar davon verpassen.

»Warum hast du Grim verletzt?«, hakte Broke weiter nach.

»Weil ihr gemeinsame Sache mit Rossi macht, na ja, das dachte ich zumindest«, antwortete ich.

»Mit dem werden wir uns noch treffen, um herauszufinden, ob er wirklich pädophil ist«, sagte er.

»Als ob er das vor euch zugeben würde«, erwiderte ich abfällig. Abermals fiel mein Blick auf Grim. »Braucht ihr mich noch?«

»Du wirst bleiben«, verlangte Broke.

Genervt verdrehte ich die Augen. »Du bist nicht der Präs dieses Chapters, also geb ich gerade 'nen Scheiß auf dein Wort.«

»Du bleibst«, entschied Grim – der Kerl hatte wohl seine Eier weggeschlossen, wenn er Broke einfach so das Feld überließ. Meine Güte, diese Bikerschweine waren mir echt unsympathisch und einmal mehr war ich unzufrieden mit mir, weil es mir nicht gelungen war, ein paar von ihnen auszuschalten.

»Na schön«, gab ich mich geschlagen. »Wenn ihr wissen wollt, wo sie sind, müsst ihr mich rausfahren lassen.«

»Damit du danach nicht zurückkommst?«, hakte Broke amüsiert nach.

»Kinky und ich können sie begleiten«, schlug Ghost vor. »Drei Frauen auf Motorrädern sind nicht so auffällig wie ihr Kerle.«

»Was haltet ihr von dem Vorschlag?«, wollte Schamhaarlöckchen wissen, der Kerl war ganz offensichtlich mies drauf.

Broke schnalzte mit der Zunge, seine schwarzen Haare hatte er nach hinten gekämmt, die Seiten waren genauso kurz rasiert wie sein Bart. »Meinetwegen, aber die Braut bekommt keine Waffen.«

»Brauche ich auch nicht, ich kann ohne Waffen kämpfen«, ließ ich ihn wissen.

»Dann wird euch einer der Männer begleiten, meinetwegen auch ein Prospect, allerdings ohne Kutte«, sagte Broke.

»Ich werde niemanden angreifen«, versicherte ich ihm, obwohl ich wusste, dass mir selbst die beiden Frauen nicht gewachsen waren.

GRIM

Dann ist es entschieden«, sagte Broke, nachdem wir darüber abgestimmt hatten, ob die Frauen gemeinsam rausfahren oder nicht. Das Ergebnis war nicht einstimmig, aber dass sie nach Ravens Mutter suchen sollten, hatte zumindest zwei Stimmen mehr bekommen als die Ablehnung.

Ich griff nach dem Totenkopf, denn den würde ich Broke in meiner Chapel nicht überlassen. »Alles geklärt?«, fragte ich interessiert.

Die Präsidenten nickten mir zu, ich schlug den Schädel auf den Tisch – Chapel beendet.

Meine Brüder erhoben sich und verließen nach und nach den Raum, bloß Broke und die übrigen Präsidenten blieben. »Soll die Kleine zurück in dein Haus?«, wollte Warhog von mir wissen – er war der Präs des Chapters in Kalifornien.

»Sie trägt eine Fußfessel, ich sehe auf meinem Handy, wo sie sich herumtreibt«, erwiderte ich gelassen.

»Wo habt ihr sie aufgegabelt?«, hakte Broke interessiert nach.

»Sie tauchte an einem offenen Abend hier auf«, antwortete ich aufrichtig. Ich war froh, dass ich mich in Gegenwart meiner Brüder wohlfühlte, weshalb ich nicht stotterte, ich musste bloß vermeiden, mich aufzuregen.

»Ihr werdet Hilfe brauchen, wenn ihr gemeinsam mit ihr diesen Verbrecherring ausheben wollt«, sagte Lord, er führte das Texas-Chapter an.

»Vermutlich«, stimmte ich zu.

»Warten wir erst mal ab, was die Braut, Ghost und Kinky finden«, meinte Whistle, der das New Mexico Chapter anführte.

»Ist wohl das Beste«, stimmte Broke zu.

»Also dann warten wir ab, was die Frauen finden«, sagte Cruel, ihm unterstand das Chapter in Louisiana.

Es war anstrengend, mit ihnen zu reden, denn auch, wenn ich nicht stotterte, ermüdete es mich schnell, mit Menschen zu reden.

»Gut, dann ist das geklärt. Fahren wir zum Motel und verteilen uns auf die Zelte, Schlafzimmer und Trailer«, entschied Broke und erhob sich. »Oder macht die Lounge unsicher.« Danach sah er mich an. »Das nächste Clubtreffen sollte nicht im Winter stattfinden.«

Ich nickte ihm zu. »Vorher war keine Zeit da.«

Er grinste. »Ich weiß, aber fürs nächste Mal merken wir es uns.«

Das nächste Mal wäre ohnehin erst in zwei Jahren, da wir uns immer damit abwechselten, unsere Brüder zu empfangen. Nur hatte ich nicht mehr im Kopf, dass wir dieses Jahr damit an der Reihe waren, das große Treffen auszurichten. Normalerweise trafen sich zwei, höchstens drei Chapter auf einmal, nicht sechs oder alle in den Staaten. So groß war auch kein Clubgelände, um alle empfangen zu können.

Gemeinsam mit den anderen Präsidenten verließ ich das Büro, dessen Tür ich hinter mir verriegelte. Als ich zur Haustür schaute, sah ich Raven draußen stehen. Statt meinen Brüdern in die Lounge zu folgen, begab ich mich zu ihr. Ich zog meine Zigaretten aus der Brusttasche, als ich neben ihr stand. »Auch eine?«

»Danke.« Sie nahm eine der angebotenen Kippen und tastete ihre Taschen ab, dann verdrehte sie die Augen.

Ich schnaubte amüsiert, als ich ihr Feuer gab.

Sie bedankte sich noch einmal, zog an der Kippe, bis sie brannte und ging die zwei Stufen herunter. Raven ließ ihren Blick schweifen, dabei rieb sie ihren Nacken.

»Alles in Ordnung?«

Daraufhin drehte sie sich zu mir um. »Geht, ich bin ein bisschen angepisst, weil Caen mich gehetzt hat, als ich mir etwas zu essen gemacht habe.«

Ich nickte knapp. »Es konnte nicht warten.«

»Aha«, stieß sie aus und zog abermals an der Kippe. »Ist es okay, wenn ich zurückgehe, oder stehe ich jetzt unter besonderer Beobachtung?«

»Ich komme mit. Ich sage nur noch Ripper Bescheid.«

»Alles klar«, sagte sie.

»Hey, Rossi!«, rief jemand, woraufhin Raven aufmerksam wurde.

Sie schaute mit verengten Augen in die Richtung, aus der der Ruf gekommen war.

»Hey«, meinte Tiger, als er ebenfalls nach draußen kam.

Ich sah ihn an. »Achte kurz auf sie. Beam hat seine Old Lady mitgebracht und ich glaube, Raven ist kurz davor, sie zu suchen«, raunte ich ihm zu.

»Alles klar«, erwiderte er irritiert.

Ich schnippte meine Zigarette weg, danach ging ich eilig in die Lounge, wo Ripper mit meinen übrigen Offizieren stand. »Hey.«

Mein VP sah mich an. »Was gibt's?«

»Ich geh essen, bin später wieder da.«

»Weiß Bescheid.«

Ich nickte meinen Brüdern zu, danach machte ich mich wieder auf den Weg nach draußen.

Tiger stand weiterhin auf der Treppe, Raven davor, allerdings war sie immer noch aufmerksam.

»Danke, Mann«, wandte ich mich an ihn, anschließend lief ich zu ihr. »Lass uns gehen.«

»Ihr habt eine Rossi auf dem Gelände?«, zischte sie, nachdem wir uns ein wenig vom Clubhaus entfernt hatten.

»Ja, aber sie hat nichts mit den Geschäften ihres Vaters zu tun«, antwortete ich gelassen.

»Sie stammt trotzdem von dem alten Kinderficker ab«, knurrte sie.

»Du wirst hier niemanden angreifen, hast du das endlich verstanden?«, hakte ich angesäuert nach.

Raven schnaubte unzufrieden, jedoch antwortete sie mir nicht.

Kopfschüttelnd brachte ich sie zu meinem Haus und hoffte, dass uns Alessandra und Beam nicht über den Weg liefen, denn mir war bewusst, dass es schwer werden würde, Raven zu bremsen, wenn sie erst mal loslegte.

Wenig später hatten wir die Blockhäuser erreicht und ich brachte sie in meines. »Bleibst du nun hier?«, fragte sie.

»Erst mal«, antwortete ich und steuerte die Küche an, nachdem wir es betreten hatten.

»Hunger?«

»Ja.« Ich öffnete den Kühlschrank und holte ein Bier heraus.

»Ich meinte weder Hopfen noch Gerste«, sagte sie leise.

»Was wolltest du kochen?« Mein Blick fiel auf die Pfanne auf dem Herd. »Sollten das Bratkartoffeln werden?«

»Ja, aber ich glaube, die kann ich jetzt wegwerfen«, erwiderte sie, als sie dazukam. Sie stach mit einer Gabel in eine der Kartoffelscheiben. »Oder auch nicht. Also, da ich es selbst auch essen will, kannst du ja hier stehenbleiben und zusehen, damit du weißt, dass ich dich nicht vergifte.«

Ich gab einen amüsierten Laut von mir, dann lehnte ich mich mit der Schulter gegen den Kühlschrank. »Dann fang an.«

»Möchtest du noch etwas dazu machen?«

»Fleisch?«, fragte ich.

»Zum Beispiel«, antwortete Raven, als sie den Herd wieder einschaltete.

»Wäre keine schlechte Idee.« Ich stieß mich vom Kühlschrank ab, öffnete diesen und holte zwei Steaks heraus. »Isst du Steaks?«

»Ja.«

»Gut.« Ich schubste die Kühlschranktür zu, nahm eine Pfanne aus dem Schrank unter der Spüle und stellte sie auf den Herd. Nachdem ich ein wenig Öl hineingegeben hatte, schaltete ich sie ein.

Wir hatten miteinander gegessen und ich musste zugeben, dass Ravens Essen etwas besser als Madisons schmeckte. Es war nicht ganz so fad, sondern wirklich gut gewürzt, und ich wunderte mich, dass Caen sich nie über die Kochkünste seiner Old Lady beschwert hatte.

Raven legte ihr Besteck ab, auf ihrem Teller befand sich noch ein Großteil ihrer Portion.

»Bist du satt?«

»Ja, die Augen waren größer als der Magen«, entgegnete sie.

»Alles klar.« Ich griff nach ihrem Teller und stellte ihn vor mich.

»Bedien dich«, stieß sie voller Sarkasmus aus.

»Tue ich.«

Sie lehnte sich zurück und ließ ihren Blick durch die Küche schweifen. »Wie lange lebst du hier schon?«

»Mehr als zehn Jahre«, antwortete ich aufrichtig.

»Warum?«

Ich schnalzte mit der Zunge und betrachtete sie. »Ich verließ mein Elternhaus mit 17«, entgegnete ich. »Danach fuhr ich eine Weile herum, irgendwann landete ich hier. Ich bin dem Club mit 19 beigetreten, etwas später stieß mein Bruder dazu, da war ich schon Präs, da mein Vorgänger ins Gras gebissen hatte, und wurde Prospect. Er hat sich genauso hochgearbeitet wie ich.«

Sie nickte. »Warum bist du von zu Hause abgehauen?«

Ich holte tief Luft. »Als ich 14 war, hatte ich einen Autounfall mit meiner Mutter. Sie starb, a-a-aber ich war na-nahezu unverletzt.« Fuck! »Mein Vater und i-ich k-kamen danach n-nicht mehr miteinander k-klar.« Ich räusperte mich. »Es w-wu-wurde immer schlimmer, also ging ich.«

»Caen ist dein Bruder, oder? Ich meine, ihr seht aus wie Zwillinge.«

»Mein leiblicher Bruder, aber wir sind keine Zwillinge. Wir haben noch einen jüngeren Bruder, der aber hinter unserem

Va-Vater steht. Denke mal, d-d-dass er m-mi-mittlerweile die Firma übernommen hat.«

»Auch nicht schlecht«, sagte sie.

»Wie hast du die Sache überlebt?«, wollte ich wissen, vor allem, weil ich das verdammte Thema wechseln wollte.

Sie holte tief Luft. »Ich denke, dass eine Menge Glück im Spiel war, da sie mich oft krankenhausreif geschlagen haben, aber ich wollte nicht aufgeben.«

Ich nickte mit vollem Mund.

»Und ich wollte mich nicht wie andere unterkriegen lassen«, fuhr Raven fort und schaute aus dem Fenster. Sie seufzte.

»Warum willst du dich an deiner Mutter rächen?«

Ihr Blick fiel auf mich, voller Skepsis sah sie mich an. »Sie hat mein Leben zur Hölle gemacht, Grim. Ich glaube nicht, dass du das Ausmaß dessen verstehen kannst, was in mir oder meinen Waffenschwestern und -brüdern vorgeht. Geschweige denn, was das alles in uns zerstört hat.«

»Stimmt, ich kann es mir nicht annähernd vorstellen«, gestand ich und nahm den letzten Bissen. »Aber ich weiß, wie sehr Eltern einem das Leben zur Hölle machen können.«

»Dann verstehe ich nicht, warum du fragst«, sagte sie.

»Na ja, du willst deine Mutter aus dem Weg räumen, deinen Vater hast du schon auf dem Gewissen … Das ist sehr drastisch.«

»Wenn du mein Leben gelebt hättest, würdest du es nicht mehr drastisch nennen«, hielt sie überzeugt dagegen. »Sie verdient es nicht besser, denn es klebt unwahrscheinlich viel Blut von Kindern an ihren Händen.«

»Nur wir töten weder Frauen noch Kinder«, sagte ich.

»Dann gehört meine Mutter mir«, erwiderte sie entschieden. »Und ich brauche eure Hilfe eigentlich nicht, ihr drängt sie mir auf.«

Meine Augenbraue glitt in die Höhe. »Ist das dein Ernst?«

Raven nickte mir zu, erhob sich und räumte unsere Gedecke weg. »Wie spät ist es?«

Ich warf einen Blick auf mein Handy. »Es ist gleich acht.«
»Okay.«
»Willst du fernsehen?«, erkundigte ich mich.
»Ich sehe nicht fern, sondern höre höchstens Mal Radio.«
»Na gut, irgendwas Anderes?«
Sie schaute mich nachdenklich an, dabei lehnte sie sich gegen die Anrichte. Raven verschränkte die Arme vor der Brust. »Ich sollte mal wieder trainieren.«
»Ich habe hier nur Hanteln.«
Daraufhin schnalzte sie mit der Zunge. »Das ist ein Anfang.« Sie seufzte. »Darf ich überhaupt trainieren oder hast du Angst, dass ich die Gewichte nach dir werfe?« Ihre Lippen verzogen sich zu einem Grinsen, das jeder andere irre genannt hätte, aber mich sprach es an. Es war heiß, wenn sie ihre Mundwinkel nur ein kleines Stück hochzog.
Ich schnaubte amüsiert. »Stemm ruhig Gewichte, denn ich habe keine Angst vor dir.«
»Na dann.« Sie drehte sich weg.
»Was machst du?«
»Den Abwasch, du erledigst ihn ja nicht und ich kann Unordnung nicht leiden«, antwortete Raven.
»Ich helfe dir.« Ich erhob mich und ging an ihre Seite. »Willst du spülen oder abtrocknen?«
»Ich trockne lieber ab.«
»Na gut.«

Als wir fertig waren, hatten wir uns jeder mit einem Bier auf die Couch gesetzt. Nachdenklich betrachtete ich Raven, die entspannt aussah. So hatte ich sie noch nicht gesehen.
»Warum starrst du mich so an?«, wollte sie wissen.
»Weil ich mich frage, warum du so still bist.«

»Du redest doch auch nicht in einer Tour.« Sie drehte sich auf der Couch und zog die Beine an. »Erzählst du mir von dem Mädchen, das mir so ähnlichsieht?«

Daraufhin senkte ich den Blick. »Ein anderes Mal.«

»Warum nicht jetzt?«

»Weil sie sich vor wenigen Wochen vor meinen Augen das Leben genommen hat«, antwortete ich.

»Und das tut dir noch weh?«

Ich nickte ihr zu.

»Der Tod meines Vaters tat mir nicht weh. Ich glaube, ich bin gar nicht in der Lage, etwas Anderes als Wut zu empfinden.« Raven seufzte und trank einen Schluck ihres Biers. »Ich gehe duschen und dann schlafen.« Sie räusperte sich. »Ist es okay, wenn ich morgen früh joggen gehe?«

Meine Gesichtszüge entgleisten. »Über das Gelände?«

»Ja, wieso nicht?«, wollte sie wissen.

»Ich halte das momentan für keine gute Idee. Sobald die anderen Chapter weg sind, kannst du joggen gehen, aber da du niemandes Patch trägst, sollten wir kein Risiko eingehen.«

Raven hob eine Augenbraue. »Du meinst, dass die Kerle mich für eine Clubschlampe halten könnten? Ernsthaft?«

»Ja, das ist das Risiko, von dem ich spreche, und ich bin nicht scharf darauf, die Reste eines Bruders vom Boden aufzukratzen.«

Sie nickte. »Verständlich.« Raven leerte ihr Bier, dann erhob sie sich und ging in die Küche. »Das Risiko würde ich auch nicht eingehen wollen.«

»Na siehst du.« Ich stand ebenfalls auf. »Wenn du schlafen gehst, geh ich noch mal ins Clubhaus.«

Raven neigte den Kopf, zu gern hätte ich gewusst, was in ihr vorgeht, aber sie war so verschlossen, wie Fort Knox gesichert war. Sie würde sicher nicht mit ihren Gefühlen rausrücken, sondern sie für sich behalten. »Wann nimmst du mir die Fußfessel ab? Ich denke, ich habe bewiesen, dass ich nicht abhaue.«

»Wenn ich weiß, dass ich dir wirklich vertrauen kann«, erwiderte ich und brachte die leere Bierflasche in die Küche. Als ich mich umdrehte, stand sie direkt vor mir. »Was wird das?«

Sie sah zu mir hoch, verengte die Augen ein wenig. »Du hast verdammt dunkle Augen.«

»Ich weiß.«

»Hat was Dämonisches.«

»Weiß ich auch.« Ich konnte nicht anders, als leicht zu lächeln.

Raven musste den Kopf in den Nacken legen, um zu mir aufzusehen, und genau das machte mich unwahrscheinlich an. Sie streckte ihre Hand aus, doch kurz vor meiner Wange hielt sie inne, ballte die Faust und ich machte mich schon auf einen Schlag gefasst, doch dann legte sie ihre Handfläche an meine Brust. Sie tätschelte mich. »Gute Nacht, Grim.« Raven zog sich von mir zurück und ließ mich einfach stehen.

RAVEN

Es war besser, Grim aus dem Weg zu gehen. Ich wusste, dass ich ihn vorhin gern geküsst hätte, denn das konnte der Kerl verdammt gut, aber da uns nichts miteinander verband, hatte ich keinen weiteren Versuch gewagt. Vermutlich hätte er mich von sich gestoßen, denn ihn würde es bestimmt übel triggern, immerhin hatte ich ihn beim letzten Mal ausgeknockt. Er war heiß, aber sicher kein Mann für mich, allein schon, weil ich immer wieder das Bedürfnis hatte, ihm eine reinzuhauen.

Ich hatte gerade geduscht und mich abgetrocknet, allerdings hatte ich keine saubere Kleidung aus »meinem« Zimmer geholt, weshalb ich bloß im Handtuch das Bad verließ.

»Oh«, stieß Grim aus.

Ich schaute kurz zu ihm, dann ging ich weiter in mein Schlafzimmer – oder meine Zelle, man konnte es nennen, wie man wollte. Ich schubste die Tür hinter mir zu, ging an den Schrank und warf einen Blick hinein, nachdem ich Hotpants und Top an mich genommen hatte, ließ ich das Handtuch fallen und zog die kurze Hose an, danach das Top über. Ich stand gerade am Bett, als es klopfte. »Was?«, fragte ich genervt und fing an, meine Haare zu flechten.

Grim betrat den Raum. »Bist du wirklich müde?«

»Nein, aber ich hab auch keine Lust, nur herumzusitzen«, antwortete ich und musterte ihn.

Grim trug seine Kutte nicht mehr, sondern ein sehr körperbetontes Longsleeve, unter dem Stoff konnte ich all seine Muskeln erkennen, sogar die Adern, die sich deutlich hervorhoben.

Wann hatte der Kerl eigentlich Zeit, zu trainieren, wenn er doch sonst nur herumsaß und Bourbon soff?

»Warum fragst du?«, hakte ich nach.

»Weil ich überlegt habe, hierzubleiben, aber ich will nicht alleine rumsitzen.«

Daraufhin nickte ich. »Okay, aber ich sitze auch nicht gern herum.«

Er neigte den Kopf. »Hast du Lust, ein Nahkampftraining zu machen?«

Meine Augenbraue glitt in die Höhe. »Ich glaube, ich würde dir den Arsch versohlen.«

»Du bist seit Wochen aus dem Training«, hielt er überzeugt dagegen. »Ich kann die Möbel im Wohnzimmer zur Seite schieben und wir trainieren dort.«

Ich dachte kurz nach. »Ich bin nicht besonders scharf darauf, dass mich deine Leute abknallen, weil ich dir den Arsch versohle.«

»Ich habe die Fensterläden geschlossen«, sagte er. »Also besteht keine Gefahr, dass wir dabei gesehen werden.«

»Na gut.« Ich deutete zur Tür. »Dann lass uns loslegen.«

»Alles klar.« Er wandte sich ab, setzte sich in Bewegung und verließ den Raum, ich folgte ihm.

»Willst du keine Sporthose anziehen? Ich meine, so eine Jeans dürfte dich recht unbeweglich machen«, sagte ich nachdenklich.

»Du hast recht.« Grim verschwand in sein Schlafzimmer, es lag gegenüber von meinem. »Ich komme gleich.«

»Alles klar.« Ich begab mich ins Wohnzimmer und ließ meinen Blick schweifen. Im Kamin brannte ein Feuer, aber ich sah das Gitter, das ich davorstellte. Danach ging ich zur Sitzgruppe. Ich schob die Sessel an die Wände, dann die Couch fast bis in die Küche, sodass wir eine recht annehmbare Fläche zum Trainieren hatten.

Grim kam ins Wohnzimmer und sah sich überrascht um. »Das hätten wir gemeinsam erledigen können.«

»Ich dachte, ich nehme dir die harte Arbeit ab.« Ich grinste ihn an, doch meine Gesichtszüge entgleisten beinahe, als ich sah, dass er bloß eine Sporthose trug. Glücklicherweise waren es nicht diese hässlichen Sweatpants.

»Willst du dich aufwärmen?«

Daraufhin schüttelte ich den Kopf. »Nein, hab ich nicht vor.«

»Na gut.« Grim hingegen dehnte zumindest seine Arme und rollte mit dem Kopf, dabei knackten seine Halswirbel.

Zumindest diese Kleinigkeiten tat ich ihm gleich, dann entfernte ich mich zwei Meter von ihm.

»Nahkampf?«, fragte er interessiert.

Ich nickte ihm zu, rollte auch mit den Schultern, dann nahm ich die Fäuste hoch. »Mit oder ohne Rücksicht?«

»Schlag mir einfach keine Zähne aus, okay?«

Leise lachend schüttelte ich den Kopf. »Keine Sorge, mache ich nicht.«

»Gut.« Grim nahm ebenfalls die Fäuste hoch, doch mit der linken Hand winkte er mich heran. Ich ließ mich nicht auf dieses Spielchen ein, denn ich wollte noch nicht in die Offensive gehen. So arbeitete ich für gewöhnlich – ich machte meine Opfer müde, wenn ich sie nicht mit einem Gnadenschuss niederstreckte.

Er näherte sich mir und holte zum Schlag aus, allerdings vernachlässigte er seine Deckung, weshalb es mir gelang, ihm einen Kinnhaken zu verpassen. »Fuck!«, stieß er aus, dabei rieb er sein Kinn.

»Nicht jammern, kämpfen«, erwiderte ich, als ich die Deckung wieder hochnahm.

Grim hob die Fäuste und kam ein weiteres Mal auf mich zu, diesmal näherte ich mich ihm ebenfalls, täuschte mit links einen Schlag an, den er blocken wollte, erwischte ihn mit meiner rechten Faust und ging schnell in die Hocke. Ich zog ihm die Beine weg und der Hüne fiel. Als er auf dem Rücken lag, glitt ich schnell über ihn, holte aus und wollte noch einmal zuschlagen, aber er fing meine linke Faust ab, die rechte ebenso.

Schwungvoll drehte er sich mit mir, sodass er zwischen meinen Schenkeln lag. Er knurrte, als er meine Fäuste über meinen Kopf zog und sie auf den Boden drückte.

Fuck, der Kerl hatte echt mehr Kraft und war beweglicher, als ich angenommen hatte, denn ich hielt ihn wegen seiner Muskeln für schwerfälliger. Mit einer Hand hielt er meine

Arme fest, doch ich wehrte mich auch noch nicht mit aller Macht, denn dann wäre es ihm nicht gelungen, mich festzunageln.

Als er sich ein wenig aufrichtete, drückte ich meine Schenkel zusammen, womit ich gegen seine Rippen drückte.

»Gott«, keuchte er und ich nutzte seine Ablenkung – ich befreite meine Arme, dann bekam er eine Ohrfeige und noch einen Punch ins Gesicht, was ihn dumpfe Laute von sich geben ließ.

Ich nutzte den Moment, drehte mich mit ihm und fixierte seine Hände. »Hast du genug?«

Grim hatte Nasenbluten und eine blutige Lippe, dennoch beugte ich mich nah an sein Gesicht. »Fürs Erste«, antwortete er.

Ich grinste, ließ seine Handgelenke los und stützte mich zu beiden Seiten seines Kopfes ab. »Gut so.« Danach zwinkerte ich ihm zu.

Er schob seine Hand in meinen Nacken, zog mich an sich und küsste mich. Ich schmeckte sein Blut, das mich beinahe in einen Rausch verfallen ließ, aber sein Kuss löste so viel mehr aus als ein Trip.

Wenn auch widerwillig, löste ich mich dennoch von ihm und richtete mich auf.

Ich wischte sein Blut von meinen Lippen, dann erhob ich mich. »Wir sollten deine Möbel zurück an ihre Plätze stellen.«

Ich hörte, dass Grim auf die Beine kam.

»Ich übernehme das«, sagte er.

»Alles klar. Danach solltest du dir das Gesicht waschen.«

»Hab ich vor.«

Ich sah ihn an und erkannte, dass seine Nase ein wenig angeschwollen war. »Und deine Nase kühlen.«

Er schnaubte amüsiert, grinste sogar. »Werde ich tun.«

»Alles klar.« Ich schaute an mir hinunter. »Ich sollte ein anderes Top anziehen.«

»Warum?«

»Weil ich nicht unbedingt in einem mit Blutflecken schlafen will, sonst sieht mich morgen einer deiner Brüder und erschießt mich.«

Grim lachte, der raue Laut jagte mir einen wohligen Schauer über den Rücken. Es verunsicherte mich, denn so etwas hatte ich noch nie empfunden.

»Gute Nacht, Grim.« Ich ließ ihn stehen und begab mich in das Gästezimmer, in dem er mich untergebracht hatte. Vielleicht wäre es besser, heute Nacht von hier abzuhauen, aber dafür musste ich die Fußfessel loswerden. Ich stand vor dem Kleiderschrank, mit dem Rücken zur Tür und befreite mich von dem blutbefleckten Top.

»Ich komme gleich noch zu dir, um dir die Fußfessel abzunehmen, mir ist aufgefallen, dass dein Knöchel wund ist«, sagte er, nachdem er mir gefolgt war.

Ich drehte mich zu ihm um, dabei hielt ich meine Brüste bedeckt. »Okay.«

Grims Blick sank langsam an mir hinunter, dann biss er sich auf die Unterlippe.

Ich wandte mich ab, griff in den Kleiderschrank und holte ein Shirt heraus, als ich seine Präsenz im Rücken spürte. »Was soll das werden?«, hakte ich nach.

Er schob seine Hände auf meinen Bauch, augenblicklich ging seine Wärme auf mich über, was angenehm war, denn hier war es abartig kalt. Ich spürte seine Lippen an meiner Halsbeuge, was mir einen weiteren wohligen Schauer über den Körper jagte, außerdem sorgte er dafür, dass sich meine Brustwarzen zusammenzogen und aufrichteten. Seine Finger glitten an meinem Körper hinauf, streiften den Ansatz meiner Brüste und ich spürte, wie sich mein Herzschlag beschleunigte. Normalerweise kam ich Männern nur so nah, wenn ich wusste, dass ich sie wenig später töten muss, aber nun … war es nicht so.

Grim drehte mich zu sich um, meine Hände lagen immer noch auf meinen Brüsten.

Aus seinen dämonisch dunklen Augen musterte er mich, womit er ein Feuer in mir heraufbeschwor. Er legte seine Hände an meine Wangen, legte meinen Kopf nach hinten und unsere Blicke verschmolzen miteinander. Schließlich beugte er sich vor – Grim versiegelte meine Lippen mit einem Kuss, auf den ich mich gern einließ. Langsam drängte er mich zur Wand, was ihm nur gelang, weil ich nachgab. Sein Kuss wurde intensiver, als seine Zungenspitze meine Unterlippe streichelte. Ich gewährte ihr Einlass, empfing sie mit meiner und zog meine Hände von meinen Brüsten, dann legte ich meine Arme um seinen Hals. Grim gab mein Gesicht frei, seine Fingerspitzen schwebten zu meinen Schultern, zeichneten dort kleine Kreise und jagten mir so einen weiteren wohligen Schauer über den Rücken. Sie wurden etwas ausladender, bis seine Finger auf meine Brüste glitten.

Auch ich ließ meine Hände nicht ruhen, sondern zog sie zurück, ich streichelte seine Brust, dann weiter hinab, bis ich den Bund seiner Sporthose erreicht hatte. Meine Finger legten sich an die Schleifenenden, zogen sie auf und ich schob die Hose über seinen Hintern, dabei nahm ich seine Briefs gleich mit. Nachdem ich seinen Schwanz befreit hatte, schloss ich die Faust um ihn, die ich langsam und mit variierendem Druck auf und ab bewegte.

Grim stieß ein leises Knurren in den Kuss, seine Finger legten sich an den Bund meiner Hotpants und er schob sie hinunter, dabei entglitt mir sein Schaft. Als sich der Stoff um meine Knöchel bauschte, stieg ich hinaus, während er sich von seiner Sporthose befreite. Nachdem Grim sie losgeworden war, packte er mich an der Taille, zog mich zu sich und hob mich auf seine Arme. Ich schlang meine Schenkel um seine Hüften und er trug mich aus dem Raum. Ich neigte den Kopf, legte meine Lippen auf seinen Hals und ließ meine Zungenspitze über seine Halsschlagader gleiten. Ich spürte seinen Puls an ihr, doch biss ich ihn nicht, auch wenn ich bereits auf diese Weise gemordet hatte.

Da ich weder Fingerabdrücke, noch irgendwelche andere Nachweise über meine Existenz hatte, waren mir die Cops immer noch nicht auf die Schliche gekommen. Er trug mich wohl in sein Schlafzimmer und stellte mich schließlich dort ab, dann gab er mir einen Stoß, der mich auf die harte Matratze beförderte.

Ich schaute an seinem Körper hinunter, der unheimlich muskulös war, doch Grim spreizte meine Schenkel und kniete sich zwischen sie. Ich sah, dass er seine Hand um seinen Schaft schloss, er bewegte sie ein paar Mal auf und ab, dann glitt er über mich.

Er fackelte nicht lange, sondern drang mit einem festen Stoß in mich ein, der mir ein lautes Stöhnen entlockte.

Er ließ mir keinen Moment Zeit, um mich an das Gefühl seines Schwanzes in mir zu gewöhnen, sondern pumpte sofort schnell und kraftvoll in mich. Sein Becken klatschte gegen meines und ich spannte meine Muskeln an.

»Gott«, knurrte er, kämpfte gegen die Spannung an und keuchte. Meine Brüste wippten im Rhythmus seiner Stöße, was mich dazu brachte meine Hände auf sie zu legen.

Stöhnend wand ich mich unter ihm, als er meine Hände zur Seite drückte und sich über mich beugte. Grims Lippen legten sich um meinen linken Nippel, er sog ihn in seinen Mund, stupste ihn mit der Zungenspitze an, schließlich biss er mich, was mich umso lauter werden ließ. Immer wieder drang er tief in mich ein, reizte so den empfindlichsten Punkt in mir und auf einmal legte sich seine linke Hand um meinen Hals.

Die drohende Gefahr machte mich an, sie beschleunigte meinen Herzschlag auf eine Weise, die mir fast schon krank vorkam, aber aufgrund meines bisherigen Lebens gehörte ich auch nicht unbedingt zu den psychisch gesunden Menschen. Er übte keinen Druck aus, auch wenn ich es mochte, wenn man mir die Luft ein wenig abdrückte.

Grims Zähne legten sich um meine Brustwarze, er knabberte daran, was mir ein tiefes Seufzen entlockte.

Ich schob meine Finger in sein Haar, wollte ihn von meiner Brust wegziehen, aber er biss mich abermals, womit er mir ein weiteres Zischen entlockte – schlimmer war aber, dass er sich sonst nicht bewegte. Er verharrte einfach in mir, womöglich wollte er mir Zeit geben, mich an das Gefühl seines Schwanzes in mir zu gewöhnen.

Ich wand mich unter ihm, denn auf diese – wenn auch süße – Weise wollte ich mich nicht quälen lassen.

Endlich bewegte er sich! Grim zog sich aus mir zurück und stieß dann mit einer Härte in mich, die mich keuchen, aber im nächsten Moment laut stöhnen ließ. Ich schlang meine Schenkel um ihn, sodass er tiefer in mich dringen konnte.

Grim löste sich von meinem Nippel, drängte seine Lippen auf meine und der folgende Kuss war alles andere als sanft, dennoch ließ ich mich darauf ein. Seine Stöße waren konstant fest, unglaublich hart, doch ich genoss, dass er keine Rücksicht auf mich nahm. Ich bewegte mich im Einklang mit ihm, erwiderte seinen Kuss, doch mein schneller Herzschlag machte mich immer noch stutzig. Ich wusste nicht, wie mir geschah, denn ich kannte es nicht, dass es vor Aufregung so schnell schlug. Das hatte ich noch nie zuvor erlebt.

Auf einmal schob Grim seine Hand unter meinen Rücken, schwungvoll drehte er sich mit mir und ich löste mich von seinen Lippen. Ich richtete mich auf, legte meine Hände auf seine Brust und fing an, ihn zu reiten. Ich hob mein Becken an, ließ ihn aufs Neue in mich eintauchen und spürte, was uns beide zum Stöhnen brachte. Grim sah zu mir hoch, während er von unten in mich stieß. Seine Hände legten sich auf meine Hüften, streichelten meine Haut, dabei ertasteten seine Fingerspitzen die zahlreichen Narben an meinem Körper. Mein Blick fiel auf jene, die er mir zu verdanken hatte. Der Schnitt war genäht worden, aber ich erkannte den rötlichen Striemen, der zuvor der klaffende Schnitt war. Mit dem Zeigefinger zeichnete ich diesen nach und biss mir auf die Unterlippe. Es machte mich an, dass ich ihn gezeichnet hatte.

Als ich mein Becken kreisen ließ, schob er seine Hände auf meine Brüste. Grim massierte sie, bis er sich aufrichtete.

Eine Hand legte er auf meinen Hintern, seine rechte befand sich weiterhin auf meiner Brust. Zwischen Daumen und Zeigefinger zwirbelte er meinen linken Nippel, während er sich mit seinen Lippen um meine rechte Brustwarze kümmerte.

Ich schob meine Hände auf seinen Hinterkopf, damit er sich nicht von mir zurückzog, ritt ihn weiter und bemerkte, dass sich meine Muskeln um seinen Schaft zusammenzogen.

Mein Kopf fiel nach hinten, ich schloss die Augen und wurde schneller auf ihm.

Mit jeder Bewegung reizte sein Schambein meine Klit, was Blitze durch meinen Körper peitschte.

Grim löste sich von meiner Brust, weshalb ich ihn ansah. Er schob seine Hand in meinen Nacken, zog mich zu sich und küsste mich stürmisch, dann gab er mir einen festen Klaps auf den Hintern. Ich fing wieder an, ihn schnell und fest zu reiten, dabei ließ ich auch mein Becken auf ihm kreisen. Ich schlang meine Arme abermals um seinen Hals, um mehr Halt zu haben, während sein Schambein weiterhin meine Klit und sein Schwanz zudem mein Innerstes reizte.

Grim schlang wiederum seine Arme um mich, stieß kraftvoll in mich und löste sich von meinen Lippen. Er neigte den Kopf, sog meinen Nippel in seinen Mund und ich verlor mich in den völlig unbekannten Gefühlen. So hatte es sich wahrlich noch nie angefühlt. Abermals legte er seine Hände auf meine Hüften, wann immer er in mich pumpte, zog er mich fest auf seinen Schwanz.

»O mein Gott«, stöhnte ich, dabei fielen meine Augen zu. Fuck, das hier war wirklich der Hammer!

Grim schob seinen Daumen in meinen Mund und sah mich erwartungsvoll an. Ich umschloss ihn mit meinen Lippen, saugte fest an ihm und stieß ihn mit meiner Zunge an, außerdem wurde ich schneller auf ihm.

In meinem Innersten begann es zu pulsieren, ein Knoten bildete sich und hinter meinen geschlossenen Lidern zuckten und tanzten farbige Punkte umher – ich wusste, dass sich mein Höhepunkt ankündigte. Die Spasmen meiner inneren Muskulatur ließen meinen Körper beben, zudem erschwerten sie es ihm, in mich einzudringen. Grim stöhnte gegen meine Brust, dann drehte er sich abermals mit mir. Ich fand mich auf dem Rücken wieder und er pumpte mit harten Stößen in mich, kämpfte gegen die Spasmen an, die meine Muskeln so sehr zucken ließen. Wir beide wurden lauter, dabei ließen wir keine Zurückhaltung walten. Ich konnte mich nicht länger zurückhalten – ihm ging es offensichtlich genauso.

Wir ließen uns vollkommen gehen, bis auf einmal der Knoten in mir platzte. Ich stieß einen spitzen Schrei aus, als ich zum Orgasmus kam, und meine Muskeln umklammerten seinen Schwanz fest, massierten ihn, dennoch kämpfte er weiter gegen die Kontraktionen an. Auf diese Weise ließ er meinen Höhepunkt andauern, bis er sich ein letztes Mal kraftvoll in mir versenkte und sich in heißen Schüben in mir ergoss.

Grim sah mir in die Augen, legte seine Lippen auf meine und küsste mich diesmal ungewohnt sanft.

Ich wusste nicht, wie ich damit umgehen soll.

GRIM

Mein Kopf ruhte auf Ravens Brust.

Fuck, was hatte ich mir dabei gedacht, sie zu ficken? So weit hätte es nicht kommen dürfen, aber ich wollte sie seit jenem offenen Abend, an dem sie mich ausgeknockt hatte. Zwar hatte ich ihr eine verdammt große Narbe zu verdanken, aber ihr Körper war ein richtiggehendes Gemälde aus solchen.

Nicht mal annähernd konnte ich mir vorstellen, was sie bereits hinter sich hatte, obwohl sie mir schon einiges über sich und ihr Leben erzählt hatte.

Ich beruhigte mich, dann löste ich mich von ihr. Ich zog mich aus ihr zurück, legte mich neben sie und war verdammt überrascht, als sie ihren Kopf auf meine Brust legte.

»Das hätten wir nicht tun sollen«, sagte sie leise.

»Warum nicht?« Zwar war ich der gleichen Meinung, aber ich wollte wissen, warum sie dieser Überzeugung war.

»Weil … es ein Fehler war.«

»Sag mir, warum du es für einen hältst«, bat ich sie mit rauer Stimme, nachdem ich tief durchgeatmet hatte. Jetzt wollte ich nicht stottern, in ihrer Gegenwart wollte ich es nie, aber manchmal überkamen mich die Aufregung oder der Ärger, weshalb es dann doch passierte.

»Weil wir beide nicht auf der derselben Seite stehen. Zudem ist Sex ohnehin nur ein Mittel zum Zweck.«

Als meine Gesichtszüge entgleisten, war ich froh darüber, dass sie mich nicht ansah. »Warum ist es das?«

»Na ja, es ist nur dafür da, um Druck abzubauen.«

»Oder Kinder zu zeugen«, hielt ich dagegen.

»In meinem Fall nicht«, sagte Raven gedämpft und löste sich von mir. Sie richtete sie auf.

»Warum?«

Raven straffte ihre Schultern, was aufgrund unserer Nacktheit seine Wirkung verfehlte. »Weil ich sterilisiert wurde, nachdem mich einer meiner Vergewaltiger geschwängert hatte.«

Ich holte tief Luft. »Und was wurde aus dem Kind?«

Sie schüttelte sich. »Sie haben es mir aus dem Leib geprügelt und mich gezwungen, den Fötus anzusehen, was ich dir schon mal erzählt habe.«

Für einen Moment schloss ich die Augen, versuchte, das Bild vor ihnen zu vertreiben, allerdings gelang es mir nicht. »Das ist heftig.«

Mehr konnte ich einfach nicht sagen.

Ich richtete mich auf, legte meine Hand auf ihre Schulter.

»Das war mein Leben«, erwiderte sie, als würde es ihr nichts bedeuten, aber mir fiel der Hauch von Heiserkeit in ihrer Stimme auf. Raven erhob sich. »Ich gehe schlafen.«

Ich bekam ihre Hand zu fassen.

»Was soll das, Grim?«

»Bleib bei mir.«

Raven schaute mich über ihre Schulter hinweg skeptisch an. »Ist das dein Ernst?«

»Ja.«

Sie seufzte. »Dann gehe ich mir etwas anziehen, da ich nicht nackt schlafe.«

»Alles klar.« Ich gab ihre Hand frei, sie verließ mein Schlafzimmer. Als sie aus meinem Sichtfeld verschwunden war, stand ich auf und ging an die Kommode.

Nachdem ich saubere Briefs aus einer Schublade geholt hatte, zog ich diese an und lief zurück zu meinem Bett.

Ich schlug die große Decke zurück, dann legte ich mich hin.

Ravens Schritte näherten sich. »Du meinst das wirklich ernst, oder?«

»Ja.«

»Solltest du vor mir aufwachen, fass mich besser nicht an. Normalerweise schlage ich zu, wenn man mich berührt, während ich schlafe«, sagte sie gedämpft.

»Ist in Ordnung.«

Sie legte sich neben mich, ich deckte sie zu. »Schlaf gut, Grim.«

»Du auch.« Ich griff zur Seite und löschte das Licht der Nachttischlampe, danach fand ich mich auf dem Rücken wieder.

Zu meiner Überraschung rückte Raven näher zu mir, ich breitete den Arm aus, in den sie sich wenig später schummelte. Sie bettete ihren Kopf auf meiner Brust, genau auf die Stelle, unter der mein Herz schlug, und schob ihre Hand auf meinen Bauch. »Ich verstehe nicht, was die Leute an dieser Pose finden.«

»Du meinst, mit anderen zu kuscheln?«

»Ja.«

»Warum?«

»Es ist unbequem«, gab sie zu.

Ich wollte meinen Arm wegziehen, den ich um sie gelegt hatte, doch sie ergriff meine Hand. »Ich dachte, es ist unbequem.«

»Ich habe schon schlimmer geschlafen«, erwiderte Raven. »Gute Nacht, Grim.«

»Gute Nacht«, entgegnete ich und schloss die Augen. Es tat gut, sie im Arm zu halten, auch wenn ich ihretwegen ständig Ruby vor mir sah. Ich hatte ein schlechtes Gewissen, weil ich Raven flachgelegt hatte, aber ich konnte mich nicht für immer an Ruby klammern.

Als ich aufwachte, lagen Raven und ich auf der Seite. Ihr Kopf ruhte auf meinem linken Oberarm, meinen rechten Arm hatte ich um sie geschlungen, zudem verspürte ich wieder Lust auf sie. Ich wusste, dass ich sie nicht berühren sollte, während sie schlief, dennoch musste ich mich von ihr lösen. Vorsichtig tat ich es, sofort hob sie den Kopf und richtete sich ruckartig auf. Irritiert schaute sie sich um.

»Ich wollte dich nicht wecken«, ließ ich sie heiser wissen.

Raven drehte sich zu mir um, sie sah mich verschlafen an – und das sah verdammt heiß aus. »Guten Morgen.« Danach sah sie wieder vor sich, stand auf und streckte sich.

»Morgen.« Ich glitt ebenfalls aus dem Bett, lockerte meine Muskeln und atmete tief durch. »Ich bin im Bad.«

»Alles klar.«

Ich ging ins Bad, putzte mir dort die Zähne und erledigte, was nötig war, danach stieg ich in die Badewanne. Ich zog den Duschvorhang zu, dann drehte ich das Wasser auf und fluchte, weil ich von einem eiskalten Schwall getroffen wurde. Fuck, ich musste dringend einen Klempner kommen lassen, damit dieses Problem behoben wurde. Im Sommer störte es mich nicht, dann war es eine willkommene Abwechslung, aber im Winter war es die Hölle. Wenigstens war ich jetzt hellwach.

Es klopfte. »Grim?«

»Ich bin unter der Dusche!«, antwortete ich laut.

»Darf ich reinkommen?«

»Ja!« Ich hörte die Tür, obwohl das Wasser auf mich niederregnete, nur quietschte das Scheißteil extrem. Auch darum musste ich mich dringend kümmern.

»Ist es okay, wenn ich mir die Zähne putze?«

»Sicher.« Auch wenn ich mich darauf gefasst machen musste, dass ich noch einmal von einem Schwall eiskalten Wassers getroffen wurde.

Als Raven wenig später fertig war, hatte es sich endlich aufgewärmt und lockerte meine verspannten Muskeln. Ich war es nicht gewöhnt, nachts jemanden im Arm zu halten, denn Ruby hatte sich nie so an mich geschmiegt, wenn wir auf der Couch saßen, geschweige denn bei mir geschlafen. Sie hatte mich immer auf Abstand gehalten, außer einmal, als es zu einem Kuss kam, doch dabei hatte ich sie überrumpelt.

Mit einem leichten Kopfschütteln vertrieb ich die Erinnerung an ihre blaugrünen Augen, auch wenn ich wusste, dass ich in ein paar Minuten in zwei genauso gefärbte Iriden schauen würde.

Als ich mich gerade einseifte, spürte ich einen Luftzug im Rücken, ich wusste, dass es Raven war, denn ich hatte gehört, dass sie hereingekommen war und die Tür geschlossen hatte, aber nicht, dass sie das Bad wieder verlassen hatte.

Sie kam hinter mich, trotz der Hitze des Wassers spürte ich ihre Wärme und auf einmal schob sie ihre Arme um mich herum.

Ihre Fingerspitzen fuhren über meine Haut.

Es fühlte sich so verdammt gut an, berührt zu werden, denn darauf hatte ich seit Monaten verzichtet – alles wegen Ruby. Die Frau hatte mein Herz im Sturm erobert, zudem meinen Beschützerinstinkt geweckt, und genau deshalb machte ich mir die größten Vorwürfe.

Ich hatte sie nicht beschützen können.

Nicht vor dem Monster, das sie tief in sich trug.

Diese fucking Psychosen hatten sie mir nehmen wollen, doch meine Magnum war am Ende der verlängerte Arm ihrer Erkrankung.

Mühsam blinzelte ich die Tränen weg, die ich mir nun schon seit Wochen verbot.

Ich durfte nicht schwach sein.

Niemals Schwäche zeigen.

Nicht einmal vor meinen Brüdern.

Vor niemandem!

Und ich erlaubte es mir auch nicht. Nach Rubys Tod hatte ich mich wochenlang zurückgezogen und Ripper die Geschäfte überlassen, doch diese Zeit war nun vorbei. Ich musste nach vorn schauen und durfte mich nicht in meinen Erinnerungen verlieren.

»Was ist los mit dir?«, fragte Raven leise.

Ich ließ den Kopf hängen. »A-alles b-bestens.«

Sie holte tief Luft. »Wir kennen uns noch nicht lange, aber ich weiß mittlerweile, dass du nur stotterst, wenn du aufgeregt bist oder dich schlecht fühlst.«

Fuck, warum hatte sie denn so feine Antennen?

Ich holte tief Luft, hielt diese für fünf Sekunden fest und stieß sie aus, das wiederholte ich mehrere Male. »Ich habe mich nur an jemanden erinnert«, gab ich mit rauer Stimme zu.

»An das Mädchen von dem Foto?«

»Ja.«

»Tut mir leid, dass du sie verloren hast.«

»Mhm.« Ich legte meine Hände auf ihre. Ravens Nähe hatte etwas Beruhigendes, obwohl sie selbst jemand war, in dem ein immerwährender Sturm tobte. Ihre blaugrünen Augen waren ständig fokussiert, als müsse sie stets auf der Hut sein oder würde etwas planen. Ich wusste es nicht, denn diese Frau beherrschte es, niemanden hinter ihre Fassade schauen zu lassen. Ich hatte, abgesehen von mir selbst, noch nie so einen verschlossenen Menschen getroffen. Selbst mein Bruder war mitteilsamer, dabei hatte Caen beinahe die gleiche Scheiße mitgemacht wie ich.

Wie aus dem Nichts küsste sie mein Schulterblatt und streichelte meinen Bauch. »Ist es okay, dass ich dazu gekommen bin?«

»Ja.« Ich ergriff ihre rechte Hand und zog sie vor mich. Raven sah zu mir hoch, als ich meine Linke in ihren Nacken schob, während das Wasser auf uns beide niederregnete. Ich prägte mir jedes noch so kleine Detail ihres Gesichts ein, denn ich ging fest davon aus, dass sie schon bald aus meinem Leben verschwinden würde.

Sie war es, die ihre Arme um meinen Hals schlang und mich zu sich herunterzog. Raven versiegelte meine Lippen mit einem Kuss, der an Zärtlichkeit kaum zu überbieten war, dabei hatte ich ihr diese überhaupt nicht zugetraut – und ich selbst war einfach kein Fan davon, dennoch ließ ich mich darauf ein. Es war meine Zunge, die Einlass in ihren Mund begehrte und von ihrer empfangen wurde. Ihre Fingerspitzen streichelten meinen Nacken, als sie ihren Körper an meinen schmiegte und somit meinen Schwanz zum Leben erweckte.

Ich schob meine Hände auf ihren Rücken, weiter auf ihren knackigen runden Hintern und hob sie auf meine Arme. Kaum hatte sie ihre Beine um meine Hüften geschlungen, drängte ich sie mit dem Rücken gegen die kühlen Fliesen neben mir, anders war es in dieser Badewanne nicht möglich. Raven streichelte mich, bis ihre Finger zwischen uns glitten. Sie schloss ihre Faust um meinen Schaft, bewegte sie und ich wurde härter.

Fuck, ich wollte sie!

Und ich würde sie nehmen!

Ich sah dabei zu, als sie sie immer wieder auf und ab bewegte, dabei den Druck variierte und ihre linke Hand ebenfalls zwischen uns glitt. Fuck, sie schob ihren Zeige- und Mittelfinger in ihre Spalte und neckte vor meinen Augen ihre Perle. Uns beiden entfuhr ein Stöhnen, während sie es uns besorgte, aber ich wollte und musste mich in ihr versenken. Um mich abzustützen, legte ich meine linke Hand an die Wand und genoss leise keuchend, dass sie mich berührte. Meine Augen fielen zu. Sie wusste genau, was sie tun musste, um mich heiß zu machen. Ich biss die Zähne zusammen, bis sie schließlich von meinem Schwanz und ihrer Klit abließ.

Als ich den Kopf hob und die Augen aufschlug, sah ich direkt in ihre blaugrünen Iriden, dabei fielen mir die Wassertropfen auf, die an ihrem Gesicht hinab perlten. Es kam mir so unwahrscheinlich richtig vor, sie bei mir zu haben, doch verdrängte ich das Gefühl, um mich nicht wieder wie ein Verräter zu fühlen. Schließlich beugte ich mich vor und versiegelte ihre Lippen mit einem Kuss, der hart und stürmisch war, dennoch ließ ich sie auch die Zärtlichkeit spüren, zu der ich fähig war, obwohl ich sie nicht gern zeigte. Meine linke Hand legte sich wieder auf ihren Hintern, ich hob sie etwas höher und dirigierte meinen Schwanz zwischen ihre Schenkel, während unsere Zungen einander umspielten. Ich drängte sie fester gegen die Fliesen, womit ich ihr einen überraschten Laut entlockte, dann griff ich zwischen uns und brachte meinen Schwanz in

Position. Unsere Zungen tanzten leidenschaftlich miteinander, als ich mit einem harten Stoß in sie tauchte. Raven erstarrte nicht, aber sie entließ ein langes Stöhnen in meinen Mund. Ich bewegte mich nicht, sondern genoss, dass sich ihre Muskeln um meinen Schaft anspannten.

Als ich mich aus ihr zurückzog, schlang sie ihre Beine fester um mich. Jedes Mal, wenn ich mich in ihr versenkte, war es schwer, mich zu bewegen, weil sie mich umklammert hielt, dennoch ließ ich meine Zurückhaltung fallen. Stück für Stück brach die Mauer ein – ich pumpte fester in sie, ohne mich von ihren Lippen zu lösen. Ihre Hände glitten über meine Schultern, bis sie sich auf meine Oberarme legten, sie bohrte ihre langen Fingernägel in meine Haut, womit sie das Tier in mir weckte.

Ich dachte nur noch an mich, stieß härter in sie und ließ mich völlig gehen, während sie weiterhin laut in meinen Mund stöhnte. Raven schloss die Augen nicht, was mir auffiel, als ich sie abermals ansah. Ihr von Lust verhangener Blick stachelte mich an, noch härter zu werden. Als es so weit war, löste sie sich von meinen Lippen und sah mir in die Augen, als sie ihre Lust hinaus stöhnte, dabei schlang sie auch ihre Arme wieder um meinen Hals. Abermals küsste ich sie, drängte meine Zunge in ihren Mund und forderte ihre heraus. Es war ein wilder feuriger Kampf, den sie aufführten, während ich mich wieder und wieder in ihr versenkte. Ich wurde schneller, denn lange hielt ich es nicht mehr aus, aber auch ihre Muskeln begannen, wild um meinen Schwanz zu zucken und ihn so zu massieren. Eine besonders feste Kontraktion gab mir den Rest und ich ergoss mich in ihr, ohne aufzustöhnen. Auch hörte ich nicht auf, in sie zu stoßen, bis sie mit einem heiseren Schrei kam, bei dem ihre Augen zufielen.

Schwer atmend löste ich mich von ihren Lippen, lehnte meine Stirn an ihre und verlor mich in ihrem Anblick.

»Mein Gott«, keuchte sie, dabei schlug sie blinzelnd die Lider auf.

Ihre vollen Lippen waren ein wenig geöffnet – und von unserem Kuss geschwollen.

Ich hob eine Hand an ihre Wange, streichelte ihre weiche Haut mit meinen Fingerspitzen. Ihr Gesicht war makellos, was ein krasser Gegensatz zum Rest ihres Körpers war. Sie sah zum Verlieben aus, doch wegen Ruby hatte ich mich vollständig vor meinen Gefühlen verschlossen. Nur die Erinnerung an sie konnte noch ein paar wenige wecken – vorrangig war es Wut.

Auf mich selbst.

Auf sie.

Auf den Fakt, dass ich sie verloren hatte.

Es war einfach zum Kotzen, sie verloren zu haben. Und als hätte sich mit dem neuerlichen Gedanken ein Schalter in mir umgelegt, stellte ich Raven auf ihre Füße. »Wir sollten uns waschen«, sagte ich mit rauer Stimme.

Sie nickte mir zu und griff zu meinem Duschgel, von dem sie etwas auf ihre Handfläche gab.

»Du hast da Duschgel.«

»Es geht gerade um dich«, erwiderte sie und fing an, meine Haut einzuschäumen.

Fuck, ihre Berührungen fühlten sich zu gut an, als dass ich sie nicht genießen wollte, aber mir war klar, dass ich diese Frau nicht in mein Herz lassen durfte.

Um keinen verfickten Preis dieser noch verfickteren Welt.

Es würde nur wieder wehtun und mich gebrochen zurücklassen.

RAVEN

Nach der Dusche war Grim wie ausgewechselt. Mir war klar, dass er an die Kleine von dem Foto dachte, vor allem, weil sie und ich einander so sehr ähnelten. Als er einen Moment unaufmerksam war, hatte ich mir das Foto geschickt, damit ich meine Mutter damit konfrontieren konnte, sollte ich ihr begegnen. Nur Catherine Robinson würde die nächste Begegnung mit mir nicht überleben. Ich war der verfickte Albtraum, über den viele in True-Crime oder Cold-Case-Dokus sprachen. Man hatte immer nur eine schwarze Feder gefunden, wenn eines meiner Opfer entdeckt wurde, eben weil mein Spitzname Raven ist, aber damit hatte ich im Alter von 20 Jahren aufgehört. Mittlerweile hinterließ ich keine Hinweise mehr, auch wenn es wohl besser wäre, mich einzubuchten und mit der Giftspritze hinzurichten, denn ich empfand nicht einmal Reue für all die Gräueltaten, die ich begangen hatte.

Wir saßen am Tisch, frühstückten, aber schwiegen einander an, wofür ich dankbar war. Ich unterhielt mich nicht gern, sondern war lieber mit meinen Gedanken allein.

»Du wirst heute mit Ghost und Kinky rausfahren«, unterbrach er die Stille.

Irritiert sah ich ihn an. »Werde ich überhaupt noch gefragt, ob ich das tun will?«

»Nein.«

»Ah ja.« Ich griff zu meiner Kaffeetasse und trank einen großen Schluck. Natürlich war ich nicht besonders scharf darauf, die beiden Frauen an den Hacken zu haben, weshalb ich überlegte, ob ich ihnen nicht einfach davonfahren sollte. Ich kannte mich in Tacoma und Umgebung wesentlich besser aus als die beiden. Hier war ich im Vorteil, nicht die beiden Frauen.

»Wir müssen wissen, wo sich das Bootcamp deiner Mutter befindet.«

»Und warum? So viel ich weiß, habe ich euch nie um Hilfe gebeten«, gab ich zu bedenken.

»Weil ich solche Aktivitäten in meiner Stadt nicht dulde.«

Mit einer gehobenen Augenbraue sah ich ihn an, dabei verkniff ich mir allerdings das Lachen. Wie konnte er Tacoma seine Stadt nennen? »Dein Ernst?«

»Absolut.«

»Aha.«

»Ich weiß, dass es dir nicht passt, aber sei froh, dass du jetzt eine Armee im Rücken hast, nicht nur mir ist bewusst, was dort auf einen allein zukommt.«

»Und woher weißt du das?«

»Ich war in Tucson dabei, als Goldenblatts Camp das erste Mal ausgehoben wurde.«

»Ach stimmt, ihr hattet Rizzo ja nicht geschnappt«, sagte ich amüsiert.

Grim knurrte. »Wärst du dort gewesen, wüsstest du, dass das eine Selbstmordmission war.«

»Mhm, für Leute, die nicht ausgebildet sind, definitiv.« Ich neigte den Kopf und auch wenn ich es hasste, dass sich das hier zu einem handfesten Streit entwickelte, hörte ich nicht auf zu sticheln. »Also war's klar, dass es für euch eine Selbstmordmission wird, immerhin seid ihr nicht annähernd so gut ausgebildet wie ich, Ghost, Kinky oder die Kids dort. Na ja, meine Mom hat nicht nur Kids in ihren Reihen, sondern auch Erwachsene wie mich.«

Grim sah mich mit einer gehobenen Augenbraue an. Die Skepsis in seinen Augen sprach Bände. »Du sagst mir jetzt erst, dass sie auch erwachsene Profikiller hat?«

»Du hast nicht gefragt«, hielt ich mit einem müden Lächeln auf den Lippen dagegen.

Dann erhob ich mich, leerte meine Kaffeetasse und brachte mein Gedeck in die Spüle. »Ich gehe mich anziehen, wenn ich gleich rausfahren darf.«

»Es wäre toll, wenn du zurückkommst.«

»Das sehen wir dann«, erwiderte ich, bevor ich mich in sein Gästezimmer begab.

»Ich meine es ernst, Raven!«, rief er mir hinterher, aber darum kümmerte ich mich nicht. Es interessierte mich nicht, dass ich zurückkommen sollte, denn ich musste mir einen neuen Unterschlupf suchen, nachdem sie die Werkstatt auf Links gedreht hatten.

»Interessiert mich nicht!«, erwiderte ich laut, verschwand in das Schlafzimmer und ging an den Schrank. Ich holte ein weißes Top, eine schwarze Lederhose sowie saubere Unterwäsche heraus, außerdem meine Lederjacke, die irgendeiner von ihnen hinein gehängt hatte.

Seine Schritte näherten sich mir, als ich den String anzog und mich anschließend mich von dem schwarzen Shirt befreite, das er mir nach der Dusche gegeben hatte. »Komm zurück.«

Ich schaute über meine Schulter zu ihm. »Warum sollte ich?«

»Weil ich weiß, dass du hier in Sicherheit bist.«

Daraufhin nickte ich, zog aber meinen BH an und drehte mich schließlich zu ihm um. »Ich kann auf mich aufpassen, Grim, dafür brauche ich weder dich noch deine Brüder.«

Er schnaubte unzufrieden. »Wenn wir gemeinsam kämpfen, ist die Chance höher, dass wir dieses Bootcamp ausheben.«

Ich zuckte mit den Schultern. »Das kümmert mich nicht.« Ich griff nach dem Top, streifte es über und zog meine Lederhose an. Ich ging zu meinen Boots, schlüpfte in diese hinein und band die Schleifen. »Ich muss zu meiner Werkstatt, denn mir gehen die Klamotten aus, außerdem brauche ich meine Waffen.«

»Du hattest nur eine Smith and Wesson bei dir«, gab er zu bedenken.

»Ich weiß, weil ich überrumpelt wurde, deshalb muss ich zur Werkstatt, denn mit einer Knarre komme ich nicht weit«, hielt ich dagegen. »Entweder lässt du mich jetzt dorthin fahren oder ich muss mit den beiden dorthin.«

»Wirst du zurückkommen, wenn du dort warst?«
Nachdenklich sah ich ihn an. »Meinetwegen.«
»Sicher?«
Ich nickte, dann nahm ich meine Lederjacke an mich. »Wenn ich sage, dass ich zurückkomme, halte ich mich daran, Grim.«
»Na gut.«
»Ich brauche den Schlüssel für meine Maschine«, sagte ich, als ich in seine dunkelbraunen Augen sah.
Er griff in seine Hosentasche, dann reichte er mir meinen Schlüsselbund. Es hingen ohnehin nur jener für meine Harley und jener für meine Werkstatt daran.
Ich nahm ihn an mich. »Danke.«
»Ich gehe mit dir zum Clubhaus, denn die Prospects werden dich nicht durchs Tor lassen.«
»In Ordnung.« Mein Blick fiel an seinem Körper hinab. »Bist du fertig oder ziehst du dir noch etwas an?«, hakte ich nach, da er bloß eine Sporthose trug.
»Ich gehe mich anziehen.«
»Alles klar. Ich bin noch mal im Bad.«
»Weiß Bescheid.«
Nacheinander verließen wir das Zimmer, doch im Flur trennten sich unsere Wege.
Zehn Minuten später hatten wir Grims Haus verlassen. Da es draußen so verdammt kalt war, hatte ich meine Jacke geschlossen. Auf der Harley würde es so richtig pervers kalt werden, aber ich nahm es in Kauf. Ich fuhr das ganze Jahr mit ihr, sogar, wenn die Straßen glatt waren. Es störte mich nicht, da ich eine geübte Fahrerin war, ich hatte schon mit zwölf gelernt, ein Motorrad zu fahren, auch wenn meine Eltern mich damals nicht damit auf die Straße ließen, aber sobald ich sechzehn war, hatten sie mir die Fat Bob gekauft und mich damit auf die Straße geschickt.
Davor wurde ich immer von jemandem zu meinen Aufträgen gefahren.

Na ja, ich wurde in der Nähe abgesetzt und musste mich dann zu Fuß an meinen Zielort bewegen. Es war nie ein Problem und ich war immer zielorientiert, sodass all meine Zielpersonen am Ende nicht mehr atmeten.

Wir waren unterwegs zum Clubhaus und die Kälte kroch mir echt in die Knochen, aber ich konnte mir erst in der Werkstatt etwas Wärmeres anziehen.

»Wann wirst du zurück sein?«

Ich schaute zu ihm hoch, da er gut einen Kopf größer war als ich. »Ich weiß es nicht. Vielleicht in einer bis zwei Stunden. Ich muss ja erst mal dorthin fahren, packen, mich umziehen und zurückkommen.«

»Alles klar.«

Wir erreichten das Clubhaus und ich steuerte meine Fat Bob an, auf die ich mich setzte.

»Wo ist dein Helm?«, wollte Grim wissen.

»Der ist noch in der Werkstatt, weil ich vor ein paar Wochen Hals über Kopf wegmusste.«

»Okay.« Grim betrachtete mich. »Fahr vorsichtig.«

Meine Augenbraue glitt in die Höhe.

»Hey«, sagte Ripper, bevor ich etwas sagen konnte. Der Hof war voller Biker, die nicht nur mich schräg beäugten. »Was läuft hier?«, wollte er von Grim wissen.

»Sie muss zu ihrer Werkstatt, um Waffen zu holen«, antwortete Grim nach einem tiefen Atemzug.

»Und du willst sie allein dorthin fahren lassen?«, hakte Ripper nach.

»Ja.«

»Du kannst ihr nicht vertrauen, Präs!«, beharrte der VP.

»Es ist meine Entscheidung«, knurrte Grim.

»Ich fahre dann mal«, wandte ich mich an die beiden und wollte die Maschine starten, allerdings stand mir der VP im Weg. »Würdest du zur Seite gehen?«

Ripper sah mich finster an. »Du wirst nicht alleine fahren.«

»Sagst du, ja?«, fragte ich sarkastisch. »Wüsste nicht, dass dein Wort über Grims steht.«

»Tut es auch nicht«, mischte er sich ein. »Ripper übertritt hier gerade Grenzen, die er nicht übertreten sollte.« Grim war wütend, die Luft um ihn herum knisterte regelrecht, doch würde ich mich nicht in die Sache einmischen. Es war seine Angelegenheit, Ripper in die Schranken zu weisen.

»Ja, ich sage es, denn ich bezweifle, dass du zurückkommen wirst, Raven.« Ripper sah mich feindselig an, aber auch damit riss er nichts bei mir. Der Kerl beeindruckte mich einfach nicht, auch wenn er verdammt groß und muskulös war, aber das waren die meisten Kerle hier.

»Warum streitet ihr?«, schaltete sich jemand ein.

Ich sah zur Seite und erkannte den Präs des Gründungschapters an der Tür des Clubhauses stehen, neben der meine Fat Bob geparkt war.

»Raven braucht Waffen, bevor sie mit Ghost und Kinky rausfährt, also lasse ich sie fahren, Broke«, antwortete Grim genervt.

»Und du willst sie alleine fahren lassen?«, hakte Broke nun nach.

»Ich vertraue ihr«, sagte Grim, dem man ansah, wie wütend er mittlerweile war.

»Ich tue es nicht«, erwiderte Broke. »Die Frauen werden sie begleiten.«

Ich verdrehte die Augen. »Dann sollen sie sich bewegen, denn ich werde nicht auf sie warten.«

»Beweg dich und hol sie«, wandte sich Grim an Ripper, der den Befehl knurrend hinnahm.

Er drehte sich zu Broke um. »Wo sind Ghost und Kinky?«

»Denke mal, dass sie bei Venom und Skull sind«, entgegnete Broke gelassen, dann steckte er sich eine Zigarette an. Der Kerl behielt mich genau im Auge, als könne es passieren, dass ich jeden Moment durchdrehe und irgendwen niedermetzle.

Ich sah Grim genervt an. »Wenn ich das gewusst hätte, hätte ich meine Fresse gehalten.«

Er sah mich irritiert an. »Warum?«

»Weil das hier der reinste Kindergarten ist, Grim«, ließ ich ihn wissen.

»Da hinten kommen sie«, mischte sich Broke ein.

Ich schaute nach links und sah die beiden schwarzhaarigen Frauen mit Ripper zu uns kommen. »Wenn sie jetzt noch ein bisschen schneller gehen würden, wäre es perfekt.«

»Sei nicht so ungeduldig, Weib«, knurrte Broke.

Ich warf ihm einen finsteren Blick zu. »Vorsicht!«, sagte ich energisch, jedoch zischte ich die letzte Silbe mehr. Ich würde keinen Halt vor dem Kerl machen, nur weil er der Präsident des Gründungschapters der Grave Angels war.

»Wohin geht's?«, fragte Kinky, im Gegensatz zu Ghost hatte sie pinke Haarsträhnen, während Ghost lilane hatte.

»Zu mir«, antwortete ich. »Also folgt mir und haltet mein Tempo, denn ich nehme keine Rücksicht auf euch.«

»Na gut, haben wir auch nicht erwartet«, sagte Ghost und stieg auf eine schwarze Fat Boy, Kinky hingegen setzte sich auf eine rote Breakout.

»Kann's dann losgehen?«, fragte ich ungeduldig.

»Sicher«, erwiderten die beiden.

»Ihr könnt euch auch direkt auf die Suche machen, die beiden sind ja schon bewaffnet«, meinte Grim und nickte mir zu.

Ich startete meine Maschine, dann fuhr ich los, ohne Grim noch einmal anzusehen.

Nachdem wir in meiner Werkstatt waren und ich mich mit meinen Sais, Wurfmessern, einem Bowiemesser, sowie einer abgesägten Schrotflinte und zwei Knarren bewaffnet hatte, hatten wir uns auf den Weg zu einem Unterschlupf meiner Mutter gemacht.

Es war jenes alte verlassene Hotel, in dem damals meine Ausbildung losgegangen war. In seiner Blütezeit war es ein Luxusschuppen, allerdings hatte es irgendwann in den Achtzigerjahren geschlossen. Später wurde es einer der Unterschlupfe meiner Mom und ihrer kranken Organisation.

»Sicher, dass die in diesem alten Schuppen sind?«, wollte Ghost wissen, als wir in der Nähe parkten.

Ich sah sie ungeduldig an. »Ich denke, ich weiß ganz gut, wo sie sich verstecken, hm?«

Sie verdrehte die Augen. »Entschuldige bitte, Killerqueen.«

Kopfschüttelnd stieg ich von meiner Harley, holte meine Wurfmesser aus dem Seitenkoffer und nahm meine Knarren an mich. Ich steckte sie in mein Holster, danach legte ich den Gürtel mit dem Bowiemesser an. Das Rückenholster für die abgesägte Schrotflinte legte ich als Letztes an.

»Wow okay, wir fahren die großen Kaliber auf«, stellte Kinky trocken fest und bewaffnete sich ebenfalls.

»Wie gehen wir vor?«, wollte Ghost wissen.

Es war noch helllichter Tag und mir wäre es am liebsten gewesen, erst bei Dunkelheit aufzubrechen, aber je offensichtlicher man agierte, desto weniger fiel man auf. »Wir nehmen den Laden hoch, am besten teilen wir uns auf.«

»Nein, wir sollten uns nicht trennen«, meinte Ghost. »Wir sollten zusammen bleiben, dann sind wir effizienter als allein.«

Meine Augenbraue glitt in die Höhe. »Ich arbeite nicht im Team.«

»Dann fängst du es jetzt an, sonst bekommen Grim und Broke die Info, dass du dich quergestellt hast«, hielt sie gelassen dagegen.

»Tze«, stieß ich aus. »Wir gehen gemeinsam rein, sollten wir in einen Kampf geraten und uns trennen, weil wir jemanden verfolgen müssen, ist es eben so.«

Ghost sah mich finster an – ich wusste, warum ich sie nicht leiden konnte. Sie bildete sich ein bisschen zu viel auf ihre Fähigkeiten und ihre Beziehung zum VP des Gründungschapters ein.

»Na schön.«

Ich wollte vorausgehen, doch sie überholte mich. Ich war wirklich kurz davor, ihr eine Ladung Schrot in den Rücken zu blasen, aber dann würde sie mich verpfeifen und ich hätte wieder Probleme mit dem MC.

Das Risiko sollte ich dann eher nicht eingehen.

GRIM

Die Frauen sind auf dem Rückweg«, sagte Venom, mit dem ich in der Lounge saß, außerdem waren Broke und meine sowie seine Offiziere anwesend.

»Haben sie etwas gefunden?«, wollte Broke wissen.

»Nein, die Unterschlupfe waren verlassen, weshalb Raven nun die Augen nach den Stiefelleckern ihrer Mutter offenhalten will«, antwortete Venom und sah mich an. »Siehst unzufrieden aus, Grim.«

Ich nickte knapp. »Bin ich.«

»Weil die Bräute nichts gefunden haben?«

»Richtig«, stimmte ich zu und griff nach meinem Bier. »Wann sind sie zurück?«

»Sie sind ungefähr anderthalb Stunden entfernt, also wird's noch ein Weilchen dauern«, erwiderte Venom gelassen und leerte seinen Bourbon. »Die waren ganz schön lange unterwegs.«

»Na ja, sie sind sicher zu diversen Unterschlupfen gefahren, auch wenn's mich wundert, dass sie nichts gefunden haben«, sagte Caen.

Ripper schaute finster in die Runde, allerdings beteiligte er sich nicht an unserem Gespräch.

»Nimmst du der Braut ihre Waffen ab, wenn sie zurückkommen?«, wollte Bronx wissen.

»Habe ich nicht vor«, erwiderte ich gelassen.

»Alter!«, stieß Tiger aus. »Dein Ernst?«

Daraufhin nickte ich. »Ist es.«

»Damit dürften wir alle dem Tod geweiht sein«, brummte Brooklyn neben mir, allerdings scherte ich mich nicht darum.

Ich vertraute Raven, was vermutlich überstürzt war, aber seit sie nicht mehr gefesselt war, hatte sie keinen Versuch unternommen, mir zu schaden. Wahrscheinlich glaubte sie mir mittlerweile, dass wir keine Geschäfte mit Rossi machten. Unsere einzige Vereinbarung war ein Waffenstillstand, über den wir lange verhandelt hatten, nachdem wir seine und er unsere Reihen ordentlich ausgedünnt hatte.

Ich war froh, dass uns seitens der italienischen Mafia keine Gefahr mehr drohte, aber beim ersten falschen Ton würden wir mit vereinten Kräften gegen ihn vorgehen – was Broke und ich ihn hatten wissen lassen.

»Ich finde das dezent suizidal«, sagte Broke. »Aber das ist deine Angelegenheit, solange sie nicht durchdreht und auf jemanden losgeht, mische ich mich nicht ein.«

»Wie lange seid ihr noch hier?«, fragte Ripper interessiert.

»Die kommende Woche noch«, antwortete Venom. »Dann müssen wir zurück, weil wir auch unseren Geschäften nachgehen müssen.«

Mein VP nickte.

Wir unterhielten uns über unsere Geschäfte, während sich andere Brüder mit den Clubschlampen vergnügten. Irgendwann hatte ich die Regel eingeführt, dass die Kerle sie nicht in der Lounge zu ficken hatten, denn es hatte echt überhandgenommen, dass die Brüder sich nicht im Griff hatten, also musste Axe durchgreifen, damit sie die neue Regel befolgten.

Draußen war es dunkel geworden, als ich das vertraute Motorengeräusch mehrerer Harleys hörte. Ich erhob mich und ging vor die Tür des Clubhauses, als Ghost, Kinky und Raven vorfuhren. Letzte parkte ihre Harley gleich neben der Haustür und schaute mich genervt an.

Okay, sie war offensichtlich angepisst, weil sie keinen Erfolg hatten.

Ich atmete tief durch. »Wo ist dein Helm?«

Sie deutete auf den Lenker, an dem ihr Helm baumelte, dann stieg sie von ihrer Fat Bob.

»Warum hast du ihn nicht getragen?«

Raven hob eine Augenbraue, dann öffnete sie den Seitenkoffer und fing an, ein ganzes Arsenal von Waffen abzulegen.

»Antworte mir, Raven.«

Sie zischte etwas, knallte den Seitenkoffer zu und sah mich wutentbrannt an. »Wenn du mich noch einmal mit diesen unfähigen Flittchen auf Fahrt schickst, reiße ich dir den Arsch auf, Grim!«, knurrte sie.

Irritiert zog ich die Augenbrauen zusammen. »Was ist passiert?«

»Ihretwegen ist mir ein Lakai meiner Mutter entwischt«, sagte sie wütend. »Weil sie mich gebremst haben.«

»Inwiefern?«, hakte ich nach.

»Die beiden haben mir den Weg abgeschnitten und da ich sie nicht über den Haufen fahren wollte oder durfte, ist er entkommen. Hätten sie etwas schneller reagiert, wäre es nicht so weit gekommen«, erklärte sie voller Wut. »Und jetzt gehe ich besser zu deinem Haus, sonst bringe ich die beiden noch um«, knurrte sie.

»Hey.« Ich ging zu ihr, baute mich vor ihr auf. »Das war ein Rückschlag. Lass uns morgen oder in den nächsten Tagen gemeinsam rausfahren. Meinetwegen lasse ich auch meine Kutte hier, damit wir nicht auffallen.«

Sie sah zu mir auf, ihre blaugrünen Augen sandten Blitze aus. Raven stieß ein Seufzen aus. »Na gut.« Raven neigte den Kopf. »Morgen, ja?«

»Na ja, eher übermorgen«, erwiderte ich gelassen.

»Ich würde gern duschen, es wurde ein wenig … blutig«, sagte sie und erst jetzt sah ich das Blut an ihrem Hals.

Ich zog die Augenbrauen zusammen. »Ich dachte, der Kerl ist euch entwischt.«

»Schon, aber ein paar andere nicht, die sich ein wenig gewehrt haben, nachdem wir keine Antworten bekommen haben.«

Nun hob ich die Brauen. »Das waren aber keine Kids, oder?«

Daraufhin schüttelte sie den Kopf. »Nein, keine Sorge, es waren Lakaien meiner Mutter.«

Ich nickte knapp. »Gehen wir?«

»Okay«, stieß sie gleich einem Seufzen aus.

»Ich sage nur Ripper Bescheid, damit er jetzt gemeinsam mit Axe übernimmt.«

»Geh schon.« Mit einer Handbewegung scheuchte sie mich regelrecht ins Haus.

Ich schnaubte amüsiert, wandte mich ab und ging zurück ins Clubhaus. »Ripper?«

Mein VP sah mich finster an. »Was gibt's, Präs?«

»Ich haue ab. Kümmer dich um alles.«

»Mach ich«, erwiderte er.

Anschließend verabschiedete ich mich von meinen Brüdern und verließ es wieder. Als ich draußen war, saß Raven auf ihrer Harley. »Willst du sie hier stehenlassen?«

Sie rutschte auf dem Sitz nach hinten und hielt mir die Schlüssel hin.

»Na gut.« Ich ging zu ihr, nahm ihr den Zündschlüssel aus der Hand und stieg auf ihr Bike, dann startete ich den Motor und brachte uns zu mir. Meine Harley stand ebenfalls vor meinem Haus und ich war froh, gleich noch etwas essen zu können, denn das hatte ich nicht, seit Raven gegen Mittag mit den Frauen aufgebrochen war. »Hast du Hunger?«, fragte ich, nachdem ich geparkt hatte und abgestiegen war.

»Ja, aber keine Lust, mir etwas zu machen.«

»Ich habe noch Pizza da«, ließ ich sie wissen.

»Klingt fast perfekt, sofern du welche mit Salami hast«, erwiderte sie lächelnd.

Fuck, sie sah echt heiß auf, wenn sie jemandem ein Lächeln schenkte, das nicht unbedingt auf einen gewissen Irrsinn schließen ließ.

Schließlich stieg Raven von ihrer Harley, nahm mir ihren Schlüssel ab und ging zur Veranda.

»Hast du eigentlich saubere Kleidung geholt?«

»Nein, ich habe mich nur umgezogen, weil ich den Platz für meine Waffen brauchte«, antwortete sie, als ich ihr folgte.

Ich öffnete die Haustür, ließ ihr den Vortritt und betrat nach ihr mein Blockhaus. Kaum war die Tür hinter mir geschlossen, schaltete ich das Licht ein. »Also ich müsste Salamipizza da haben.« Ich lief in die Küche, befreite mich von meiner Kutte und hängte sie über einen der Stühle, dann ging ich an den Kühlschrank. Ich öffnete den Gefrierschrank, anschließend die verschiedenen Schubladen.

»Und?«

»Salami ist da.«

»Super.«

Ich nahm zwei heraus, die ich nacheinander machen würde. Zwar hatte ich verdammt großen Hunger, aber ich konnte mir später immer noch ein Sandwich machen.

»Ich gehe duschen, ich stinke nach Blut.«

»Alles klar!«, rief ich ihr zu, anschließend schaltete ich den Ofen ein. Nachdem ich mir ein Bier genommen hatte, setzte ich mich damit an den Küchentisch und lehnte mich zurück. Fuck, ich hatte heute echt zu viel getrunken, während ich auf Ravens Rückkehr gewartet hatte. Es nervte mich, dass sie mich quasi an den Eiern hatte, weil ich sie zweimal gefickt und es genossen hatte. Meine Gedanken wurden nicht mehr nur von Ruby beherrscht, sondern sie teilte sich den Platz mit Raven, weshalb ich mich kaum noch konzentrieren konnte. Wenn das so weiterginge, würde ich bald noch durchdrehen, das wusste ich leider jetzt schon.

Da bin ich«, verkündete Raven, als sie in die Küche kam.

Während ich gewartet hatte, war die Pizza im Ofen und ich hatte ein Feuer im Kamin entfacht, damit es warm wurde.

»Die Pizza ist gleich fertig«, erwiderte ich, da sie bloß eine Viertelstunde gebraucht und ich die erste Pizza erst vor fünf Minuten in den Ofen gelegt hatte.

»Alles klar.« Raven ging an den Kühlschrank und nahm eine Flasche Wasser heraus.

»Wen hast du auf dem Gewissen?«, fragte ich interessiert.

»Mhm, Lombardi, Jackson und Anderson«, antwortete sie. »Drei Wachleute meiner Mutter.«

»Und sie konnten euch keine Antworten geben?«, hakte ich nach.

»Sie wollten mir keine Antworten geben. Ich habe sie nacheinander gestellt, während Ghost und Kinky die Gebäude durchsucht haben.«

»Hast du sie alle in einem Unterschlupf gefunden?«

Daraufhin schüttelte sie den Kopf. »In zwei verschiedenen. Na ja, sie wollten mir nicht antworten, deshalb musste ich eben diesen drastischen Schritt gehen, aber die Kerle sind kein Verlust.«

Meine Augenbraue glitt in die Höhe, weil sie so kalt darüber sprach. »Das habe ich auch nicht behauptet, Raven.« Ich zwinkerte ihr zu, woraufhin sie die Wasserflasche öffnete und mehrere Schlucke trank. »Ich bin immer noch abgefuckt, weil sich Kinky und Ghost mir in den Weg gestellt haben.«

»Wie haben sie das gemacht?«

»Sie haben mich blockiert, die eine stand vor mir, die anderen hinter mir, sodass ich nicht zur Seite ausweichen, Jimmy Knox aber abhauen konnte.«

Ich schnaubte unzufrieden. »Ich werde mit Broke und Venom darüber sprechen.«

Raven neigte den Kopf. »Du stotterst ja gar nicht mehr so viel.«

Daraufhin zuckte ich mit den Schultern.

»Du tust es nur, wenn du dich aufregst und nicht durchatmest, hm?«

»Meistens«, stimmte ich ihr geduldig zu und trank etwas von meinem Bier. »Aber manchmal habe ich mich auch nicht unter Kontrolle, dann passiert es leider, dass ich doch noch stotterte. Ich hab's sonst ganz gut im Griff.«

Ihre Mundwinkel zuckten. »Alles klar.« Raven lehnte sich zurück, sie ließ ihren Blick durch die Küche schweifen, dabei schnalzte sie mit der Zunge.

»Was ist los?«

»Nichts, ich finde es nur sehr kalt hier drin.«

Perplex sah ich sie an. »Du lebst in einer Werkstatt, dort ist es sicher nicht warm.«

»Ähm doch, ich habe die Wände gedämmt und eine Heizung eingebaut. Mir wird dort warm.«

»Warum lebst du überhaupt dort?«, hakte ich nach.

»Ich mag es. Ich habe meine Ruhe, weil ich keine Nachbarn habe, außerdem ist die Werkstatt groß, sodass ich dort trainieren, basteln und leben kann«, erklärte sie gelassen. »Und ich denke, ich werde in den kommenden Tagen dorthin zurückkehren, denn ich war lange genug hier.«

»Nein.«

Ihre Augenbraue glitt in die Höhe. »Wie bitte?«, hakte sie lauernd nach, genauso sah sie mich infolgedessen an.

»Du bleibst, bis deine Mutter erledigt ist.«

»Ha«, stieß sie aus, verzog sogar ihre Lippen zu einem breiten Lächeln, doch dann schüttelte sie den Kopf. »Nur weil wir die unfreiwillige Abmachung haben, dass ihr mir helft, werde ich meinen Hintern sicher nicht mehr viel länger auf deinem Clubgelände parken.«

»Du wirst.«

»Nein«, wiederholte sie mit fester Stimme. »Sicher nicht.«

»Das werden wir noch sehen«, knurrte ich.

»Richtig, werden wir«, hielt Raven entschieden dagegen.

Ich wollte gerade in die nächste Runde gehen, als der Kurzzeitwecker klingelte. Aufgebracht erhob ich mich, ging an den Ofen und holte die Pizza mithilfe eines Pfannenwenders heraus.

Ich legte sie auf ein Brettchen und stellte sie vor Raven auf den Tisch, danach legte ich die andere in den Backofen und reichte ihr den Pizzaschneider.

»Danke.« Sie nahm ihn an sich, dann schnitt sie die Salamipizza. »Welche machst du dir?«

»Ebenfalls Salami.«

»Dann lass uns beide teilen, damit du nicht warten musst.« Sie schob das Schneidebrett in die Mitte des Tischs.

»Danke.« Ich nahm Platz und bediente mich, mit einem Stück Pizza in der Hand lehnte ich mich zurück.

»Ich will hier weg, weil ich es nicht ausstehen kann, von so vielen Menschen umgeben zu sein.«

»Warum nicht?«

»Weil ich es anstrengend finde und eine Einzelgängerin bin«, erwiderte Raven gelassen und biss in ihr Pizzastück.

»War ich früher auch, aber manchmal ist es nicht schlecht, Freunde zu haben«, entgegnete ich nachdenklich. »Ohne meine Brüder würde ich nicht mehr leben.«

Sie kniff die Augenbrauen zusammen. Ich fragte mich, was in ihr vor sich ging, denn sie war unheimlich verschlossen. Raven hatte mir ihre Geschichte nicht mal freiwillig erzählt, weshalb ich mich ständig bei dem Gedanken erwischte, was oder ob sie mir etwas Grundlegendes verschwieg. Eine Frau wie Raven war alles andere als mitteilsam, sondern stets auf der Hut – genauso wie ich. Auch ich vertraute nicht jedem meine Geschichte an, meine Brüder kannten sie, aber Ruby hatte sie beispielsweise nie erfahren. Sie hatte nur gewusst, warum ich stottere, aber nicht, wie und warum ich zum Präs des hiesigen Chapters aufgestiegen war.

»Warum?«, fragte sie schließlich.

»Warum was?«, hakte ich hingegen nach.

»Warum du denkst, dass es besser ist, Freunde zu haben?« Sie betrachtete mich nachdenklich, abgesehen von dem einen Bissen hatte sich ihr Pizzastück nicht verkleinert, während ich meines beinahe aufgegessen hatte.

Gedankenverloren stieß ich die Luft aus. »Man vereinsamt nicht, außerdem kämpft man nie alleine. Ich bevorzuge es, meine Freunde um mich zu haben, statt einsam und allein herumzusitzen.«

»Ich wurde dazu erzogen, Einzelgängerin zu sein«, erwiderte sie. »Und es stört mich nicht, alleine zu sein, ich bin nicht besonders gesellig und lieber für mich, lausche bevorzugt meinen Gedanken, statt ständig irgendjemanden quatschen zu hören.«

»Ah«, stieß ich aus, nahm mir noch ein Stück Pizza und genehmigte es mir, während Raven endlich ihres weiteraß.

Gewissermaßen war es befremdlich, mir mein Haus mit dieser Frau, dieser Killermaschine zu teilen.

RAVEN

Es war eine weitere Woche vergangen, in der Grim und ich ständig Sex hatten, uns aber nicht um das Aufspüren meiner Mutter kümmern konnten, weil er damit beschäftigt war, die übrigen anwesenden Chapter bei Laune zu halten. Inzwischen war er abends oft bei einem seiner Brüder, während ich mich wahnsinnig darüber ärgerte, dass er nicht aus dem Arsch kam.

Ich hatte meinen Kram zusammengepackt, da ich die Schnauze voll davon hatte, mich von Grim vertrösten zu lassen. Er wusste, dass ich nicht mehr besonders lange bleiben wollte, da ich keine Zeit verschwenden wollte, aber zugegeben, der Sex mit ihm war verdammt gut, weshalb ich es nicht früher übers Herz gebracht hatte.

Stopp!

Was dachte ich denn da?

Grim hatte sicher nicht mein Herz erobert. Er war sympathisch und verdammt heiß, aber ich zeigte keine Schwäche, indem ich mich verliebte.

Nein, ich blieb hart, ließ keine Gefühle zu, sondern schützte mein steinernes Herz vor jedem, der ihm gefährlich werden konnte. Ich war nicht einmal in der Lage, jemanden zu lieben, denn diese Fähigkeit hatten meine Eltern erstickt, als ich sechs Jahre alt war. 19 Jahre lang war ich eine Gefangene ihrer Ausbildung, seit einem Jahr war ich die Geisel meines bisherigen Lebens. Ich könnte mich erst mit dem Tod meiner Mutter und der Zerstörung ihres grausamen »Unternehmens« befreien.

Ich holte meinen Rucksack, den ich vorhin gepackt hatte, angezogen war ich bereits, also konnte ich abhauen. Ich schulterte die Riemen, dann verließ ich das Gästezimmer, in dem Grim mich eigentlich untergebracht hatte. Seit unserem ersten Sex hatte ich mit ihm in seinem Bett geschlafen, er wollte sogar meine Sachen in sein Schlafzimmer räumen, wovon ich ihn allerdings abhalten konnte. Ich wollte zwar den Sex, aber … was eigentlich? Nein, es war besser, dass ich ging, ohne weitere Nähe zu Grim zuzulassen.

Es ging einfach nicht mehr.

Ich verließ sein Haus und steuerte meine Harley an. Nachdem ich den Helm vom Lenker genommen hatte, setzte ich diesen auf und startete meine Fat Bob.

»Wohin geht's?«, rief Brooklyn mir zu.

Ich antwortete ihm nicht, sondern lenkte mein Motorrad auf die unbefestigte Straße und fuhr los.

Als ich am Clubhaus vorbeikam, sah ich Grim mit Ripper, Bronx und Tiger vor der Tür stehen, doch das hielt mich nicht davon ab, von hier abzuhauen. Das Tor war geöffnet, er wusste, dass ich gehen wollte, also tat ich es, ohne ihn um Erlaubnis zu bitten – er hatte mir ohnehin nichts zu sagen. Gleich würde ich meinen Unterschlupf räumen und nach Reardan fahren. Dort stand mein Elternhaus und ich wusste, dass meine Eltern es verkauft hatten – vor einem Jahr hatte ich es über einen Zwischenhändler gekauft, sodass mich niemand dort vermuten würde. Außerdem war es sicherer, je offensichtlicher man lebte und sich bewegte.

Ich verließ das Clubgelände, bog nach rechts ab und drehte ein wenig am Gashahn, sodass ich über die Straße schoss.

Ich war in meiner Werkstatt angekommen und hatte gerade das Tor geschlossen, als jemand hart dagegen schlug. Die Augen verdrehend ging ich an die eingelassene Tür und öffnete diese, jedoch griff ich nach der Smith and Wesson in meinem hinteren Hosenbund, sodass ich einen Angreifer abknallen konnte.

»Warum b-b-bist du abgehauen?«, fragte Grim, seine dunkelbraunen Iriden funkelten wütend.

Ich schnaubte unzufrieden. »Ich sagte dir, dass ich gehe, wenn wir uns nicht auf die Suche machen.« Ich schaute an ihm vorbei, zu meiner Überraschung war er alleine gekommen.

»Was willst du hier, Grim?«

»Dich zurückholen.«

Kopfschüttelnd zog ich mich in die Werkstatt zurück, die er betrat, bevor ich die Tür schließen konnte. »Lass den Quatsch«, verlangte ich zischend.

Er schubste die Metalltür zu, die krachend ins Schloss fiel. »Du solltest b-bei mir b-b-bleiben.«

Meine Gesichtszüge entgleisten. »Wie bitte?«

»Du …«, er atmete tief durch, »solltest bei mir bleiben.«

»Nein, sicher nicht«, hielt ich dagegen. »Ich will keine Zeit mehr verschwenden, Grim, und das werde ich auch nicht.«

Er kam auf mich zu, als er vor mir stand, baute er sich zu seiner vollen Größe auf.

Seine Hände landeten auf meinen Schultern, doch ließ ich mich nicht von ihm in die Knie zwingen. »Ich … will d-di-dich in mei-meiner Nähe haben.«

Ich schnaubte unzufrieden. »Man bekommt nicht immer, was man will.«

Daraufhin schob er mich zur Wand, gegen die ich hart prallte. Grims feurig dämonischer Blick bohrte sich in meinen. Er akzeptierte also kein Nein, gut, dass ich das nun auch herausfand. Wäre der Kerl nicht so verdammt heiß und gut im Bett, hätte er jetzt schon ein Messer im Hals oder ich hätte seine Oberschenkelarterie durchtrennt, denn niemand, wirklich niemand fasste mich so an! »Bleib bei mir«, knurrte er.

Ich schüttelte den Kopf. »Nein.«

Seine rechte Hand schloss sich um mein Kinn. »Warum nicht?«

Der Druck an meinem Unterkiefer war unangenehm, aber nicht schmerzhaft. »Weil ich Einzelgängerin bin.«

Er gab ein derart wütendes animalisches Knurren von sich, dass mir ein heißer Schauer über den Rücken lief, der sich in meiner Klit entlud.

»Nimm die Hand weg«, sagte ich ruhig.

Daraufhin schüttelte er den Kopf.

Ich holte tief Luft, holte mit meiner Rechten aus und verpasste ihm einen Punch, der ihn straucheln ließ. »Wenn ich sage, nimm die Hand weg, tu es besser!« Ich wischte ein imaginäres Staubkorn von meiner Schulter und straffte sie dann.

Grim bewegte seinen Unterkiefer, der mit einem Knacken zurück ins Gelenk sprang. Er sah mich wütend an, kam noch einmal auf mich zu, doch diesmal nahm er mein Gesicht in seine Hände. Statt ein Wort zu sagen, drängte er seine Lippen auf meine.

Obwohl ich es nicht wollte, seufzte ich in den Kuss, den er augenblicklich intensivierte. Als ich mich von ihm lösen wollte, ließ er es nicht zu, sondern schob seine Hände auf meinen Rücken. Fest drängte er meinen Körper an seine stählernen Muskeln, ich fühlte sogar seinen Herzschlag an meiner Brust. Grims Zunge drang in meinen Mund, umspielte meine und ich zerfloss in seinen Händen. Ich ließ mich endlich auf den Kuss ein. Unsere Zungen umspielten einander mit einer Leidenschaft, die ich nicht einmal in den letzten Wochen erlebt hatte, als wir fickten.

Dieser Kuss war anders, doch wusste ich nicht, was ich von ihm halten soll.

Moment.

Hatte Grim etwa Gefühle für mich?

Ich verstand nicht, warum er mich so verzweifelt küsste oder mich bei sich haben wollte, denn ich hatte darauf geachtet, ihn nicht zu nah an mich heranzulassen. Sex war für mich bloß ein Mittel, um mich zu entspannen.

Ich liebte nicht, ich wurde nicht geliebt – ich wusste ja nicht einmal mehr, wie es sich anfühlt, geliebt zu werden!

Derlei Gefühle waren nichts für mich.

Sie waren mir fremd.

Ich wollte sie nicht kennenlernen.

Widerwillig löste ich mich von seinen Lippen. »Was soll das?«, fragte ich leise, damit er sich auf mich konzentrieren musste.

Grim neigte den Kopf. Seine schmalen Lippen waren ein wenig geschwollen, doch waren sie der einzige Hinweis auf das, was gerade zwischen uns vorgefallen war. »I-irgendw-wie muss ich d-d-dich doch von m-mir ü-überzeu-zeugen«, erwiderte er unruhig, doch sicher lag es daran, dass ihm gerade das Herz bis zum Hals schlug.

Genauso wie mir.

»So wird das nicht klappen«, antwortete ich durchatmend. Dann ließ ich ihn stehen und ging in die behelfsmäßige Küche, die bloß aus zwei Kochplatten und einem Kühlschrank bestand. Glücklicherweise war ich auf dem Weg hierher noch in einem Mini Markt, um ein paar Getränke und Snacks einzukaufen.

Ich holte ein Bier heraus, drehte mich um und sah Grim an, dabei hielt ich ihm die Flasche hin.

Er kam näher, jedoch nahm er sie mir nicht aus der Hand. »Hast du auch Wasser oder Coke?«

»Beides.« Ich legte den Kopf schief. »Was ist dir lieber?«

»Coke.«

Ich drehte mich weg, stellte das Bier zurück und nahm zwei Dosen Cola aus dem Kühlschrank, von denen ich ihm eine reichte.

»Es ist kalt hier drin.«

»Weil die Radiatoren wochenlang nicht liefen«, erwiderte ich, schubste die Kühlschranktür zu und steuerte meine Couch an. Ich hatte die Werkstatt in verschiedene Bereiche unterteilt. Küche, Wohnbereich, Bastelstube – für Bomben und andere Späße – sowie ein Schlafbereich, den ich mit einem Paravent abgetrennt hatte. Ich setzte mich auf die Couch und schaute zu Grim, der wenig später in meinem Sessel Platz nahm. Die meisten Möbel hatte ich gratis abgestaubt, nachdem ich online Anzeigen gesehen hatte, nur das Bett hatte ich neu gekauft, da ich nicht auf der Matratze eines Fremden schlafen wollte.

»Es ist … irritierend, dass du in einer Werkstatt wohnst.«

»Ehemalige Werkstatt«, erwiderte ich. »Und es ist praktisch, falls mal was mit meiner Harley ist.« Ich deutete zu einem weiteren Bereich, wo ich immer an ihr schraubte. »Dann kann ich sie dort abstellen und an ihr schrauben.«

Er nickte. »Okay…« Grim atmete tief durch, nachdem er abgebrochen hatte. »Das ist praktisch.«

Ich trank einen Schluck Cola. »Ich weiß.«

Er erhob sich, kam zur Couch und setzte sich neben mich. »Aber … bei mir ist es … komfortabler.«

Meine Mundwinkel zuckten, dann lächelte ich milde. »Denkst du.«

»Ich weiß es.«

Ich schnaubte amüsiert, während ich mich zur Seite drehte, damit ich ihm zugewandt war, und ihn betrachtete. »Wenn du meinst.«

»Raven«, sagte er mahnend. »Komm zurück zu mir.«

Verwirrt, weil ich nicht verstehen konnte, warum ich bei ihm bleiben sollte, zog ich die Augenbrauen zusammen. »Warum?«

Grim hob seine Hand und einmal mehr verspannte ich aus Gewohnheit, war bereit, ihn jederzeit zu schlagen. »Weil … ich d-d-dich … b-b-brauche.«

Unbehaglich presste ich meine Lippen zu einer schmalen Linie zusammen.

»Du bist … einzigartig, Raven«, raunte er mir zu. »Und ich will dich … bei mir haben.«

Ich seufzte, aber mehr genervt als zufrieden. »Den Wunsch kann ich dir nicht erfüllen.«

Er verengte die Augen ein wenig. »Warum nicht?«

»Weil ich es nicht will«, erwiderte ich.

Grim stellte die Coladose auf den behelfsmäßigen Tisch, dann beugte er sich zu mir. Er musterte mich auf eine Weise, von der ich mir sicher war, dass er sonst nur seine Opfer so ansah. Er legte seine Hand an meine Wange. »Schau mir in die Augen und … sag mir, dass du es wirklich … nicht willst.«

Wann immer er stockte, machte er eine Atemübung, was ich inzwischen durchschaut hatte.

Ich sah ihm nicht geradewegs in die Augen, sondern auf sein Nasenbein. »Ich will es nicht. Dich genauso wenig.«

»Keine Lügen.« Er näherte sich mir, meinen Lippen, die er nur einen Atemzug später mit einem hungrigen Kuss versiegelte, dabei drängte er mich auf den Rücken.

Nur widerwillig gab ich nach, kam auf dem Rücken auf und Fuck … Was soll's?

Ich konnte einen Abschiedsfick brauchen und Grim war ein echt verdammt guter Liebhaber, da lohnte sich der Sex wenigstens.

Seine Hand glitt auf meine Brust, griff fest zu und mir entfuhr ein Stöhnen. Ich schlang meine Beine um seine Hüften, sein Schritt drückte gegen meinen, weshalb ich ein weiteres Mal aufstöhnte.

Ich schob meine Finger zwischen uns, öffnete den Buckle, dann seinen Gürtel, schließlich die Jeans, die er trug. Ich ließ meine Finger in seine Briefs gleiten, schloss meine Faust um seinen Schaft und bewegte sie auf und ab.

Grim knurrte genießend, wurde leidenschaftlicher, doch ich drehte den Kopf weg, er hingegen neigte seinen, was ich im Augenwinkel sah, und ließ seine Zungenspitze über meinen Hals gleiten.

Ich seufzte, denn es fühlte sich verdammt gut an, auch wenn ich dieses Flattern in meiner Brust nicht verstand. Es war mir vollkommen fremd.

Was passierte denn nur mit mir?

GRIM

Ich wollte gerade in die Vollen gehen, als es einen lauten Knall gab. Sofort schob mich Raven von sich herunter und kam auf die Beine, als uns schon das metallene Tor um die Ohren flog.

»Raven«, sagte ein Kerl lächelnd.

Ich war ebenfalls aufgestanden und hatte eilig meine Jeans gerichtet, danach meine Magnum gezogen, die ich auf den Kerl richtete, dem weitere bewaffnete Männer folgten.

»Was willst du hier, Suco?«, hakte sie feindselig nach, allerdings war sie nicht bewaffnet.

»Mommy will reden«, erwiderte er grinsend, die Kerle um ihn herum kamen näher. »Wenn du mitkommst, ohne Aufsehen zu erregen, lässt sie dich vielleicht am Leben.«

Raven gab einen gelangweilten Laut von sich. »Wenn du jetzt nicht die Knarre runter nimmst, überlebst du es nicht, Suco.«

»Wir sind sechzehn, ihr zu zweit und du bist nicht bewaffnet.« Er schaute an Raven vorbei zu mir. »Nimm die Knarre runter, Bikerschwein.«

»Sonst was?«, hakte ich nach und war froh darüber, dass meine Stimme fest genug war, um nicht zu stottern. Fuck, die Wichser hatten mir eine sichere Nummer versaut und jetzt befanden wir uns allem Anschein nach in Lebensgefahr.

»Ich komme mit, wenn ihr ihn in Ruhe lasst«, sagte Raven entschieden, bevor mir der Kerl antworten konnte.

Dieser Suco lachte. »Klar, ich lasse den Präsidenten des Grave Angels Chapters laufen. Na sicher, Raven, sonst noch ein Wunsch? Magst du vielleicht meine Beretta haben?«, fragte er höhnisch.

Sie knurrte, warf mir über ihre Schulter einen Blick zu und ich stellte mich hinter sie. Als sie sich wieder auf den Kerl konzentrierte, zückte ich mein Handy und schrieb meinem Bruder.

Gefahr. Orte mein Handy. Der Kerl heißt Suco und arbeitet für Ravens Mutter. Sofort!

Ich schickte die Nachricht ab und war erleichtert, als sich die Haken blau färbten.

»Wenn du kein Feigling bist, gibst du mir die Möglichkeit, mich gegen euch zur Wehr zu setzen«, entgegnete Raven. »Aber da du einer bist, der zudem Kinder vergewaltigt, um sie auszubilden, weiß ich, dass das nichts wird.« Anschließend schob sie ihre linke Hand auf ihren Rücken und machte eine verlangende Geste.

Auch wenn es unklug war, legte ich meine Magnum in ihre Hand.

»Das ist doch Schwachsi…«

Raven zog sie nach vorn und schoss dem Kerl genau zwischen die Augen.

Er war noch nicht ganz zu Boden gegangen, als die anderen das Feuer erwiderten.

Raven schubste mich so hart, dass ich ins Straucheln geriet. Ich riss sie mit mir in Deckung, da die Couch mit dem Rücken zum Tor stand, und schnaubte. »Das hättest du nicht tun sollen.« Sie griff unter den Couchtisch und ich sah die Granate, die sie an sich nahm.

»Du jagst uns unsere Ärsche um die Ohren«, stieß ich aus und war froh, dass meine Worte nicht von meinem Stottern zerhackt wurden, obwohl ich so aufgeregt war – nicht im positiven Sinn, denn ich bangte hier echt um mein Leben, das ich mittlerweile nicht mehr aushauchen wollte. Der verfickte Teufel sollte noch eine ganze Weile darauf warten, bis ich mich zu ihm an seine Tafel gesellte.

»Scheiß drauf«, sagte sie ernst, zog den Ring und warf die Granate über die Couch.

Der Knall war ohrenbetäubend laut und ich hörte nichts weiter als ein Piepen in meinen Ohren, während Raven mit mir sprach.

Ich sah sie fragend an, als sie sich aus der Deckung wagte.

Sie brüllte irgendwas, als sich die Kerle bedankten. Ich schaute mich nach ihrem Wurfgeschoss um, dann erkannte ich die Rauchgranate. Ich packte Raven am Arm, sie sah mich fragend an, weshalb ich auf das Scheißteil deutete.

Irgendwas sagte sie, doch das Knalltrauma hatte mich taub werden lassen – hoffentlich hielt es nicht zu lange an.

Ich zog mein Halstuch vor Mund und Nase, auch wenn es mir nicht lange helfen würde.

Offensichtlich hatte sie verstanden, dass ich sie nicht hören konnte, weshalb sie anfing, mir Zeichen zu geben. Sie deutete mit zwei Fingern ein Laufen an, deutete zum Fenster und nickte in die Richtung.

»Komm mit!«

Sie zeigte mir ein Kopfschütteln, erhob sich und fing an, blind auf die Kerle zu feuern.

Als ich in Deckung war, wollte ich sie packen, doch Raven stieß mich weg.

»Hau ab!«, brüllte sie, holte mit der rechten Hand etwas aus ihrer Hosentasche und warf es mir zu. »Jetzt geh endlich!«, schrie sie, was ich wie ihren ersten Befehl nur durch Watte hörte.

»Nicht ohne dich!«, erwiderte ich entschieden.

»Verdammt Grim, damit findest du mich!«, herrschte sie mich an und schubste mich weg. »Ich gebe dir Deckung!«

Nein, ich konnte sie nicht im Stich lassen und das würde ich nicht. Ich legte das kleine Teil auf ihren Couchtisch, griff in das Zwischenfach und holte noch eine Granate heraus, dann richtete ich mich auf und wollte das Scheißding werfen, doch bekam ich einen harten Schlag ins Genick.

Als meine Wahrnehmung schwand, sah ich verschwommen, dass einer von ihnen eine Waffe in Ravens Nacken drückte. Schließlich sank ich in tiefe Schwärze.

Als ich zu mir kam, umgab mich tiefe Dunkelheit. Mein Kopf tat höllisch weh und mir war scheißkalt. Ich wusste, dass ich ausgezogen worden war, denn die Wärme meiner Kleidung fehlte. »Raven?«

Keine Antwort.

Ich blinzelte und hoffte, dass sich meine Augen schnell an die Dunkelheit gewöhnen würden, doch nichts geschah. Meine Hände waren fixiert – ich fühlte das eiskalte Metall an meinen Handgelenken, den ebenso eisigen Boden unter meinen nackten Füßen und das Stechen meiner Haut, weil sich mein Körper gegen die Kälte wehrte, die ihn zu übermannen drohte.

Fuck!

»Raven?«, wiederholte ich.

Nichts.

Stille.

Seufzend legte ich meinen Kopf nach hinten und stieß gegen eine Nackenstütze.

Eine Dunkelkammer war das Letzte, wo ich landen wollte, aber die Pisser hatten ihre Hausaufgaben gemacht, was weiße Folter betraf.

Womöglich drohte mir auch noch körperliche Misshandlung, aber die würde ich überstehen – so wie ich bisher jeden Scheißdreck in meinem Leben überstanden hatte.

Ein Keuchen.

»Raven?«

»Grim?«, fragte sie leise.

Erleichtert atmete ich auf. »Wo bist du?«

»Wow … Dir ist klar, dass wir in einer Dunkelzelle sind, oder?« Der Sarkasmus sprang mich geradezu an.

»Sicher«, erwiderte ich irritiert.

»Dann wirst du wissen, dass ich keine Ahnung habe, wo ich bin«, fuhr sie fort. »Die Arschlöcher haben mich ausgezogen.«

»Mich auch.«

»Mach ein Geräusch«, bat sie mit ruhigerer Stimme.

Ich versuchte, meine Arme zu bewegen, doch führte es bloß zu einem Klirren der Handschellen, mit denen ich an den Stuhl gefesselt war.

»Ich sitze vielleicht ein oder zwei Meter von dir entfernt auf einem Stuhl.« Ihre Stimme zitterte nicht einmal, obwohl es hier scheißkalt war.

»Was h-ha-hast d-d-du mir in der W-W-W-Werkstatt gegeben?«, wollte ich durch klappernde Zähne wissen. Scheiße, ich fror echt entsetzlich, aber ich würde nicht die Augen schließen, genauso wenig würde ich mich dem Kältetod ergeben, auch wenn ich das Gefühl hatte, dass mein Körper bereits starb.

Die würden mich nicht kleinkriegen!

»Spar deine Kraft, Grim.«

»W-wa-as war e-e-es?«

»Ein Empfänger für einen Peilsender, den ich mir mal gespritzt habe«, antwortete sie, ihre Stimme zitterte, sicher fror sie genauso entsetzlich wie ich. »Wo ist er?«

»Couch-t-t-tisch«, stotterte ich, weil ich mich nicht beruhigen konnte, zudem kämpfte mein Körper mit der Witterung, der wir hier ausgesetzt waren.

»Wer wusste, dass du zu mir kommst?«

»Alle.«

»Dann hoffe ich, dass sie den Empfänger finden«, sagte Raven unruhig und ich hörte das Klirren von Ketten.

Es war ganz nah.

»Fuck, diese Arschlöcher!«, brüllte sie auf.

Mir setzte die Kälte zu, aber ich musste mich zwingen, wachzubleiben. Ich musste mich dringend im Hier und Jetzt festhalten, auch wenn ich nichts sehen konnte. Leider war es unwahrscheinlich dunkel, ich konnte rein gar nichts erkennen und ich wusste, dass das hier eine andere Form der Folter war.

Fuck, ich nutzte sie ja selbst, wenn ich Feinde ins Loch sperrte und darauf wartete, dass sie das Maul aufmachten. Es eignete sich gut, um andere mürbe zu machen, denn nach einer Weile setzten Verwirrtheit, Halluzinationen und möglicherweise auch Psychosen ein. Außerdem degenerierte sich der Sehnerv, was auch zu furchtbaren Qualen führte, wenn plötzlich das Licht eingeschaltet wurde.

»Fuck«, stieß Raven aus.

»Bleib ru-ru-ruhig«, sagte ich zitternd.

Diese Scheißkälte machte mich wahnsinnig!

»Hey!«, brüllte Raven. »Zeigt euch, ihr miesen Missgeburten!«

»Bleib ruhig!«, herrschte ich sie an, denn wir mussten unsere Kräfte sparen. Ich wollte hier drin nicht erfrieren, weshalb ich mich konzentrierte – und ich hoffte, dass man mir das Handy erst abgenommen hatte, nachdem wir hier angekommen waren.

TIGER

Caen zückte sein Handy.

Es war ungewöhnlich, dass er eine Nachricht bekam, denn alle wussten, dass er es hasste, sie lesen zu müssen.

»Fuck!«, brüllte er.

»Was ist los?«, wollte ich wissen. Gemeinsam mit Axe, Bronx, Ripper, Brooklyn und Booze saßen wir auf der Veranda des Bruders, da der Präs der Braut gefolgt war. Wir alle waren davon überzeugt, dass er mehr für sie übrig hatte, was sicher nicht nur an ihrer verblüffenden Ähnlichkeit zu Ruby lag – zudem hatten sie uns alle nächtelang wachgehalten, wenn sie vögelten, weil auch der Präs echt laut werden konnte, wenn er rumfickte.

Caen sah finster in die Runde. »Grim hat geschrieben.«

»Und was?«, hakte der VP nach.

»Gefahr. Orte mein Handy. Der Kerl heißt Suco und arbeitet für Ravens Mutter. Sofort!«, las er vor.

»Wurde die Werkstatt überfallen?«, fragte nun Brooklyn.

»Keine Ahnung, Mann, aber wir sollten nachsehen«, erwiderte Caen und erhob sich ruckartig. »Außerdem muss ich sein Handy orten.« Caen verschwand in sein Haus.

»Was ist los?«, vernahm ich Madisons Stimme.

»Irgendwas stimmt nicht. Bleib hier oder geh zu Shafilea, aber wir sind gleich erst mal unterwegs«, antwortete Caen übellaunig. Wenig später kam er mit einem Tablet zurück.

»Wie willst du Grims Handy orten?«

»Ich mache eine Gerätesuche, ich hab doch all eure Handys in der App«, entgegnete Caen, dann fing er an, auf dem iPad herumzutippen.

»Findet man das Handy auch, wenn es ausgeschaltet ist?«, erkundigte ich mich, denn ich hatte keine Ahnung, wie der Scheiß funktionierte.

»Ja, dann sieht man den letzten Standort.«

»Ich gehe mich umziehen«, verkündete Bronx. »Und mich bewaffnen, wir wissen ja nicht, was uns erwartet.«

»Ich sollte die Chapel einberufen«, sinnierte Ripper.

»Lass uns erst mal rausfahren und schauen, was los ist. Wir halten dich auf dem Laufenden«, sagte Caen entschieden.

»Bin ich der VP oder du?«, schnappte Ripper, der erstaunlich kampflustig war, seit Raven aufgetaucht war. Vermutlich, weil er bei ihr nicht zum Stich gekommen war, denn er hatte sie an jenem offenen Abend mehr oder weniger für sich beansprucht. Nur sie hatte sich Grim an den Hals geworfen, sobald er in die Lounge gekommen war. Und wir alle hatten uns gewundert, dass er sich gezeigt hatte, denn Rubys Selbstmord hatte ihm echt zugesetzt.

»Du, aber es geht um den Präs, meinen Bruder, also solltest du mitkommen«, hielt Caen dagegen.

Ripper knurrte. »Pass auf, was du sagst, Cap, im Moment hab ich hier die Entscheidungsgewalt.«

Caen verdrehte die Augen, jedoch sagte er nichts mehr, aber das unzufriedene Schnauben war nicht zu überhören. »Sein Handy hat sich zuletzt in der Nähe von Ravens Werkstatt eingewählt.« Er holte sein Smartphone heraus und fotografierte das iPad. »Aber wir sollten trotzdem nachsehen.«

Ich nickte ihm zu, dann erhob ich mich.

»An die Waffen, Brüder, ich warte hier auf eure Nachricht und rufe die anderen zusammen, außerdem muss ich mit Broke und Venom sprechen.«

»Alles klar. Ich gehe mich auch umziehen«, sagte Brooklyn, stand auf und verschwand.

»Ich muss nur meine Waffen holen«, meinte Axe, einen Moment später war auch er verschwunden.

Wir hatten uns zu siebt auf den Weg gemacht, während Ripper auf dem Clubgelände die Stellung hielt.

Booze war uns gemeinsam mit Maze im Van gefolgt, falls der Präs verletzt worden war. Natürlich hoffte ich, dass es ihm gut ging oder er sich in Sicherheit bringen konnte.

Caen streckte die Faust in die Luft, für uns das Zeichen, jeden Moment rechts – oder links – ranzufahren. Er bog nach links ab und parkte vor der alten Werkstatt, deren Tor in Fetzen hing. »Fuck!«, brüllte er, was ich nur hören konnte, weil das Visier an seinem Helm geöffnet war. Der Wind war scheißkalt, es regnete sogar und die Straßen waren spiegelglatt, aber wir mussten dem Präs helfen.

Egal, was los war.

Egal, in welche Gefahr wir uns bringen mussten.

Nun zählte nur noch, ihn aufs Clubgelände zu bringen.

Wir parkten ebenfalls, ich setzte meinen Helm ab, zog meine Waffe und ging an Caens Seite.

Bronx und die anderen kamen dazu, bloß Booze blieb bei Maze im Van, bereit, dem Präs jederzeit zu helfen. Der Sergeant at Arms hatte seine Magnum gezogen, er war bereit, jederzeit zu schießen. »Lasst uns reingehen.«

»Ich bezweifle, dass hier noch jemand ist«, hielt Brooklyn dagegen.

»Vielleicht ist Grim verletzt«, erwiderte Caen. Sein Bike steht noch hier, Ravens steht in der Werkstatt.«

»Na gut«, gab sich Brooklyn geschlagen.

In unserer typischen Formation, einem V, gingen wir in die Werkstatt, jeder behielt einen anderen Punkt im Auge.

»Wir trennen uns«, entschied Axe, als wir uns grob umgesehen hatten. »Guckt in jeden verfickten Winkel und hinter jeder verdammten Tür nach.«

Wir stoben auseinander, mir fiel auf, dass die Couch schief stand, was mir nur wegen der Schleifspuren auf dem staubigen Boden auffiel. Ich sah mich genauer in dem Bereich um, dann sah ich Grims Magnum, die halb unter dem Tisch hervorschaute. »Hier ist Grims Knarre.« Ich holte sie heraus und sah eine kleine schwarze Box auf dem Tisch, die ich an mich nahm.

Ein Stück Papier schaute heraus. »Und ich habe hier noch was, Caen.«

Der Bruder kam zu mir. »Was ist das für ein Ding?« Dann schaute er über seine Schulter. »Axe, Bronx, Brooklyn!«

Die drei kamen ebenfalls dazu.

Brooklyn sah sich die kleine Box ebenfalls an. »Das ist ein Empfänger.«

»Wofür?«, fragte Caen sofort.

»Für irgendeinen Sender«, antwortete er und nahm mir das kleine Ding aus der Hand. Brooklyn öffnete es, er nahm den Zettel entgegen. »Für den Notfall, damit findet ihr mich. Raven«, las er ab, dann hob er den Blick. »Damit kann ich sie finden.«

Caen atmete sichtlich auf, auch von mir fiel eine Last, weil ich mich echt um den Präs sorgte. »Dann fahren wir zurück und informieren Ripper. Zum Glück ist das Gründungschapter noch da.«

»Dann mal los«, entschied Axe und wir machten uns auf den Weg zu unseren Maschinen. Na hoffentlich konnte Brooklyn die beiden ausfindig machen, denn ich hatte keine Ahnung, wie wir den Präs sonst finden sollten. Was aus der Braut wurde, kümmerte mich nicht, sie war eine Clubfremde und niemandes Old Lady. Meinetwegen konnte sie verrecken, auch wenn es schade um ihren sexy Arsch und ihre heißen Titten war.

Drauf geschissen.

Nur Grims Überleben zählte.

Sonst nichts.

Sonst niemand.

RAVEN

Ich hatte die Augen geschlossen, da ich mich auf die Weise besser konzentrieren konnte. Ich war müde, mir war scheißkalt, aber ich wusste, dass ich nicht einschlafen durfte.

Dass ich wach blieb, musste sein.

Grim war still, obwohl ich ihn ständig ansprach, reagierte er nicht. Ich hoffte, dass er noch lebte, denn ich würde mir nicht verzeihen, wenn er das nicht überlebte.

Fuck.

Was dachte ich hier?

Er konnte mir egal sein, denn uns verband nichts miteinander, außer verdammt guter Sex.

Nein, das war nicht das Einzige.

Als wir uns in meiner Werkstatt geküsst hatten, flatterte mein Herz, doch was hatte der Scheiß zu bedeuten?

Ich musste herausfinden, was der Kerl in mir auslöste.

»Grim?«, versuchte ich es, ihn anzuschreien, aber ich war nicht mehr dazu fähig.

Fuck!

Seufzend ließ ich meinen Kopf nach hinten sinken, spürte die Nackenstütze und wusste genau, dass sie uns an diese alten Behandlungsstühle gefesselt hatten.

Meine Augen waren immer noch geschlossen.

Ich konzentrierte mich auf meinen Herzschlag, er war beständig, aber schwach, was dafür sprach, dass ich hier langsam aber sicher erfror.

Fuck.

Fuck.

Fuck!

Ich wollte nicht draufgehen, bevor ich nicht meine Aufgabe erfüllt hatte. Mom würde durch meine Hand sterben. Sie würde jämmerlich verrecken, wenn ich mit ihr fertig war.

Das vertraute metallische Knirschen.

Die Tür wurde geöffnet und Licht fiel in mein Gesicht, das ich wegen der Kälte nicht einmal mehr verziehen konnte.

Aber ich schlug die Augen auf. Die Schweine sollten sehen, dass sie mich noch nicht in die Knie gezwungen hatten.

»Hadley«, vernahm ich die Stimme der Hure, die mich geboren hatte.

Ich schnaubte. »Catherine«, erwiderte ich knurrend, aber wegen der mangelnden Lautstärke hatte es längst nicht die Wirkung, die ich erzielen wollte. Sie wusste, dass ich nicht aufgab, sogar in ausweglosen Situationen behielt ich einen kühlen Kopf. Durch verengte Augen sah ich sie an, obwohl ich nur ihre Silhouette erkennen konnte, denn meine Sicht war degeneriert. Es würde dauern, bis sie sich wieder normalisiert hatte.

Mom näherte sich mir, das Klacken ihrer Absätze kam mir ohrenbetäubend laut vor. Sie griff in meine roten Haare. »Wie sehr du dich entstellt hast«, sagte sie herablassend.

»Weil?«

»Rote Haare, also wirklich, Hadley.« Sie knurrte wütend und ich hätte gelächelt, wenn es mir möglich gewesen wäre. »Weißt du, dass du schon fantasiert hast?«

Ich hätte mit den Schultern gezuckt, wenn mir ihre Worte auch nur irgendein Gefühl entlockt hätten, aber das taten sie nicht. Es war mir einfach zu egal, um eine Regung zu zeigen.

»Du sprichst von dem Kerl da, als wäre er deine große Liebe«, fuhr sie amüsiert fort. »Und da du mir etwas genommen hast, das ich liebte, werde ich mich revanchieren und dich zusehen lassen.«

»Fotze«, stieß ich aus.

Ihre einzige Reaktion war eine schallende Ohrfeige, die meinen Kopf zur Seite riss. Der Geschmack von Eisen breitete sich auf meiner Zunge aus, das ich ausspuckte.

Auch wenn es unangenehm und kaum möglich war, verzog ich meine spröden Lippen zu einem Lächeln. »Du … kannst genauso wenig … lieben wie ich.« Das Blut rann aus meinen Mundwinkeln, tropfte auf mein Dekolleté – es kam mir unnatürlich heiß vor.

Eine weitere Ohrfeige, diesmal die andere Wange. Ein Feuer breitete sich in meinem Gesicht aus, doch hieß ich die Hitze willkommen, weil mir so kalt war.

»Feiges Miststück«, stieß ich aus und grinste sie an. Sie konnte mir nicht wehtun, nicht so sehr, dass ich es zeigen und für sie schreien würde.

»Ich bin nicht feige, ich bin bloß cleverer als du. Dachtest du wirklich, dass du dich nur mit einer Magnum verteidigen könntest?«

»Glaubst du wirklich, dass deine Männer mich hätten stoppen können, wenn sie keine Rauchgasgranaten geworfen hätten?«, hakte ich schwer atmend nach.

Sie lachte auf. »Rolan, du weißt, was du zu tun hast!« Mom trat einen Schritt zur Seite und einer ihrer brutalsten Schläger trat vor mich. »Wenn du dich gegen ihn wehrst, ist der Biker tot.«

Ich zeigte ihr keine Reaktion. Ich hatte mir Grim sicher nur eingebildet, deshalb konnte sie mir nicht wehtun.

»Du glaubst mir nicht«, stellte Mom fest, kam noch einmal näher und vergrub ihre Hand in meinem Haar. Sie drehte meinen Kopf und ich sah unscharf, dass jemand im Stuhl neben mir gefesselt war.

Ich kniff die Augen zu, öffnete sie und wiederholte das Spiel, bis ich wieder einigermaßen scharf sehen konnte. Als ich ihn erkannte, zeigte ich keine Regung, um ihn nicht in Gefahr zu bringen.

Mom würde ihn umbringen und das war ein Risiko, das ich wirklich nicht eingehen wollte.

Ich verstand einfach nicht, was das für Gefühle waren, die er in mir weckte, denn sie waren mir vollkommen unbekannt. Was er in mir wachrief, kannte ich nicht, hatte es nie empfunden – es war vollkommen neu.

Während sie noch an meinem Haar riss, packte mich Rolan und meine Mutter rammte mir eine Spritze in den Hals.

»Verdammte Bitch«, stieß ich aus, während sich das eiskalte Mittel in meinem Hals und somit auch in meinem Blutkreislauf ausbreitete.

Meine Welt wurde schwarz.

Ich wusste nicht, was schlimmer war.

Die Eiseskälte oder das Höllenfeuer, das mich zu verschlingen drohte. Als ich zu mir kam und die Augen aufschlug, erkannte ich die glühenden Kohlen unter meinen Füßen. Ich hing über einem Gitter, darunter war die Feuerschale mit der Glut.

»Du bist aufgewacht.«

Ich hob den Kopf und sah meine Mutter in ein paar Metern Entfernung vor mir stehen. Danach legte ich ihn in den Nacken und erkannte die Vorrichtung, an die sie mich gebunden hatten. Mom hatte sich mit ihren Foltermethoden vom Malleus Maleficarum inspirieren lassen. Der Hexenhammer hatte sie zu unwahrscheinlich vielen grausamen Methoden angetrieben. Es gab sogar mehrere Folterkeller und ich war nun in der Feuerkammer. Normalerweise stellte sie hier diejenigen auf das Eisengitter, die versagt hatten, um sie zu bestrafen. Danach mussten sie mit verbrannten Fußsohlen einen Zehn-Meilen-Lauf hinter sich bringen. Die meisten waren danach völlig erschöpft zusammengebrochen, andere starben sogar nach oder während dieser Folter. Ich wusste nicht, warum ich zu jenen gehörte, die durchhielten, statt aufzugeben. Sie hatten meine Handgelenke hinter meinem Rücken gefesselt und die Kette an einem Seil befestigt, das über einen Flaschenzug nach oben gezogen wurde. Ich hing gut einen halben Meter über dem Gitter, an meinen Knöcheln waren Gewichte angebracht und meine Schultern schmerzten. Es würde nicht mehr lange dauern, bis sie ausgerenkt waren – sofern sie noch an dem Seil ziehen würden.

Und ich wusste, sie würden es tun.
»Fick dich«, stieß ich aus.
»Dann lassen wir dich eben noch ein wenig hängen, Raven, du weißt, dass es innerhalb von vier Stunden zum Tod führen kann, oder?«, hakte sie nach. »Rolan, du weißt, was du zu tun hast.«
Hinter mir erklangen Schritte, dann spürte ich die scharfen Stacheln, die die Haut meines Rückens aufrissen – ich gab ihnen immer noch nicht die Genugtuung zu schreien, als Rolan mich mit dem Gespickten Hasen bearbeitete. Es war ein Holzstiel, an dem zwischen zwei Metallhalterungen ein mit Nägeln gespickter Holzpfahl montiert war.
Ich biss die Zähne zusammen, kniff auch die Augen zu, doch gab ich keinen Laut von mir.
Rolan bearbeitete sogar die Rückseiten meiner Schenkel damit.
Es gab ein Knacken, mit dem unsägliche Schmerzen in meine Schultergelenke fuhren. Noch einmal und sie waren ausgerenkt, das wusste ich.
»Das bringt nichts, Cat!«, brüllte Rolan.
»Dann gib dir mehr Mühe!«, schrie sie zurück.
Die Hitze, ebenso die Kälte setzten mir zu – die Folter trug ihr Übriges dazu bei.
Mein Kopf sackte nach vorn. Auch wenn ich nicht schrie, irgendwann kapitulierte mein Körper.

Als ich ein weiteres Mal die Augen aufschlug, war ich an eine Metallvorrichtung gekettet, meine Arme wie meine Beine waren gespreizt, ich konnte keine meiner Extremitäten bewegen, sodass ich Rolan nicht angreifen oder treten konnte. Sie wussten eben genau, wie sie mich an so etwas hindern konnten.

Rolan stand in meinem Sichtfeld, aber jemand anderes zog meine Aufmerksamkeit auf sich. Sie hatten Grim an die andere Vorrichtung gefesselt, jedoch hing er schlaff in den Ketten. Ich sah das Blut an seinem Körper, die offenen Wunden, klaffende Schnitte und auch von seinem Kopf tropfte Blut. »Wie du siehst, habe ich mit ihm angefangen«, sagte Rolan gelassen. »Und jetzt mache ich mit ihm weiter, immerhin kannst du nun zusehen.«

»Lass ihn in Ruhe«, entgegnete ich mit schwacher Stimme. »Euer Hass gilt nur mir. Er hat nichts damit zu tun, Rolan.« Meine Fußsohlen waren verbrannt und es tat weh, auf ihnen zu stehen, aber ich ertrug es in meiner Benommenheit.

»Was läuft zwischen dir und dem Biker?«, hakte er nach.

»Nichts«, erwiderte ich, denn für mich war es bisher nur Sex gewesen, und so würde es bleiben, bis ich meine Gefühle verstand. »Er ist mir egal, aber Mom hat doch etwas gegen Kollateralschäden«, fuhr ich fort. Ich konnte nicht zulassen, dass er Grim noch weiter verletzte.

Rolan zog sein Messer, ich wusste genau, welches es war, denn auch mich hatte er unzählige Male damit verletzt. Er hatte meinen Körper in ein Gemälde aus Narben verwandelt, mich gezeichnet und mir sogar seinen Namen in den Rücken geritzt, doch den deckte inzwischen das riesige Tattoo der Rabenflügel ab, das er mit dem gespickten Hasen malträtiert hatte.

Ich wusste nicht, wie lange es her war, dass sie mich das erste Mal gefoltert hatten, auch nicht, zum wievielten Mal sie es gerade taten.

»Sag mir, ob dir der Biker etwas bedeutet!«, herrschte Rolan mich an.

»Nichts.«

»Na schön.« Er setzte die Klinge an Grims Brust an, bei genauerem Hinsehen erkannte ich, dass er die lange Narbe öffnete, die der Präs mir zu verdanken hatte. Nur diesmal ging der Schnitt wesentlich tiefer.

Mühsam unterdrückte ich den Schrei, denn würde ich eine Regung zeigen, die Rolan denken ließ, dass mein Herz für Grim schlug, unterschrieb ich sein Todesurteil. Mit jedem weiteren Schnitt unterzeichnete Rolan hingegen seines, denn ich würde ihn fertigmachen. Nicht, weil er Grim folterte, sondern für jene unzähligen Male, die er mich gefoltert hatte.

Nein.

Natürlich würde ich ihn auch für die Dinge fertigmachen, die er Grim antat.

Rolan griff in seine Gesäßtasche, er holte eine Spritze heraus und ich wusste, dass er Grim nun Adrenalin spritzen würde. Dummerweise beschleunigte sich damit der Herzschlag, somit auch der Blutfluss.

Hoffentlich verblutete er nicht.

Ich hoffte wirklich, dass Grim hier nicht draufging, doch wusste ich, dass wir beide hier nicht lebend herauskommen würden, sollte kein Wunder geschehen.

Rolan rammte die Kanüle in Grims Brust, der kurz darauf keuchend aufwachte.

Grim riss den Kopf hoch, sein Blick fiel auf mich und obwohl er so schwer verletzt war, fing er an zu kämpfen.

Rolan lachte, ich zeigte Grim ein Kopfschütteln, denn ich wollte nicht, dass er ihn irgendwie darauf aufmerksam machte, dass er etwas für mich übrig hatte. Der Lakai meiner Mutter durfte keinesfalls davon erfahren.

Grim trug bloß Briefs, auch ich hatte nur meine Unterwäsche am Leib. »Lass sie gehen«, forderte Grim knurrend.

Rolan lachte auf. »Also ist da doch mehr.« Er schaute kurz zu mir, ging an die Seite und legte das vergleichsweise kleine Messer weg. Er nahm die Machete an sich.

Ich fing an, an den Ketten zu zerren, war sogar bereit, mir die Hände zu brechen, um mich zu befreien.

Zwar zeigte ich niemandem meine Schmerzen, aber damit würde jeder Schlag zur Tortur werden und meinen Kreislauf ficken.

Rolan ging auf Grim zu, er verbarg die Sicht auf ihn und ich biss die Zähne zusammen. Schließlich stellte er sich seitlich, mit der linken Hand hielt er die Machete fest, drückte die Spitze gegen Grims Bauch und dann … rammte er sie in seinen Körper.

»Nein!«, schrie ich, starrte Grim an und sah, dass Blut aus seinem Mund trat.

Er warf mir einen leeren Blick zu und nur Sekunden später sank er in den Ketten in sich zusammen.

CAEN

Wir hatten den Unterschlupf erreicht, nachdem Brooklyn den Tracker geknackt hatte. Das Gründungschapter hatte uns hierher begleitet, sogar ein Teil der Nomads war bei uns, denn Reaper berief weitaus seltener die Chapel ein als Broke oder Grim, die einen festen Standort für ihre Chapter hatten.

Ripper hatte gemeinsam mit Broke, Venom und Reaper die Planung übernommen, in der Chapel hatten sie uns über ihren Schlachtplan in Kenntnis gesetzt und nun waren wir schon hier.

Bis an die Zähne hatten wir uns bewaffnet und waren bereit, den Kasten hochzujagen. Bronx hatte Sprengstoff mitgenommen, allerdings nicht bei sich, denn die Gefahr war zu groß, dass jemand genau darauf schoss und uns alles um die Ohren flog – insbesondere unsere Gliedmaßen und Gedärme.

»Also dann, Leute!«, brüllte Ripper. »Ihr wisst, was ihr zu tun habt.«

Ich ging gemeinsam mit den anderen Offizieren meines Chapters, Ripper würde mit den anderen Führungsmännern gehen und die übrigen in Fünfergruppen. Die Offiziere des Gründungschapters kamen zu mir.

»Wo geht ihr rein?«, fragte Skull interessiert – er war der Road Captain des Gründungschapters.

»Seiteneingang. Axe hat die Baupläne gefunden und wir gehen darüber. Broke, Ripper und die anderen nehmen den Haupteingang«, erklärte Bronx.

Roast, Sergeant des Gründungschapters, nickte. »Wir schließen uns euch an und trennen uns drinnen.«

»Alles klar«, sagte ich und kontrollierte meine Taschen.

Ich hatte mehrere Magazine für meine Berettas dabei, außerdem zwei Uzis bei mir.

»Da drin sind Kids, oder?«, wollte Django wissen. Er war Tucsons Sergeant at Arms.

»Wir müssen davon ausgehen«, erwiderte Brooklyn, unser Treasurer.

»Die sollten wir nicht abknallen«, schaltete sich Grudge ein. Er war der Arzt des Gründungschapters und sollte eigentlich bei Booze bleiben, da wir nicht wussten, ob Grim und Raven verletzt waren.

»Und du solltest hier draußen bleiben, weil wir nicht wissen, ob Grim und Raven verletzt sind«, meinte Axe.

»Ich dachte, wir holen nur euren Präs raus«, hielt Skull dagegen.

Daraufhin schüttelte ich den Kopf. »Beide, denn Grim will sie zu seiner Old Lady machen.«

Alle sahen mich überrascht an.

»Ernsthaft?«, war es nun an Django zu fragen.

»Ja.« Ich schnaubte. »Wo sind Ghost und Kinky?«

»Hier«, antworteten die Frauen im Chor. »Wir begleiten euch«, fuhr Ghost entschieden fort. Sie war mit Katanas bewaffnet, woher auch immer sie die Schwerter hatte. Kinky hingegen war unter anderem mit Sais bewaffnet.

»Wir haben Betäubungspfeile«, sagte Roast.

»Hätten wir auch mitnehmen sollen«, meinte Bronx und holte seine Schlagringe aus den Hosentaschen. »Gut, dann müssen wir sie irgendwie ausknocken.«

»Meinetwegen schießen wir ihnen auch in die Knie, damit sie keine Gefahr mehr sind«, sagte ich entschieden. »Da geht's nicht nur um meinen Präs, sondern um meinen älteren Bruder, also tue ich, was ich für richtig halte.« Ich steckte die Knarren trotzdem in meinen Hosenbund und holte ebenfalls meine Schlagringe aus dem Seitenkoffer meiner Harley.

»Rechnet damit, dass ihr ein paar Zähne verliert«, ließ Kinky uns wissen. »Und jetzt sollten wir reingehen, bevor wir auffallen, denn die werden Notstromaggregate haben, weshalb wir nicht lange auf Blindflug sind.«

Ich nickte ihr zu.

Meine Brüder und ich rotteten uns zusammen, dann machten wir uns gemeinsam mit den Offizieren des Gründungschapters und den beiden Kampfmaschinen auf den Weg in die alte Fabrik.

Schlimmer wäre nur ein Friedhof gewesen, aber dann hätten wir uns in die Hosen geschissen, wenn plötzlich kleine Mädchen in weißen Nachthemden aufgetaucht wären. In so einem Fall waren Killer nicht das, was einem Todesangst einjagte. Ich streifte meine Schlagringe über, ballte die Fäuste und gewöhnte mich an das Gefühl, denn normalerweise trug ich sie nicht. Ich wusste nicht einmal, warum ich sie noch hatte, doch jetzt war ich froh darüber.

»Ich gehe mit euch«, sagte Kinky leise, als wir uns aufteilten.

»Alles klar«, flüsterte ich und wir trennten uns an der ersten Kreuzung des langen Flurs. Hier reihte sich eine Tür an die andere – vermutlich lagen hier früher die Büros oder so, keine Ahnung, aber es war zum Kotzen, dass hinter jeder Tür die gottverdammte Gefahr lauern konnte und zum Angriff bereit war.

Eine davon wurde geöffnet und Kinky eilte unwahrscheinlich schnell an uns vorbei, als ein verdammt muskulöses Weib aus dem Zimmer schoss und uns angreifen wollte. Die Braut war der Knaller, sie parierte Schläge mit ihren Sais, teilte selbst einige aus und schwang sich schließlich auf die Schulter der jungen Frau. »Gib auf!«, knurrte sie aggressiv und hielt ihr die Spitze der Saigabel an die Halsschlagader.

»Niemals«, erwiderte die andere wütend, griff hinter sich und packte Kinky im Nacken. Mit einem gezielten Wurf schleuderte sie Skulls Old Lady über ihre Schultern, doch nicht ohne dass diese in ihren Hals schnitt.

Ich ging auf die beiden zu, als dieser weibliche Muskelberg unaufmerksam war, holte aus und trieb ihr meine Faust ins Gesicht.

Mit einem dumpfen Laut stolperte sie nach hinten, rannte auf mich zu und ich machte mich darauf gefasst, k.o. geschlagen zu werden.

»Runter!«, brüllte Axe, sofort ging ich in die Hocke und er schoss ihr in die Kniescheiben.

Schreiend ging die Braut zu Boden und wollte noch zu Kinky kriechen, doch diese kam wieder auf die Beine. Sie drehte sich zu ihrer Kontrahentin um, holte mit dem rechten Fuß aus und trat ihr hart ins Gesicht. Die kleine Soldatin sackte in sich zusammen.

»Wir müssen weiter«, sagte Kinky ernst.

»Wie sind diese Schuppen aufgebaut?«, wollte ich wissen.

»Meistens sind die Kammern in einem Flügel und die Folter- und Trainingsräume in einem anderen, das heißt, wir müssen uns hier durch kämpfen«, antwortete sie und hob ihre Sais vom Boden auf.

»Weiter geht's«, meinte Bronx und ging gemeinsam mit Axe an uns vorbei.

Weitere Türen flogen auf, als ich ihnen mit den anderen folgte.

Und auf einmal sahen wir uns einer kleinen Armee von Soldaten gegenüberstehen. Das waren keine Kids, sie waren älter, das erkannte ich ohne Probleme.

»Fuck!«, stieß Tiger aus. »Ride or die, hm?« Er streifte seine Quarzsandhandschuhe über.

»Wir können die niemals alle k.o. schlagen«, stellte Brooklyn fest.

Doch hatten wir nicht mit Kinky gerechnet, mit einem Kampfschrei stürzte sie sich in die Menge.

»Aber wir können sie auf andere Weise unschädlich machen«, hielt Bronx dagegen.

Wir zogen unsere Messer, Bronx sogar eine Machete, die auch Axe gezogen hatte.

»Dann los«, entschied Tiger und wir stürzten uns abermals ins Getümmel.

KINKY

Die Kerle waren gut trainiert, aber das war's auch schon. Sie sahen kaum die Schläge der Frauen und Männer vorher, doch das mussten sie. Hier waren offensichtlich die erwachsenen Soldaten von Ravens Mutter untergebracht – sie war zumindest cleverer als mein Vater damals, denn sie hatte eine kleine Armee für sich behalten.

Ich musste Fäusten und Messern ausweichen, aber da wir hier gegen Erwachsene kämpften, konnte mir egal sein, dass welche von ihnen draufgingen. Sie waren indoktriniert, da würde kein Psychiater mehr etwas reißen.

»Fuck!«, brüllte Brooklyn. Er kämpfte an meiner Seite und ich sah den Messergriff, der aus seinem linken Oberarm ragte.

»Bringt sie um. Die sind alle erwachsen, also abknallen!«, schrie Tiger, der mit Caen hinter uns, aber ebenfalls im Getümmel kämpfte.

»Leute!«, vernahm ich Skulls Stimme.

Innerlich atmete ich auf, da mein Old Man und seine Brüder aufgetaucht waren.

»Knallt sie ab oder betäubt sie!«, schrie ich ihnen zu, als ich einer Machete ausweichen musste.

»Das sind Kids!«, hielt Roast dagegen.

»Sind sie nicht!«, antwortete ich, nahm meinen Sai und trieb ihn dieser Missgeburt vor mir direkt ins Auge. Blut und Hirnschlotze liefen über die Klinge, aber das kümmerte mich nicht. Ich hatte schon schrecklichere Dinge getan und gesehen.

»Gott!«, kreischte ich, als mir jemand ein Messer in die Schulter rammte, doch war es mehr die Wut darüber als der Schmerz.

Schwungvoll drehte ich mich um, kassierte weitere Stiche, aber ich wehrte mich. »Dummer Fehler, Bitch!« Ich fing an, wie eine Wahnsinnige mit meinen Sais auf die Braut einzustechen, als um mich herum geschossen wurde.

Es war Bronx, der mich plötzlich packte und mit sich in Deckung riss.

Wir wurden unter den toten Körpern der Kids begraben, aber da Bronx über mir lag, lastete das Gewicht nicht auf mir, weil er sich auf seinen Armen abstützte. Fuck, ich lag unter ihm, als würde er mich vögeln, weshalb ich hoffte, dass Skull nicht durchdrehen würde. Andererseits hatte der Sergeant at Arms des Washington Chapters mich gerade davor bewahrt, mir alle Knochen zu brechen.

»Die sind alle hinüber!«, rief Roast, dann verschwanden nach und nach die Leichen, die auf Bronx und mir lagen.

Kaum waren wir befreit, stand er auf und reichte mir die Hand. »Nichts für ungut.«

»Danke«, erwiderte ich und sah Skulls Blick, der mich kritisch musterte.

»Du blutest«, sagte er.

»Ja, aber hätte Bronx mich nicht mit sich umgerissen, wären es mehr Wunden«, entgegnete ich ungerührt.

»Danke, Alter«, wandte er sich daraufhin an Bronx.

»Kein Thema.« Er streckte seine Faust in Skulls Richtung, mein Old Man stieß seine dagegen.

»Weiter geht's«, entschied Caen.

Wir alle hatten schon einiges abbekommen, aber wir würden nicht aufgeben, bis wir Grim und Raven gefunden hatten. Vielleicht war sie auch gar nicht mehr hier oder Grim war bereits weg, allerdings hoffte ich darauf, dass wir sie in dieser Fabrik finden würden.

Ich hob abermals meine Sais vom Boden auf und ging voraus, denn die Männer brauchten entschieden zu lange.

Roast kam an meine Seite und lud seine Pistole nach.

»Ist das Betäubungsmunition?«, erkundigte ich mich.

»Nein, das ist die tödliche«, erwiderte er.

»Wir wissen nicht, ob die hier nur Erwachsene haben«, hielt ich dagegen.

»Die Knarre mit den Pfeilen hab ich auch bei mir, keine Sorge.« Er steckte seine Smith and Wesson weg und zog die Knarre mit der anderen, weniger tödlichen Munition.

Wir schlichen durch die Korridore, bis wir vor einer großen Flügeltür ankamen.

»Schätze mal, dass hier die Eingangshalle ist«, sagte Django hinter mir.

»Gut möglich. Wir öffnen die Türen, seid bereit«, erwiderte Roast und nickte mir zu.

Wir zogen die schweren Metalltüren auf, als die Brüder ihre Waffen gehoben hatten.

Und vor uns breitete sich die Schlacht aus. Die anderen kämpften gegen einen ganzen Arsch voll Leute, aber wir konnten uns nicht daran beteiligen, da wir die Aufgabe hatten, den Präs des Washington Chapters zu finden.

AXE

Ich hatte keine Ahnung, wie wir es bis hierher geschafft hatten, aber ich war froh, dass uns noch nicht unsere Ärsche um die Ohren geflogen waren.

Wir hatten uns in einen weiteren Korridor vorgewagt, doch hier wurden wir nur von Wachmännern erwartet, die wir erschossen hatten, ohne mit der Wimper zu zucken.

»Dort hinten müsste es sein«, sagte Kinky, Skulls Old Lady. Sie lief voraus, sprang einfach über die toten Körper hinweg und rannte zur Tür.

»Hör auf damit!«, vernahm ich den Schrei einer Frau. »Er ist fast tot!«

»Das war Raven«, sagte Caen, rannte ebenfalls an mir vorbei und zog im Rennen seine Uzi. Ohne auf uns zu warten, öffnete er die Tür und stürmte in den Raum.

Wir folgten ihm, so schnell wir konnten, denn jetzt hatten wir die Zeit im Nacken. Wir mussten den Präs hier rausholen und in Sicherheit bringen.

Grudge und Booze mussten ihn versorgen, konnten ihn hoffentlich retten, denn ich war nicht scharf darauf, wieder einen neuen Präs zu wählen.

Grim war fair, dennoch führte er das Chapter mit harter Hand – doch das Wichtigste war die Freundschaft, die nicht nur mich mit ihm verband.

Caen hatte einen Wichser festgesetzt, der mit einem Messer vor ihm herumfuchtelte. »Hör auf oder ich zerschieße dir die Kniescheiben, sind höllische Schmerzen, mit denen du dann leben musst!«, schrie er wütend.

Roast ging an Caens Seite, hob seine Waffe und feuerte ihm einen Betäubungspfeil in die Brust.

Der Kerl sackte in sich zusammen.

Kinky und Skull waren bei Raven, ich lief zu ihnen, da sich die anderen um Grim kümmerten.

»Wo sind die Schlüssel?«, wollte Django wissen.

»Die sind in Rolans Tasche«, sagte Raven leise. Ihre Stimme war schwach.

»Caen, die Schlüssel sind in der Tasche des Wichsers!«, rief ich ihm zu.

Der Bruder holte sie heraus, jedoch rannte er zuerst zu Grim, was ich gut verstehen konnte. Die beiden waren die einzige Familie, die sie noch hatten. Na ja, Blutsverwandte eben, denn sie sagten auch zu uns Brüdern Familie. Nacheinander öffnete er die Schlösser an den Ketten.

Der Präs fiel wie ein nasser Sack auf Django, der ihn auf seine Schulter hob.

Mein Blick fiel auf Raven, die genauso blutüberströmt wie Grim war, aber sie hatte es wohl besser weggesteckt oder noch nicht das volle Programm bekommen. »Wie fühlst du dich?«

»Ich kann nicht mehr«, erwiderte sie schwach und Blut trat aus ihrem Mund.

»Dafür hast du eben noch beeindruckend laut herumgebrüllt«, hielt Skull dagegen.

»Dafür hat sie wohl ihre letzte Kraft zusammengenommen«, meinte Kinky.

Ich ging hinter Raven und sah den Grund für ihre Schwäche. Es steckten mehrere Messer in ihrem Rücken, was sicher der Grund dafür war, dass sie Blut spuckte, aber noch nicht tot war. »Sie hat vier Messer im Rücken. Keine Ahnung, wie groß die sind.« Zwei hatten zweifellos ihre Lunge verletzt, die anderen steckten tiefer, möglicherweise in den Nieren, aber ich war kein Arzt, also konnte ich es nicht beurteilen. »Ich kann die nicht rausholen, sonst geht sie innerhalb weniger Minuten drauf.«

»Werde ich sowieso. Rettet Grim«, erwiderte Raven undeutlich.

Caen kam mit den Schlüssel zu uns, nacheinander öffnete er die Schlösser, während Skull bereitstand, um Raven aufzufangen.

Fuck, das hier war keine Folter mehr gewesen, sondern ein Schlachtfest.

Er fing sie auf und hob sie auf seine Schulter.

»Bringen wir sie hier raus«, sagte Caen entschieden und lief an uns vorbei.

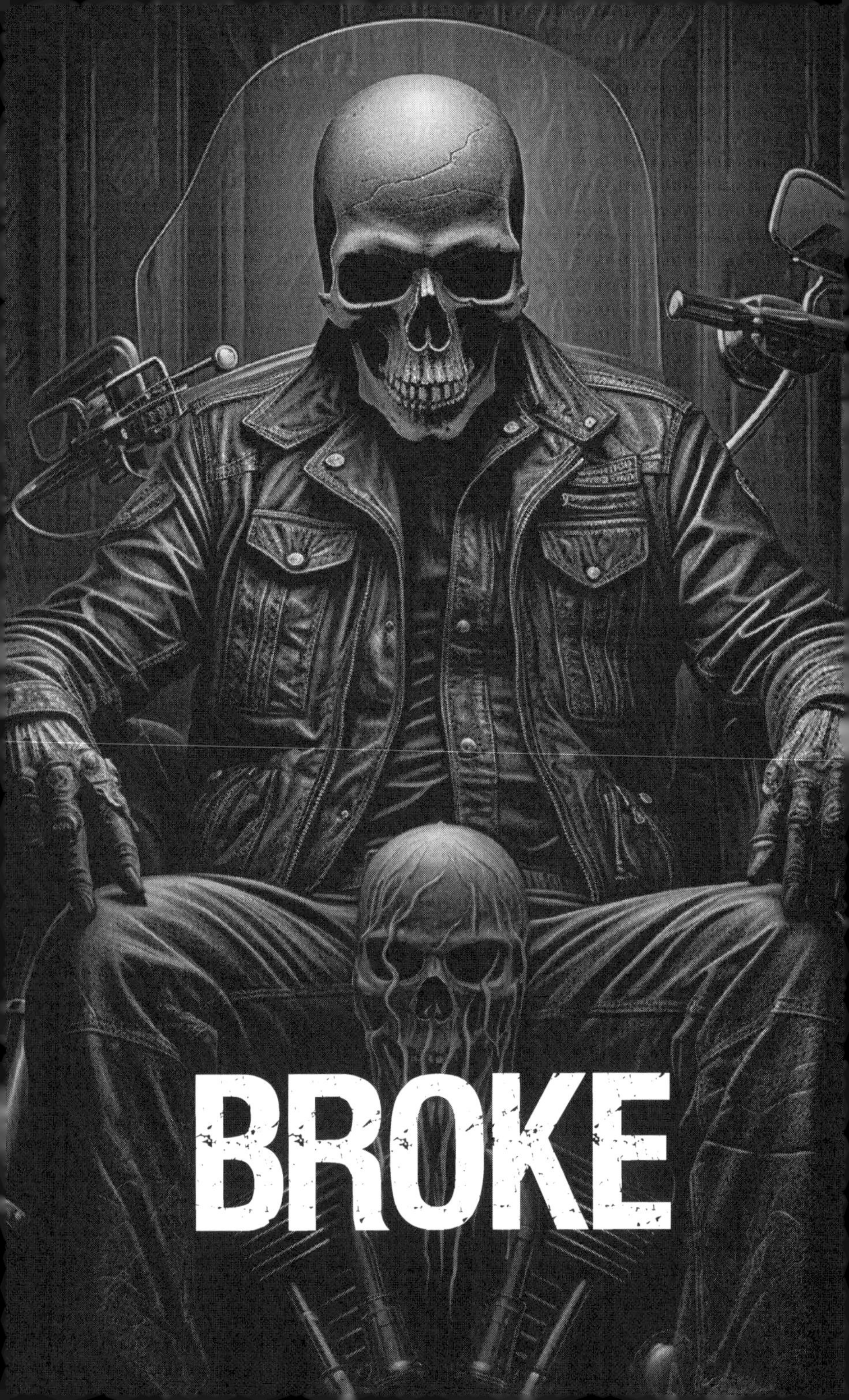
BROKE

Fuck!
Das hier war eine ganz andere Nummer als damals bei Goldenblatt.

Hier hatten uns keine Kids erwartet, die zwar verbissen kämpften, sich aber auch selbst richteten, wenn sie merkten, dass sie unterlegen waren.

Das hier waren Erwachsene, die derart auf die Kacke hauten, dass ich echt Angst um mein Leben bekam. Ich musste zu Eve und Vincent zurückkehren, ich wollte meinen Sohn aufwachsen sehen, doch heute kamen mir zum ersten Mal seit langer Zeit Zweifel daran, es überhaupt nach Hause zu schaffen.

Ich hatte schon einige Stiche und Kugeln abbekommen, glücklicherweise trug ich eine Kevlarweste unter meiner Kutte, dennoch waren die Aufschläge verdammt schmerzhaft. Einige Brüder hatte es heftiger erwischt. Selbst Ghost, die keine schusssichere Weste trug, war verletzt, auch wenn sie weiterkämpfte. Die Braut war wirklich wahnsinnig, nichts konnte sie bremsen, außer wirklich tödlichen Verletzungen.

Hinter mir knallte es und ich spürte den Windzug der Kugel, die an meinem Ohr vorbeisauste. Ich drehte mich kurz um und sah Venom mit gehobener Smith and Wesson.

»Da kam einer auf dich zu, während du geträumt hast, Mann!«, brüllte er.

Ich richtete meine Aufmerksamkeit wieder auf den Kampf, der langsam aber sicher endete. Glücklicherweise waren wir in der Überzahl, außerdem war es meinen Leuten gelungen, die Mutter der Gestörten einzufangen. Sie lag verschnürt, wenn auch ein wenig verletzt, in einem der Vans und wartete darauf, ins Gras zu beißen. Normalerweise schadeten wir weder Frauen noch Kindern, aber vor einem Menschen wie dieser Bitch würden wir keinen Halt machen.

Kids waren hier glücklicherweise nicht.

»Gebt auf!«, brüllte ich. »Ihr überlebt sowieso nicht!«

Wir hatten die Oberhand gewonnen und einige Brüder hatten ein paar Geiseln genommen, die nun mit den Händen hinterm Kopf vor ihnen knieten.

Ich sah vielleicht noch fünf bis sechs Kerle und Weiber, die kämpften, der Rest war entweder bewusstlos, tot oder eingetütet. Wir würden den Laden hier später anzünden – möglicherweise auch in die Luft jagen –, sodass keine Spuren zurückblieben. Es musste nicht sein, dass wir die Cops auf unsere Spur führten. Und auf einmal fingen die Kerle in schwarz an, auf diejenigen zu schießen, die mit uns kämpften. Der Kugelhagel war krass, weshalb wir Deckung suchten, die kaum gegeben war. Ich würde hier und heute nicht draufgehen, das hatte ich mir fest vorgenommen, denn ich wusste, dass Eve mich in dem Fall reanimieren und noch mal umbringen würde.

»Feuer erwidern!«, brüllte ich über den Krach hinweg, Venom und andere wiederholten schreiend meinen Befehl – wir setzten uns zur Wehr. Ich wusste, dass andere Brüder einen Weg zu den Kerlen suchen würden, um sie kampfunfähig zu machen, aber ich konnte mich jetzt kaum aus der Deckung wagen, ohne befürchten zu müssen, eine Kugel in den Kopf zu bekommen.

Die geben auf!«, schrie Venom.

Sie kapitulierten.

Endlich.

»Kniet euch zu den Leichen eurer Leute, immerhin habt ihr sie auf dem Gewissen!«, verlangte ich, als ein paar Brüder aus Grims Chapter zu ihnen gingen, natürlich richteten sie ihre Uzis auf sie, sodass sie jederzeit zum Schießen bereit waren.

Sie dirigierten sie zu den anderen.

Ripper lag auf dem Boden, ihn hatte es ausgeknockt, aber er lebte noch, wovon ich mich vorhin überzeugt hatte, dennoch war ich bei ihm geblieben, statt ihn im Stich zu lassen.

Doch nun musste ich ihn allein lassen. Ich stellte mich vor die Geiseln, die meine Brüder genommen hatten. Heute war niemand entkommen, der in der Halle gekämpft hatte, und es würde auch niemand durch unser Netz gehen.

Ich hob die Faust, streckte den Daumen aus und drehte ihn nach unten.

Die Schüsse zerrissen die Stille, die sich über uns gelegt hatte.

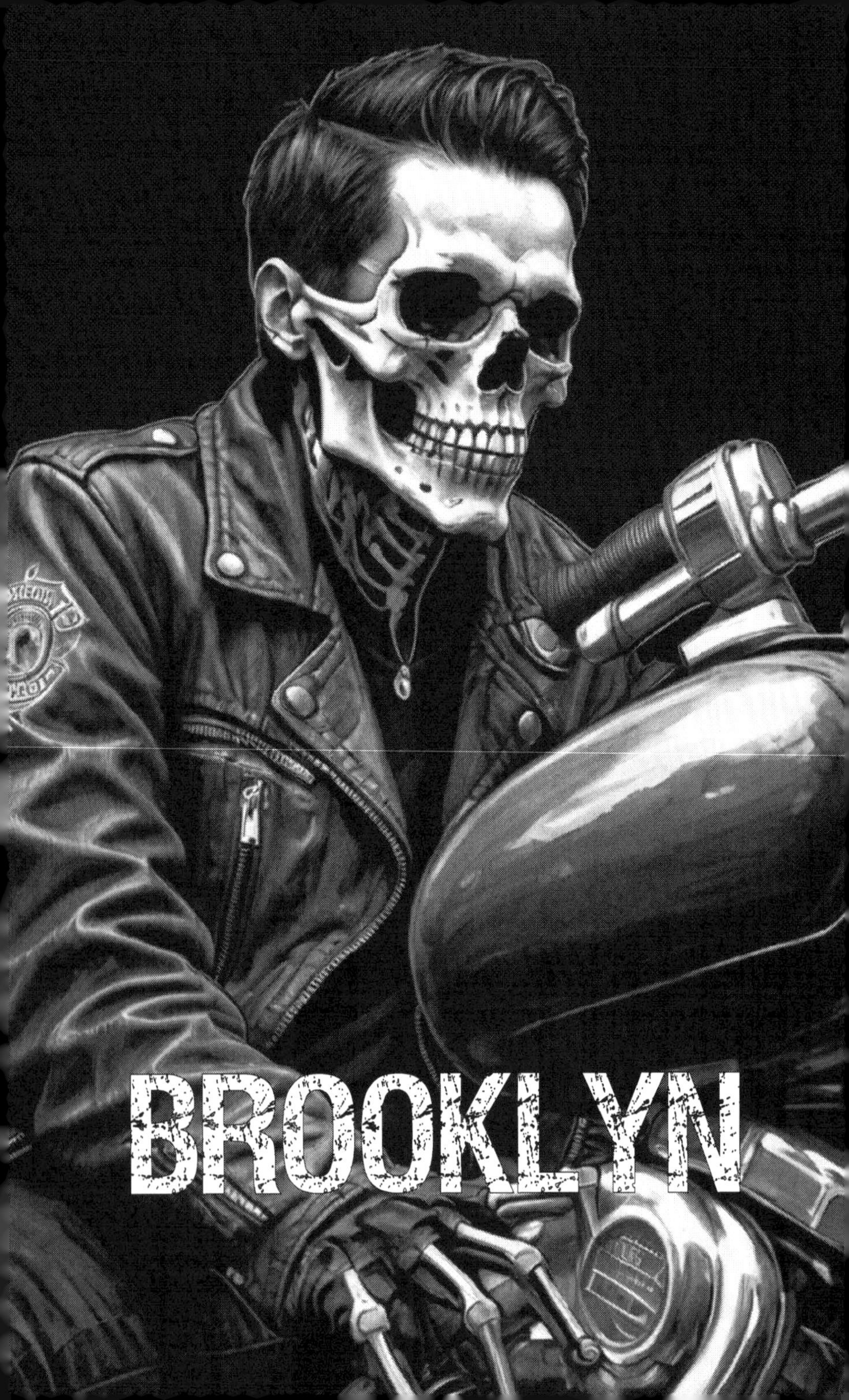
BROOKLYN

Der Schuppen brannte lichterloh, nachdem unsere Leute es nach draußen geschafft hatten. Grim und Raven wurden versorgt, wir waren geblieben, um nach Überlebenden zu suchen, allerdings hatten wir nur noch versprengte oder verletzte Wachleute gefunden – die nun nicht mehr zu den Überlebenden gehörten.

Ich saß auf meiner Harley, folgte meinen Brüdern zum Clubgelände des hiesigen Chapters.

Fuck, wir waren alle mehr oder weniger stark verletzt, also musste sich Nimrod, der Arzt der Nomads, später um uns kümmern.

Mir fiel es schwer, überhaupt den Gashebel zu drehen, aber ich würde durchhalten. Wir waren anderthalb Stunden vom Clubgelände entfernt, meine Gedanken kreisten um das, was ich heute gesehen hatte. Auch um Grim, von dem ich hoffte, dass er es packen würde, denn er war ein guter Freund geworden.

Keine Ahnung, was passieren würde, wenn er draufging, aber ich wusste, dass Caen dann durchdrehen würde. Die beiden passten üblicherweise immer aufeinander auf, nur hatte Grim vorgestern darauf bestanden, allein zu Raven zu fahren, weil er versuchen wollte, sie von sich zu überzeugen.

Ob es ihm gelungen war, wusste keiner von uns.

Maze fuhr über die rote Ampel, wir folgten ihm weiter und pfiffen auf den Verkehr, denn die Autos hielten immer für uns an, wenn wir nicht gerade in kleinen Gruppen unterwegs waren, aber jetzt fuhren hier gut 60 Kerle im Pack, also ließ man uns den Vortritt.

»Wir haben die Kleine ins Krankenhaus gebracht«, sagte Booze, als er mitten in der Nacht aus dem Krankenzimmer kam. »Wir hatten zu viel mit dem Präs zu tun.«

Caen hob eine Augenbraue. »In welchem ist sie?«

»In Seattle. Wir haben Grim aus dem Van geholt und Maze ist mit ihr weiter gefahren. Ich gehe davon aus, dass er sie vor dem Krankenhaus abgelegt hat, wie er sollte.«

Meine Gesichtszüge entgleisten. »Ernsthaft?«

Booze hob abwehrend die Hände. »Ripper hat es so entschieden, nachdem er zu sich gekommen war, die Priorität lag ganz klar auf Grim.«

Bronx schnaubte neben mir. »Das kam ihm ja gelegen, nachdem sie ihn nicht wollte und den Präs rangelassen hat.«

»Wie geht's meinem Bruder?«, wechselte Caen das Thema.

»Sieht schlecht aus. Wir müssen diese Nacht und die kommenden Nächte abwarten«, antwortete Booze.

Caen schob sich an unserem Arzt vorbei ins Krankenzimmer. »Fuck«, hörte ich ihn ausstoßen.

Ein Stuhl scharrte über den Boden und ich wusste, dass er sich zu Grim gesetzt hatte.

»Wie war noch der Name der Kleinen?«, wandte ich mich an Booze. »Raven ist ja nur ihr Spitzname.«

»Ich denke mal, dass sie unter Jane Doe geführt wird, sie trug ja nur Unterwäsche«, meinte Bronx. »Warum willst du das wissen?«

»Um rauszukriegen, ob sie durchkommt. Wir müssen doch wissen, worauf wir Grim gegebenenfalls vorbereiten müssen«, antwortete ich.

»Wurdest du schon versorgt?«, hakte Booze nach.

Ich nickte ihm zu. »Nimrod hat sich um uns andere gekümmert, mehr als die Wunden nähen und verbinden konnte er aber nicht.«

»Ich fahre mit dir«, sagte Tiger. »Wenn die mehr als eine Kutte sehen, singen sie eher.«

»Ruft ihr an? Dann bleibe ich bei Caen und dem Präs«, meinte Bronx.

»Und ich kümmere mich um Ripper, damit er nicht meint, die Sau rauszulassen«, verkündete Axe. »Immerhin bildet er sich ein, jetzt der Präs zu sein.«

Ich biss die Zähne zusammen. Wenn Ripper es übertrieb, würde Grim ihn erschießen, sobald er wieder auf den Beinen war – das wusste nicht nur ich.

GRIM

Schwärze.
Schmerzen.
Schwäche.

Leere.

Fuck!

Was war denn nur passiert?

Das Letzte, woran ich mich erinnerte, war Kälte, die von Hitze abgelöst wurde, bis beides furchtbaren Schmerzen wich. Mein eigener Körper bildete ein Gefängnis für meinen Geist, aus dem ich mich nicht befreien konnte.

Seit einer Weile versuchte ich, die Augen zu öffnen, doch meine Lider waren so unwahrscheinlich schwer.

»Wann wacht er denn endlich auf?«, hakte Caen ungeduldig nach. »Er ist seit Wochen weggetreten.«

»Wir haben ihn sediert, damit er sich erholen kann, immerhin war er fast tot«, erwiderte Booze entschieden. »Wenn du nicht aufhörst, hier tagtäglich ein Fass aufzumachen, fliegst du raus, denn hier habe ich das Sagen, nicht du, Grim oder Ripper.« Okay, mein Arzt war genervt, was mich nicht wunderte.

Ich kämpfte weiter gegen die Finsternis, in der ich mich befand, und versuchte verzweifelt, die Augen aufzuschlagen. Licht sickerte in mein Blickfeld – ich schaffte es.

»Hey, Alter«, sagte mein Bruder.

Meine Augenlider flatterten.

Finsternis.

Licht.

Finsternis.

Licht.

Und es blieb.

Mein Blick zuckte umher, während mein Körper weiterhin bleischwer war und mich einkerkerte.

»Hey, Präs«, sagte Booze und sah mich erleichtert an. »Schön, dass du endlich wach bist.«

»Mhm«, brachte ich heiser hervor.

»Du solltest etwas trinken. Da steht Wasser auf dem Nachttisch.« Booze schaute zu Caen. »Hilf ihm.«

»Ra-Ra-ven«, stotterte ich bemüht.

»Sie ist nicht hier«, erwiderte Caen.

Mein Blick suchte ihn, bis ich müde den Kopf drehte. »W-w-wo?«

»Maze hatte sie ins Krankenhaus gebracht, weil sie nicht ganz so schwer verletzt war wie du. Dort ist sie wohl durchgedreht und wurde in die geschlossene Psychiatrie eingeliefert. Aus der ist sie allerdings abgehauen und wir haben sie nicht mehr gesehen, geschweige denn gefunden.«

Ich schnaubte.

»Ihre Werkstatt ist leer«, fuhr Caen fort. »Aber zwei von uns fahren täglich raus, um nach ihr zu suchen.«

»Und … ihre M-Mom?«

»Die ist im Loch, genauso der Penner, der dich gefoltert hat«, war es nun an Booze zu antworten.

»Mhm.« Ich wollte mich aufrichten, als mich Booze' finsterer Blick traf.

»Du wirst dich nicht hinsetzen, Alter.«

Daraufhin verengte ich die Augen ein wenig.

»Du warst mehr tot als lebendig, als wir hier ankamen, zwei Wochen liegst du schon hier, aber deine Verletzungen sind noch nicht vollständig verheilt, Präs. Du solltest es echt mehr als ruhig angehen lassen.«

Ich schnaubte unzufrieden. Es kotzte mich an, dass ich im Krankenzimmer lag, aber Booze würde mich nicht aufstehen und gehen lassen, so gut kannte ich den Arzt unseres Chapters.

»Soll ich Bronx anrufen? Er ist heute mit Axe unterwegs, um nach Raven zu suchen«, mischte sich Caen ein.

»Ja«, antwortete ich, dann schaute ich wieder zu Booze. »Wie … soll ich trinken, wenn … ich flach auf dem … R-R-Rücken liege?«

Er brummte, kam zu mir und beugte sich über mich. Da ich mich kaum bewegen konnte, weil mir meine Glieder weiterhin bleischwer vorkamen, legte er meine Arme um seinen Nacken, schob seine Hand unter meinen Rücken und zog mich vorsichtig hoch. »Caen, hol noch ein Kissen und leg es her.«

»Klar.« Mein Bruder stand auf, holte ein Kissen vom anderen Bett und stopfte es in meinen Rücken, dann legte Booze mich langsam wieder ab.

»K-kein W-Wo-Wort darüber … Z-z-zu nie-niemandem«, wandte ich mich an Caen.

Er grinste mich an. »Ich werde darüber schweigen, dass du Booze umarmt hast.«

»Wichser«, stieß ich bemüht aus, war aber froh, ein wenig aufrechter zu sitzen.

»Ich rufe Bronx an«, verkündete Caen, anschließend verließ er das Krankenzimmer.

Zwei weitere Wochen später war ich wieder auf meinem Posten als Präs und Ripper suspendiert, nachdem er sich damit gebrüstet hatte, dass er meinen Rang übernehmen würde, nachdem ich verletzt wurde. Der Kerl musste einsehen, dass er sich in letzter Zeit zu viel erlaubt hatte, weshalb ich ihn vorerst auf die Ersatzbank geschickt hatte.

Raven war noch nicht aufgetaucht, obwohl ich im Krankenzimmer einmal glaubte, sie gesehen zu haben. Ich hatte mit Caen darüber gesprochen, allerdings war er der festen Überzeugung, dass ich mir eingebildet hatte, dass sie bei mir gewesen war.

Nun saß ich in meinem Haus, es war später Abend und Weihnachten nahte, doch dieses Jahr würde ich es ausfallen lassen, da ich keineswegs in Stimmung war, es zu feiern. Ruby war tot, Raven nicht hier und ich wollte mich keinem der Brüder aufdrängen. Ich überlegte sogar, mich bei meinem jüngeren Bruder zu melden, nicht bei Caen, sondern bei Kyle, der aber unter dem Pantoffel unseres alten Herrn stand. Wir gingen davon aus, dass er die Firma übernommen hatte, auch wenn der Job an mich hatte gehen sollen, doch ich wollte den Schuppen nicht, Caen genauso wenig und Kyle hatte sich nie gegen ihn zur Wehr gesetzt. Er hatte die Beleidigungen, die Prügel und den Jähzorn still und leise hingenommen.

Kopfschüttelnd vertrieb ich den Gedanken an meinen jüngsten Bruder, denn wir hatten uns seit mehr als 15 Jahren nicht gesehen, auch Caen hatte keinen Kontakt mehr zu ihm, weshalb ich ohnehin nicht wusste, wie ich ihn erreichen sollte.

Madison hatte einen kleinen Weihnachtsbaum in der Ecke des Wohnzimmers aufgestellt und um ihr nicht wehzutun, hatte ich das Scheißding stehenlassen, auch wenn ich das Gefühl hatte, dass es mich verhöhnt, wann immer ich ihn anstarrte.

»Grim?«

Mein Kopf flog herum.

Da stand sie.

Ich erhob mich, sah sie mit großen Augen an. Ihr Haar war nicht mehr rot, sondern dunkelbraun. »D-d-du«, stieß ich überrascht aus.

Raven holte tief Luft. »Hey.«

Ich machte einen Schritt auf sie zu, woraufhin sie sich versteifte. Ihre Reaktion veranlasste mich zum Stehenbleiben.

»Ich bin froh, dass du noch lebst«, sagte sie unwahrscheinlich müde.

Ich machte eine Atemübung. »Dito.«

Raven seufzte, nun kam sie einen Schritt auf mich zu. Dann noch einen. Als sie vor mir stand, sah sie mir in die Augen. Langsam hob sie ihre Hand an meine Wange. »Ich dachte, du wärst tot.«

Ihre Berührung tat gut und ich hatte sie vermisst, aber ich wusste nicht, wie ich es ihr zeigen sollte. »Ich st-st-ste-stehe d-do-doch hier.«

Raven verzog ihre Lippen zu einem Lächeln. »Warum bist du aufgeregt?«

»D-d-du hast m-mi-mich eis-k-ka-kalt erwischt.« Ich betrachtete sie. Verdammt, diese Frau war wunderschön. Und mit den dunkelbraunen Haaren sah sie Ruby noch ähnlicher – ich ahnte, dass sie wirklich sehr nah miteinander verwandt sein mussten.

Sie seufzte und legte ihre Stirn an meine Brust.

Ich schloss meine Arme um sie, drückte sie an mich und ihr Körper verkrampfte. »A-a-alles g-g-g-gut, b-b-bin nur ich«, stieß ich bemüht aus, aber ihr Auftauchen hatte mich wirklich aus der Bahn geworfen. Zwar hatte ich mir gewünscht, dass sie zurückkommt, aber dass sie wirklich gekommen war, hatte mein Herz aus dem Takt geraten lassen.

»Ich dachte wirklich, dass er dich umbringt.«

Ich holte tief Luft. »Hätte er beinahe.« Gott sei Dank war dieser Satz ohne Stottern aus mir herausgekommen, denn ich hasste es, verunsichert zu sein. Wenn ich entspannt war, stotterte ich nicht, aber wehe ich regte mich auf – dann ging nichts mehr.

Raven gab einen Laut von sich, den ich noch nie zuvor von ihr gehört hatte, doch konnte ich nicht sagen, welches Gefühl er ausdrücken sollte. »Sie haben dir geschadet, weil sie dachten, dass du mir wichtig bist.«

Abermals atmete ich durch. »Bin ich das nicht?«, fragte ich mit rauer Stimme.

»Das sollten sie eben nicht wissen.« Sie hob den Blick, sah mir in die Augen und ich verlor mich in ihren grünblauen Iriden.

Ich zog meine Hände von ihrem Rücken, hob sie an ihre Wangen und legte meine Stirn an ihre. »Wo warst du?«

»In Reardan«, hauchte sie.

Ich zog die Augenbrauen zusammen.

»Dort lebte ich mit meinem Vater, bevor das alles passiert ist«, wisperte Raven. »Ich musste mich verstecken, weil ich aus der Klapse abgehauen bin.«

Ihr leicht herber Duft nach Zitrusfrüchten umspielte meine Sinne. Ich konnte nicht anders, als meine Lippen auf ihre zu legen. Zu meiner Überraschung erwiderte sie den vergleichsweise sanften Kuss, sonst waren wir immer übereinander hergefallen und hatten uns miteinander ausgetobt, doch jetzt war alles anders.

»Grim«, hauchte sie dicht an meinen Lippen.

Auch ich löste mich nicht von ihr. »Was?«

»Ich…« Raven seufzte schwer. »Ich verstehe nicht, was ich fühle, wenn ich in deiner Nähe bin.« Sie sah mir in die Augen und ich erkannte all die Gefühle in ihnen, die sie sonst stets im Verborgenen hielt.

»Was fühlst du?«, fragte ich leise, dabei kreisten meine Daumen auf ihren Wangen.

»Ich … Eine Menge.«

Ich richtete mich auf. »Erzählst du es mir?«

Sie nickte erst, als ich ihr Gesicht freigegeben hatte. Ich ergriff ihre Hand, zog sie zur Couch und setzte mich, Raven nahm neben mir Platz. »Warum schlägt mein Herz schneller?«

Das konnte nicht ihr Ernst sein.

Sie wusste nicht, warum sich ihr Herzschlag beschleunigte, wenn sie in meiner Nähe war?

Hatte sie nie gelernt, was das bedeutete?

Ich schnalzte mit der Zunge.

Raven ergriff meine Hand und legte sie auf ihre Brust, genau an die Stelle, unter der ihr Herz schnell schlug. »Spürst du das?«

Ich nickte.

»Das passiert nur, wenn du in der Nähe bist. Ich habe das Gefühl, dass das falsch ist.«

Daraufhin schüttelte ich den Kopf. »Ist es nicht.«

Sie zog ihre Augenbrauen in die Höhe. »Wirklich nicht?«

»Nein, wenn dein Herz in meiner Gegenwart schneller schlägt, liegt es daran, dass du mich in deinem Herzen trägst«, erklärte ich und war dankbar, dass ich gerade nicht stotterte, aber seit dem Kuss war ich entspannter denn je.

Seufzend wich sie meinem Blick aus. »Das verstehe ich nicht.«

»Es bedeutet, dass du etwas für mich empfindest, Raven«, raunte ich ihr zu. »Nur, was du fühlst, musst du alleine herausfinden, das kann ich dir nicht sagen, da ich nicht weiß, was in dir vorgeht.«

Geradezu hilflos sah sie mich an, dann senkte sie den Blick und holte tief Luft.

»Was ist dir bei deiner Mom passiert?«, fragte ich, um ihr den Druck zu nehmen. Zwar war ich üblicherweise ein Arschloch, aber in ihrer Gegenwart konnte ich einfach ich selbst sein.

Raven schüttelte den Kopf. »Nichts, womit ich nicht umgehen kann.«

»Das heißt im Klartext?«

»Pfahlhängen«, antwortete sie knapp. »Na ja, damit haben sie angefangen. Ich war über glühenden Kohlen angebracht und meine Fußsohlen verbrannten, es kostete mich ein paar Wochen, meine Füße wieder normal bewegen zu können.« Raven räusperte sich. »Dann wurde ich an eine baugleiche Vorrichtung gekettet wie du und Rolan stieß mir Messer in den Rücken. Dafür hab ich eine Niere eingebüßt, weil er eines der Messer gedreht hatte.« Sie schaute mir wieder in die Augen. »Was er mit dir gemacht hat, war schlimmer.«

»Ich komme klar«, erwiderte ich, allerdings verschwieg ich ihr, dass ich seither nicht mehr besonders gut schlief. Ich war aber der festen Überzeugung, dass es daran lag, dass mich die Frage nach Ravens Verbleib beunruhigte. Ich legte meine Hand auf ihre. »Wirst du jetzt bei mir bleiben?«

Sie hob eine Augenbraue.

»Deine Werkstatt ist im Eimer und da haben sich inzwischen ein paar Obdachlose breitgemacht, um vor der Witterung geschützt zu sein.«

»O Mann«, stieß sie aus. »Hoffentlich jagen die sich nicht in die Luft.«

»Wir haben deinen Kram dort rausgeholt und eingelagert, na ja, meine Brüder waren es.«

»Wo?«

»Ich habe einen Schuppen hinterm Haus, da steht alles. Nur deine Möbel haben sie in ein Mietlager gebracht.«

Raven nickte. »Danke.«

»Wirst du denn eine Weile bei mir bleiben?«, fragte ich noch einmal und kam mir wie ein gottverdammter Teenager vor, weil ich sie anbettelte. Aber ich wollte Raven nicht noch einmal ziehen lassen, denn sie hatte wiedererweckt, was mit Ruby gestorben war.

»Da ich ohnehin nicht weiß, wo ich unterkommen soll, ja.«

»Wirklich?«, hakte ich nach, denn ihre Worte klangen nicht besonders überzeugend.

Abermals nickte sie. »Habt ihr auch meine Klamotten in deinem Schuppen?«

»Nein, die sind im Gästezimmer, weil ich die Hoffnung hatte, dass du auftauchen würdest.«

Ravens Mundwinkel zuckten, sie rückte näher zu mir und hauchte einen Kuss auf meine Wange. »Wäre es okay, wenn ich mich schnell umziehe? Ich bin vorhin mit meiner Harley in den Schnee geraten.«

»Deine Harley steht doch vor meinem Haus.«

»Ich habe mir eine neue besorgt«, erwiderte sie.

»Welche?«

»Einen Freewheeler. Der Kerl wollte pokern, ich habe gesetzt, was ich nicht hatte, ein wenig geblufft und das Ding gewonnen.«

Ich schnaubte amüsiert. »Alles klar.«

»Und ich habe das Bike schon umlackiert und ein neues Nummernschild besorgt, damit ich ihm nicht auffalle, da ich nur meine Wurfmesser bei mir habe, die ich nicht werfen kann, wenn ich auf der Maschine sitze.«

»Wohl wahr.« Ich holte tief Luft. »Ich hole morgen deine Waffen aus dem Schuppen.«

»Danke.« Raven legte ihren Kopf auf meine Schulter, etwas umständlich streckte ich mein Bein an der Rückenlehne entlang und zog sie auf mich.

Ich trug weder Kutte noch Schuhe, also konnte ich ohne Weiteres die Beine hochlegen.

Sie löste sich von mir, setzte sich aufrecht und befreite sich von ihren Boots, außerdem von ihrer Lederjacke, dann schmiegte sie sich an mich. »Wenn man bedenkt, dass ich dich umbringen wollte, als wir uns das erste Mal begegnet sind, ist das hier…«

»Eine positive Wendung«, beendete ich ihren Satz, als sie ins Stocken geriet.

»Ja«, stimmte sie zu, doch wurde sie wenig später wieder ernst. »Ich habe Rossi einen Besuch abgestattet.«

Ich wurde aufmerksam. »Lebt er noch?«

»Nein.«

»Moment, du hast den Mafioso umgebracht?«, hakte ich verblüfft nach.

»Ja. Ich bin nachts in sein Haus eingestiegen und habe ihm die Kehle durchgeschnitten, nachdem ich aus der Psychiatrie ausgebrochen war.«

Fuck, ich musste Broke sagen, was Sache war.

»Hast du Spuren hinterlassen?«, wollte ich wissen.

»Natürlich nicht.« Sie seufzte. »Es war sogar in den Nachrichten. Die Polizei vermutet, dass einer seiner Capos der Täter war, der Kerl sitzt jetzt in Untersuchungshaft, aber das ist kein Verlust«, erklärte Raven weiter.

»Wir sollten niemals darüber sprechen.«

»Das habe ich sowieso nicht vor«, antwortete Raven. »Ich weiß ja, dass einer von den Kerlen aus dem Gründungschapter mit Rossis Tochter zusammen ist.«

»Mhm«, gab ich nachdenklich zurück.

Fuck!

Alessandra durfte niemals davon erfahren und ich hatte keine Ahnung, wie ich es Broke beibringen sollte. Streng genommen ging es uns sowieso nichts an, denn Raven war nicht meine Old Lady, sondern eine Clubfremde, und Männer wie Marco Rossi mussten immer damit rechnen, ihr Leben auszuhauchen.

Eigentlich hatte sie die Welt ein Stück heller gemacht, als sie den Mafioso umgebracht hatte.

RAVEN

Ich wusste gar nicht, warum ich zu Grim zurückgekehrt war, aber in den letzten Wochen hatte ich immerzu an ihn denken müssen.

Außerdem hatte ich ständig ein schlechtes Gefühl, weil ich nicht bei ihm sein konnte. Es hatte sich verabschiedet, als ich einfach in sein Haus marschiert war, nachdem ich über die Mauer des Clubgeländes geklettert war.

Ich hatte ja damit gerechnet, dass mich ein paar seiner Brüder stellen würden, aber niemand war Patrouille gelaufen. Also hatte ich mich problemlos zu Grims Blockhaus schleichen und hineingehen können, denn er schloss nur nachts ab.

Keine Ahnung, warum er seinen Leuten so sehr vertraute, aber schlimmstenfalls hätte ich das Schloss der Tür geknackt, da ich mein Werkzeug in der Hosentasche hatte.

Meine Harley stand an der hinteren Mauer, die musste ich morgen früh noch holen, denn dort befand sich kein Tor.

»Bist du hungrig?«, unterbrach er die Stelle.

»Ich habe gegessen, bevor ich hergekommen bin«, antwortete ich, ohne mich von ihm zu lösen. Ich lag auf ihm, hatte mein Gesicht auf seine Brust gebettet und genoss seine Wärme, die auf mich übergegangen war. »Was wurde aus meiner Mutter?«

»Sie und dieser Folterknecht sitzen im Loch.«

»Das heißt?«

»Camera silens«, antwortete er.

»Und das heißt?«

»Sie sitzen seit Wochen in einer Dunkelkammer, ein kleines Dankeschön dafür, dass sie uns auch in eine gesperrt haben, nur mit dem Unterschied, dass sie hier Essen und Getränke bekommen, damit sie nicht draufgehen.«

»Mhm.«

»Deine Mutter gehört dir«, sagte er, als er seine Hand in meinen Nacken schob. Mit den Fingerspitzen streichelte er mich. »Der Kerl gehört mir.«

»Ich dachte, deine Leute hätten nur uns dort rausgeholt.«

»Nein, sie haben den Schuppen sogar hochgejagt.« Grim gab einen nachdenklichen Laut von sich. »Und sie waren schon im Haus deiner Mutter, haben alles Wertvolle geholt, was heißt, dass du jetzt eine verdammt wohlhabende Frau bist.«

»Ich will ihr Blutgeld nicht«, erwiderte ich sofort und richtete mich auf. »Es wurde mit dem Leid anderer verdient, ich will keinen müden Penny davon.«

»Okay«, sagte er und zog seine Finger auf meine Wange, mit dem Daumen streichelte er mich sanft.

Ich wunderte mich immer wieder darüber, dass ein Mann wie Grim so zärtlich sein konnte, aber das verriet mir, dass ich mich in ihm getäuscht hatte, bevor wir uns das erste Mal begegnet waren.

»Dann mach damit, was du willst.«

»Was ist mit den Soldaten meiner Mutter?«, wollte ich wissen.

»Dort waren keine Kids, nur erwachsene Gehirngewaschene.«

»Und was ist mit ihnen passiert?«

»Sie sind tot.«

Ein Knurren rollte meine Kehle hoch.

»Sie haben meine Brüder angegriffen und sind teilweise bei den Kämpfen draufgegangen. Die anderen wurden am Ende hingerichtet. So viel ich gehört habe, fingen die Wachleute deiner Mom an, auch auf deine Waffenbrüder und -schwestern zu schießen«, erklärte er.

»Und hingerichtet wurde dann noch wer?«

»Die Wachleute.«

Ich richtete mich vollkommen auf, setzte mich und winkelte mein rechtes Bein an, als würde ich im halben Schneidersitz sitzen. »Dann haben sie das Protokoll befolgt.«

Grims Gesichtszüge entgleisten. »Das heißt nun was?«

»Sollte eines ihrer Camps überfallen werden und die Angreifer in der Überzahl sein oder die Oberhand gewinnen, werden die Soldaten erschossen, damit sie nicht für den Feind arbeiten oder meine Mutter ausliefern.«

Er hob die Augenbrauen.

Ich seufzte. »Ich sagte doch, dass es bei ihr anders lief als bei anderen.«

Grim nickte. »Dass es so anders lief, habe ich nicht erwartet.«

»Sie ist ein Monster.«

»Nach allem, was du erzählt hast, habe ich nichts Anderes erwartet.« Grim neigte den Kopf. »Willst du ihr ein Ende bereiten?«

Diesmal war ich diejenige, die hektisch nickte. »Ja, sie soll durch meine Hand sterben.«

»In Ordnung.«

»Und wann werde ich Rache nehmen dürfen?«, fragte ich interessiert.

»Da du nun hier bist, sollten wir uns nicht mehr allzu viel Zeit damit lassen.« Er schnaubte. »Ich muss die Chapel einberufen, aber heute will ich meine Brüder nicht mehr sehen. Ich will den Abend mit dir verbringen.«

Meine Mundwinkel zuckten, dann lächelte ich. »Alles klar.« Ich krabbelte wieder zu ihm und schmiegte mich abermals in seinen Arm. »Ich habe dich wirklich vermisst.«

»Ich dich auch.« Grim legte seine Hand auf meinen Rücken. Sanft streichelte er mich und ich erlaubte mir, seine Berührungen zu genießen. Vielleicht hatte er mein rabenschwarzes Herz ja doch irgendwie erobert.

»Meine Flügel sind gebrochen«, wisperte ich.

»Wie meinst du das?«

»Dass Rolan mein Rückentattoo so bearbeitet hat, dass es aussieht, als wären meine Flügel gebrochen«, antwortete ich leise.

»Das macht nichts, du musst nicht fliegen, Raven.«

»Hadley«, hauchte ich.

»Ich weiß.«

»Trae?«
»Mhm?«
»Danke.«
»Wofür?«, raunte er und der Klang seiner tiefen Stimme jagte mir einen Schauer über den Rücken, der sich in ein Kribbeln wandelte, das meinen ganzen Körper für sich einnahm.
»Dass du mir zeigst, dass ich nicht nur zu Hass imstande bin.«
Daraufhin küsste er meinen Scheitel und schlang seine Arme eng um mich. »D-d-danke, dass du mir zeigst, dass ich noch ein Herz habe.«

Ich lag in Grims Arm, er schlief seelenruhig, während ich mit kreisenden Gedanken wachlag. Ich wusste nicht, ob er mich wirklich Rache an meiner Mutter nehmen ließ, noch weniger wusste ich, ob ich sie wirklich nehmen wollte. Sie hatte mir mein Leben geschenkt und ich hatte ihr jenen genommen, den sie liebte.
Meinen Vater.
War es nicht eine schlimmere Strafe, wenn sie ohne ihn weiter leben musste?
Einerseits wollte ich sie nicht wieder mit ihm vereinen, andererseits würden beide im Fegefeuer schmoren und sicher nicht so schnell von den Qualen erlöst werden, die sie dort erwarteten.
Sie mussten für die Dinge büßen, die sie anderen angetan hatten.
Für alles.
Und am meisten dafür, dass sie mich in ihre Hölle auf Erden geführt hatten. Bis zu jenem Tag, an dem sie mich dorthin brachten, war meine Kindheit glücklich, doch in jenem Moment, als

Dad das erste Mal mit dem Gürtel ausholte, brach das alles in sich zusammen.

Wie ein Kartenhaus, das von einem Windstoß getroffen wurde.

Seufzend hob ich den Kopf und betrachtete Grim im Licht der Nachttischlampe, die wir nicht ausgeschaltet hatten. Er sah entspannt aus.

Ich befreite mich aus seiner engen Umarmung, stützte mich auf meinen rechten Ellenbogen und ließ die Finger meiner linken Hand über seine Brust schweben. Seine Haut war warm, weich und ich fühlte deutlich die Narben, die Rolan auf seinem Körper hinterlassen hatte.

»Warum bist du wach?«, fragte er mit geschlossenen Lidern.

»Ich denke nach«, antwortete ich leise.

Grim schlug die Augen auf, schob seine Hände unter meine Arme und zog mich auf sich, dann landeten seine Finger auf meinem Hintern. »Worüber?«

»Über die Hinrichtung meiner Mutter.«

Er sah mich irritiert an. »Denkst du darüber nach, was du ihr antun willst?«

»Ich denke darüber nach, ob ich ihr überhaupt etwas antun will«, antwortete ich aufrichtig.

Grims rechte Augenbraue glitt in die Höhe. »Warum?«

»Als wir beide an diese Stühle gefesselt waren, sagte sie, dass sie mir jemanden nehmen würde, der mir etwas bedeutet, so wie ich ihr den nahm, den sie liebt«, antwortete ich. »Und ich denke, wenn ich sie umbringe, vereine ich sie wieder mit meinem Vater.«

»Die beiden werden in der Hölle schmoren und sicher keine Momente in trauter Zweisamkeit miteinander verbringen können«, hielt er überzeugt dagegen.

»Wahrscheinlich hast du recht«, stimmte ich ihm zu. »Ich denke, ich brauche nur etwas Zeit, um mich an den Gedanken zu gewöhnen, dass sie bald nicht mehr mein Leben bestimmt.«

Grim nickte, zog mich noch etwas höher, sodass wir einander von Angesicht zu Angesicht gegenüber waren. Er legte eine Hand in meinen Nacken. »Zerbrich dir nicht deinen schönen Kopf, Raven.«

»Hadley«, korrigierte ich ihn, denn ich wollte nicht mehr Raven genannt werden. Ich war nicht länger die Todesbotin meiner Mutter, nicht länger bereit, Seelen ins Jenseits zu befördern.

Ich war nur noch Hadley.

»Sorry. Hadley«, raunte er und meinen Namen aus seinem Mund zu hören, fühlte sich wie ein Streicheln an.

Ich legte meine Lippen auf seine und verwickelte ihn in einen Kuss. Grims Hand an meinem Hintern griff fest zu, weshalb ich mich gegen ihn drängte, und ich spürte seinen harten Schwanz an meiner Pussy. Es entlockte mir ein wohliges Seufzen, das sich innerhalb eines Sekundenbruchteils in ein Stöhnen wandelte.

Schwungvoll drehte er sich mit mir, ich fand mich unter ihm wieder und er beendete den Kuss. Grim sah mir abermals in die Augen. Mit den Fingerspitzen zeichnete er die Konturen meines Gesichts nach. Seine Berührungen waren federleicht.

Ich hob meine Hand an seine Wange, seine Bartstoppeln kitzelten, als ich mit meinen Fingerspitzen durch seinen Dreitagebart fuhr.

»Wir sollten schlafen.«

»Wirklich?«

Seine Mundwinkel zuckten. »Definitiv nicht.«

»Gut.« Ich hob den Kopf und küsste ihn ein weiteres Mal. Meine Zungenspitze glitt vorsichtig über seine Unterlippe, während seine Finger meine Seite hinabglitten. Sie schoben sich unter das Shirt, das er mir geliehen hatte, und verursachten mir eine Gänsehaut, obwohl seine Fingerspitzen so warm waren. Sein Streicheln schickte eine Woge der Lust durch meine Venen, ein Lauffeuer, das sich in mir ausbreitete und meinen Körper mit Hitze erfüllte.

Grim löste sich von meinen Lippen, dann richtete er sich auf. Nachdem er meine Hand ergriffen hatte, zog er mich ins Sitzen, während er zwischen meinen gespreizten Schenkeln kniete. Grims Blick verhakte sich mit meinem, als er mein Shirt nach oben schob. Ohne ein Wort zu sagen, hob ich meine Arme, streckte sie über meinen Kopf. Er befreite mich von dem T-Shirt, sein Blick fiel auf meinen nackten Oberkörper, schließlich legte er seine Hand an meine Schulter. Grim gab mir einen Stoß, mit dem ich wieder auf den Rücken sank. Kaum lag ich, griff er nach meinen Beinen und streckte sie gerade nach oben. Seine Finger hakten sich in die Bündchen meines Strings, von dem er mich nur einen Atemzug später befreite.

Nachdem er ihn über meine Knöchel gezogen hatte, stellte er meine Beine angewinkelt auf, dann glitt er wieder über mich. Grim versiegelte meine Lippen mit einem feurigen Kuss, ließ seine Zunge in meinen Mund dringen und ich wusste, so hatte er mich noch nie geküsst. Es war so viel leidenschaftlicher und voll von unausgesprochenen Gefühlen, weshalb mir der Atem wegblieb. Mein Herz raste, mein Blut rauschte durch meine Venen und meine Erregung wuchs auf ein Maß, das ich nicht kannte. Seine Finger schwebten abermals meine Seite hinab, zeichneten die Konturen meines Leibs nach und fanden ihren Weg in meine Spalte. Langsam strich er durch sie hindurch, verteilte die Zeichen meiner Lust, dann begann er, meine Klit zu umspielen. Ich stöhnte in seinen Mund, doch seine Zunge forderte meine erneut zu einem heißen Tanz auf. Es war das erste Mal, dass ich nicht wusste, auf welches der beiden Gefühle ich mich konzentrieren sollte.

Den Kuss oder das Necken seiner Finger?

Es überforderte mich, was mich dazu veranlasste, mich von seinen Lippen zu lösen. Ich hob den Kopf, neigte ihn und küsste seine Schulter, streichelte mit meinen Lippen auf seinen Hals und war froh, dass meine Gedanken an Klarheit gewannen – wenigstens für einen Moment.

Grims Fingerspitzen umspielten meine Klit fordernder und dieser Kerl wusste genau, was er tat, denn ich erbebte unter ihm. Meine Wahrnehmung setzte Stück für Stück aus, als sich die Wärme in meinen Venen ausbreitete und meinen Körper in Brand setzte. Erst langsam, dann schneller, als wären seine Berührungen ein Brandbeschleuniger.

Ich stöhnte laut gegen seine Haut, was mich wunderte, denn so laut war ich noch nie geworden. Mühsam schob ich all die Erinnerungen an meine ersten Erfahrungen beiseite. Die schrecklichen Bilder sollten diesen Moment nicht vergiften. Seine Massage wurde fordernder und ich spürte ein Kribbeln, das meinen ganzen Körper für sich einnahm, doch plötzlich entzog er sich mir.

Grim war nun derjenige, der seine Lippen auf meinen Hals legte, seine Zungenspitze fuhr über meine Halsschlagader, neckte meine Haut und folgte langsam einer unsichtbaren Spur auf mein Dekolleté, schließlich legte er seine Lippen um meinen Nippel. Er saugte daran, knabberte an ihm und schickte so weitere Impulse durch meinen Körper, die sich in meiner Klit entluden. Seine Fingerspitzen kreisten weiter um die empfindliche Perle und das Knabbern an meiner Brustwarze gab mir den Rest. Der Knoten in mir platzte und ich kam mit einem Schrei, der sich in ein lautes Stöhnen wandelte. Mein Körper verspannte, als er nicht aufhörte, meinen Kitzler zu umkreisen.

»Grim«, keuchte ich, da er nicht aufhörte. Ich wand mich unter ihm. »Grim, bitte…«

Er löste sich von meiner Brust, dann hob er den Kopf. Feine Strähnen seiner dunkelbraunen Haare fielen ihm in die Stirn, die ich wegstrich. »Wirklich?«

»Nein … Ja … Ich brauche nur einen Moment«, gab ich hektisch atmend zu.

Auf einmal zeigte er mir ein Lächeln. »In Ordnung.« Er zog seine Hand zurück und legte sie neben meinem Kopf aufs Kissen, dann küsste er mich ein weiteres Mal.

Grim drängte seinen Schwanz gegen meine Mitte, entlockte mir ein weiteres Stöhnen und ließ meine Gedanken um den Wahnsinnshöhepunkt kreisen, den er mich hatte erleben lassen. Ich konnte es kaum erwarten, seinen Schwanz in mir zu spüren. Ich legte meine Hände auf seinen unteren Rücken, sie glitten langsam am Bund seiner Briefs entlang. Entschieden schob ich sie herunter, bis ich kapitulieren musste, weil ich nicht weiterkam. Ich befreite seinen Schwanz, um den ich meine Faust schloss. Grim keuchte, als ich begann, sie auf und ab zu bewegen, doch entwand er sich mir schnell und griff nach meinem rechten Handgelenk, anschließend ergriff er auch mein linkes und drückte meine Hände zu beiden Seiten meines Kopfes ins Kissen. »Bist du sicher?«, fragte er heiser.

Ich nickte, da mir immer noch die Worte fehlten.

»Sprich es aus«, raunte er dicht an meinen Lippen.

»Fick mich, Grim«, hauchte ich, als ich in seine dunkelbraunen Augen sah.

Daraufhin zog er meine Hände über meinen Kopf, hielt sie nur noch mit seiner linken fest und schob seine rechte zwischen uns. Ein weiteres Mal ließ er seine Fingerspitzen durch meine Spalte gleiten, entlockte mir so wieder ein Stöhnen, als er meine Klit neckte, dann bewegte er seinen Schwanz durch meine Spalte. Er führte seine pralle Eichel an meine Pforte und versenkte sich mit einem harten Stoß in mir, ohne mir die Zeit zu geben, mich an ihn zu gewöhnen.

»O mein Gott!«, rief ich erregt, weil es sich so verdammt gut anfühlte.

Für wenige Augenblicke war er völlig bewegungslos, bis er sich langsam aus mir zurückzog, nur um einen Moment später fest in mich zu dringen.

Sein Becken traf hart auf meines, aber ich wollte ihn noch intensiver spüren. Ich hob meine Beine, kreuzte meine Knöchel in seinem Rücken und wir stöhnten beide auf, als er deshalb tiefer in mich glitt. Grims Kuss gewann an Leidenschaft, als er sein Becken kreisen ließ, womit er weitere Impulse durch meine Venen jagte, die mich lauter werden ließen. Ich bewegte mich mit ihm in seinem Rhythmus, unsere Körper waren im absoluten Einklang und ich genoss es, ihm so nah zu sein. Er war der erste Mann, mit dem es keine Pflicht war, und es fühlte sich so unwahrscheinlich gut an.

Noch nie hatte es sich so angefühlt.

Grim hielt meine Handgelenke weiter über meinem Kopf fixiert, während er kraftvoll in mich pumpte. Er löste sich von meinen Lippen, küsste meinen Hals – so fanden seine Küsse abermals den Weg hinab auf mein Dekolleté, schließlich sog er meinen Nippel in seinen Mund. Sein Saugen war genauso hart wie seine Stöße, das Necken seiner Zähne schickte weitere Blitze durch meine Venen, sie peitschten wild in ihnen und brachten mein Blut zum Kochen. Ich ließ mein Becken unabhängig von seinem kreisen, als seine rechte Hand meine Brust umschloss und sie massierte, während er meine linke immer noch mit seinen Lippen liebkoste.

Mein Herz raste und meine Gedanken befanden sich auf einer Reise, die sie weit fort von hier geführt hatten. Ich bekam kaum noch Klarheit in meinen Geist, denn tief in mir brach ein Feuer aus, das meinen Körper in Flammen aufgehen ließ.

Ein weiteres Mal breiteten sich die heißen Wellen in meinem Körper aus, sie ließen meine Zehenspitzen kribbeln und ich bäumte mich unter ihm auf, während ich das Stöhnen nicht länger unterdrücken konnte.

Grims Stöße wurden kraftvoller, aber ich genoss den süßen Schmerz, den er damit durch meinen Leib sandte.

»Fuck«, knurrte er. »Du bist so verdammt eng, Hadley.« Grim gab meine Handgelenke frei, augenblicklich legte ich meine Hände auf seine Schultern und hielt mich an ihm fest. Meine spitz gefeilten Fingernägel bohrten sich in seine Haut – das Gefühl brachte ihn zum Zischen.

Es war offensichtlich, dass er mich dafür bestrafen wollte, denn er stieß so hart in mich, dass ich einen erschrockenen Laut von mir gab, der abermals in einem Stöhnen unterging.

Gott, ich liebte den animalischen Sex mit ihm.

Es gab wirklich nichts Besseres.

»O Gott«, stöhnte ich, bewegte mich ihm bei jedem Stoß entgegen. Unsere Körper schwangen abermals im Einklang, so was hatte ich noch nie erlebt – allerdings hatte ich auch noch nie Sex mit jemandem, der mir etwas bedeutete.

Als ich mir auf die Unterlippe biss, befreite er sie mit seinem Daumen und küsste mich abermals stürmisch. Und während unsere Zungen ein weiteres Mal miteinander um die Oberhand kämpften, fegte ein Orgasmus über mich hinweg, der selbst einen Tsunami in den Schatten stellte. Ich verspannte unter ihm, die Kontraktionen meiner Muskeln erschwerten es ihm, in mich zu pumpen, dennoch kämpfte er gegen das ungestüme Zucken an.

Grim überwand sie, wurde aber lauter, er stöhnte sogar in den Kuss. Wir beide taten es, waren laut und lebten unsere Lust aus. Er ließ noch einmal sein Becken kreisen, reizte erneut meine Klit und es war wirklich schwer, im Hier und Jetzt zu bleiben, denn mit jedem harten Stoß, den er nachsetzte, verlor ich mich ein bisschen mehr in anderen Sphären.

Schließlich drängte er sich mit einem letzten festen Stoß in mich, verharrte und ergoss sich in heißen Schüben in mir.

GRIM

Raven war seit drei Tagen wieder bei mir. Die Chapel hatte ich gestern einberufen, nachdem wir endlich aus dem Bett kamen. Es war der Wahnsinn, sie bei mir zu haben, sie zu spüren und mit ihr reden zu können.

In den letzten Wochen hatte sie mir gefehlt und ich genoss nun jeden einzelnen Augenblick mit ihr.

Doch heute war es so weit. Ich würde mich an diesem Rolan rächen. Nachdem wir den Kerl wochenlang im Loch gelassen hatten, sang er wie ein Vögelchen, das unbedingt sein Lied trällern wollte. So kam heraus, dass es keine Kids mehr gab, sondern Ravens Mutter damals Waisenkinder adoptierte, die sie ausbildete und hinterher als Assassinen vermietete oder verkaufte.

Sie hatte ihre eigene Armee von Profikillern, mit der sie sich den Arsch vergoldete. Einige hatte sie verkauft, wenn das Angebot gut genug war, noch mehr hatte sie behalten. Sie begingen Morde für sie, wenn sie irgendwelche Forderungen nicht durchbringen konnte. Es war alles ganz anders, als wir vermutet hatten, dennoch entsprachen Ravens Beschreibungen der Wahrheit.

Rossi hatte sie schon aus dem Weg geräumt und ich hatte mit Broke darüber gesprochen. Er war der gleichen Meinung wie ich, dass es nun ein Arschloch weniger auf dieser Welt gab, aber Beams Old Lady war am Boden zerstört, als sie vom Tod ihres Vaters erfuhr. Er war ein Bruder in Tucson, der mit der kleinen Rossi zusammen war, und vor einer Weile von den Capos ihres Erzeugers gefoltert worden. Auch er hielt den Kerl für keinen großen Verlust, aber nun mussten wir aufpassen, dass vor Alessandra niemand ein Wort über die Wahrheit verlor.

Nun standen wir auf der Lichtung. Shafilea und Mads hatten wir zu Rose ins Clubhaus geschickt. Sie war die Old Lady unseres Mechanikers Dash. Da die Blockhäuser in der Nähe waren, wollte ich nicht das Risiko eingehen, dass sie etwas von den Hinrichtungen mitbekamen.

Es war scheißkalt, aber Ravens Mutter und ihr Handlanger waren zwischen den Bäumen angekettet – in Unterwäsche. Ich sah die Erfrierungen an ihren Füßen, doch das kümmerte mich nicht, sie würden den heutigen Abend sowieso nicht überleben.

Raven stand neben mir und betrachtete ihre Mutter. »Wer fängt an?«, wandte sie sich leise an mich.

»Du musst das nicht tun, wenn du nicht willst«, erwiderte ich.

»Doch, ich will das tun.«

»Dann tob dich aus«, sagte ich entschieden.

Sie schaute zu mir hoch. »Gemeinsam?«

Ich zog die Augenbrauen zusammen und betrachtete sie, während die Flammen der Pennerfeuer ein Licht auf ihr Gesicht zauberten, die ihren Ausdruck wutschäumend erscheinen ließen. »Ich soll sie gemeinsam mit dir umbringen?«

Daraufhin schüttelte sie den Kopf. »Nein, du kümmerst dich um Rolan, während ich mich um meine Mutter kümmere.«

»Ich muss ihr vorher noch ein paar Fragen stellen«, ließ ich sie wissen, doch bot ich ihr auch meine Hand an. »Waffen liegen dort vorn, wann immer sie mir keine Antwort gibt, hast du die Möglichkeit, sie zu verletzen.«

Sie holte tief Luft. »Ich habe auch eine Frage an sie.«

»Dann wirst du deine zuerst stellen.«

»Dafür brauche ich dein Handy und ein Foto des Mädchens.«

»Ich werde ihr das Foto zeigen«, entgegnete ich.

»Okay.«

»Und später oder morgen muss ich noch etwas mit dir besprechen.«

»Und was?«, fragte sie verwirrt.

»Alter?«, rief Axe. »Die sind gleich erfroren, wenn ihr nicht endlich anfangt!«

»Später, okay?«, wandte ich mich noch einmal an Raven.

Sie seufzte. »Na schön.« Danach entzog sie mir ihre Hand und wir gingen gemeinsam auf Rolan und ihre Mutter zu. Als wir sie erreicht hatten, zog ich ihrer Mom den schwarzen Sack vom Kopf.

»Hadley«, stieß ihre Mom mit großen Augen aus.

»Catherine«, erwiderte Raven knurrend, indes rief ich das Foto von Ruby auf und stellte mich vor sie.

Ich hielt mein Handy hoch, um ihr die Aufnahme zu zeigen.

»Wer ist das Mädchen?«, fragte Raven mit harter Stimme.

Der verklärte Blick ihrer Mutter fiel auf Rubys Foto. »Amber«, stieß sie aus.

»Wer ist das Mädchen?«, bohrte Raven tiefer nach.

Catherine hob den Blick, als Raven zu einem Messer griff. »Deine Schwester.«

»*Was?*«, rief sie entsetzt aus.

»Sie war gestört, Hadley. Schwer gestört, deshalb haben wir sie in eine Psychiatrie gebracht.«

Ich schaute zu Raven, die schwer atmete. »Sie ist tot … Mom.«

»Das …«, sie schnaubte amüsiert, »war abzusehen. Sie war nie so stark wie du. Als ihre Ausbildung begann, entwickelte sie sich zunächst super, aber sie drehte langsam durch, bekam Psychosen, Depressionen und ständig Halluzinationen. Sie war gebrochen, wollte sich auch noch umbringen … Da brachte dein Dad sie in die Klapse in Seattle.«

Tränen traten in Ravens Augen. »Du herzloses Miststück.«

»Du bist wie ich, Hadley«, sagte ihre Mutter leise. »Herzlos … kalt … berechnend … misstrauisch … Irgendwann wirst du mich verstehen.«

»Warum wusste ich nichts von ihr?«, hakte Raven mit belegter Stimme nach. »Und wo war sie damals?«

»Sie war bei mir … Immer bei mir, bis sie durchdrehte. Ein schwächliches Balg, ihr Tod ist kein Verlust.«

Wut kochte in mir hoch und ich musste mich zusammenreißen, nicht meine Magnum zu ziehen und ihr in die Stirn zu schießen.

Diese Bitch war der letzte Dreck!

»Sie wusste auch nichts von dir, Hadley. Ihr hättet einander nur abgelenkt.«

»Schmor in der Hölle, du gottverdammte Schlampe!«, schrie Raven sie an und griff zu einer Machete. Sie trieb sie ihrer Mutter in den Bauch. Catherine gab einen überraschten Laut von sich, allerdings zeigte sie keine Schmerzen, die kamen erst, als Raven die Klinge langsam drehte.

Catherine kreischte wie ein Tier, das sein Ende fand, doch Raven stopfte ihr einen Lumpen in den Mund, dann drehte sie die Machete weiter, bis sie diese einmal vollständig gedreht hatte und riss sie ihrer Mutter aus dem Bauch – inklusive ihres Darms. Mit einem Platschen landete dieser auf den gefrorenen Waldboden.

»Mach deinen Frieden, Mom«, sagte sie und ließ die Machete fallen.

»Ich bin stolz auf dich«, keuchte Catherine, dabei trat Blut aus ihrem Mund.

»Und ich hasse dich. Du wirst in dem Wissen sterben, dass man dich vergessen wird.« Ravens Stimme war eiskalt, allerdings zeigte sie sonst keine Gefühle mehr. Bloß die stummen Tränen konnte sie nicht aufhalten, die unablässig ihre Wangen hinab perlten.

Es dauerte nur Sekunden, bis der Kopf ihrer Mutter nach vorn sackte.

Ich ging an den Tisch, nahm mir drei der fünf Adrenalinspritzen und eine Art Sparschäler, normalerweise verwendeten Ärzte ihn dafür, Hautschichten abzutrennen, um diese dann zu transplantieren, außerdem griff ich auch nach einem Springmesser, mit dem ich dem Kerl ein paar Schnitte zufügen würde, bis er die gleichen Schmerzen erlitt, die ich seinetwegen erlitten hatte.

Da der Kerl bereits gesungen hatte, zog ich ihm den Sack vom Kopf.

»Hallo, Arschloch«, sagte ich mit fester Stimme und betete im Stillen dafür, dass ich nicht anfing zu stottern.

Er sah mich panisch an. Offensichtlich hatte er das Loch nicht ganz so gut weggesteckt wie Ravens Mutter, aber so war es oft. Manchen machte es nichts aus, andere drehten durch.

Ich setzte den »Schäler« an seiner Brust an. »War unklug, mich zu foltern.«

Er stammelte bloß unverständliches Zeug.

Es erweichte mein Herz nicht, weshalb ich die Schneide in seine Haut drückte und sie von seinem Körper schälte.

Sein Schrei verhallte in den Baumkronen.

Ich machte noch ein wenig damit weiter, bis ich zu meinem Klappmesser griff. Ich stieß die Klinge in sein Fleisch und fing an, kleine Filets aus ihm herauszuschneiden, die in die Blutpfütze fielen, die sich wegen meiner Metzgerarbeit unter seinen Füßen gebildet hatte. Auch fügte ich ihm immer mehr tiefere Schnitte zu, die ihn ebenso schreien ließen, wie die anderen Dinge.

Im Augenwinkel sah ich, dass Raven die Arme vor der Brust verschränkt hatte. Sie sah mir aufmerksam zu, bis sie zu einem Viehtreiber griff und zu mir kam. »Damit hat er auch immer gern gefoltert.«

Mit einem ruppigen Nicken nahm ich ihn an, ließ ihn aufleuchten und trieb ihm die Kontakte in die offene Wunde an seiner Brust.

Er brüllte wie ein Raubtier, das erkannte, dass es in die Enge getrieben war und sein Leben bald ein Ende hatte.

Ich verdrehte die Augen, holte mir einen der Lumpen und stopfte ihm den Wichser ins Maul. Dann machte ich weiter. Ich fügte ihm neue Schnitte zu, vergrößerte bereits vorhandene, bis sein Kopf nach vorn sackte.

Aus meiner Gesäßtasche holte ich eine Adrenalinspritze, die ich ihm ins Herz trieb. Ich drückte das Adrenalin in seinen

Kreislauf, ließ die Spritze stecken und sah ihn an, als er gegen den Lumpen in seinem Mund schrie und den Kopf hochriss. Mit großen Augen sah er mich an – ich ließ den Viehtreiber aufleuchten.

Nein, das Vorhaben verschob ich auf später. Der Kerl hatte noch zu viel Leben in sich. Ich nahm den Elektrostab in meine linke Hand, ging noch einmal an den Tisch und holte einen Fleischhaken. Damit lief ich die zwei Meter zu ihm zurück. »Freust du dich, du Hurenbock?«

Er schüttelte hektisch den Kopf, als ich den gewundenen Haken in seinen Bauch trieb.

Und einmal mehr schrie er.

Ich riss ihm das Abdomen auf, sein Darm kam mir entgegen, doch das kümmerte mich nicht. Rolan atmete schwerer, das Blut ergoss sich schwallartig aus seinen Wunden und ich ließ noch einmal den Viehtreiber aufleuchten. Das unter Strom gesetzte Ende stieß ich in sein rechtes Auge, das aufgrund der hohen Voltzahl platzte. Das Blut spritzte mir ins Gesicht, aber ich zeigte keinen Ekel, es kümmerte mich nicht, doch durch die Brüder ging ein angewidertes Raunen.

Als ich Rolan betrachtete, wich das Leben aus seinem linken Auge. Ich wiederholte die Prozedur bei seinem linken Augapfel, der ebenfalls platzte.

Und so wartete ich, bis er seinen letzten Atemzug ausgestoßen hatte.

Mein Blick fiel auf Raven, die die Sache stoisch mitangesehen hatte. Sie hatte weiterhin die Arme vor der Brust verschränkt, kein Gefühl lag auf ihrer Miene, sogar die Tränen waren getrocknet.

Als der Kerl tot war, drehte ich mich zu meinen Brüdern um. Ich nickte ihnen zu, sie pfiffen und johlten, um mich zu feiern. Ich folterte wahrlich nicht oft, war sogar aus der Übung, weshalb sie jedes Mal jubelten, wenn ich es doch tat.

»Maze, Scrum, Azazel, schafft die Leichen in den Ofen und kippt die Asche in den Pudget Sound!«, rief ich.

Die Prospects kamen zu uns, Axe und Bronx folgten ihnen, um die Ketten zu lösen.

»Ihr solltet duschen«, meinte Axe.

Ich nickte grimmig. »Werden wir. Ich komme gleich ins Clubhaus.«

»Alles klar«, erwiderte Bronx. »Denke mal, wir sitzen später mit den Old Ladys auf meiner, Caens oder der Veranda eines anderen.«

»Dann gesellen wir uns vielleicht zu euch«, entgegnete ich stoisch.

»Geht klar, Präs«, sagte Axe.

Ich schaute Raven an. »Gehen wir?«

Nickend kam sie an meine Seite. Gemeinsam mit ihr machte ich mich auf den Weg zu meinem Blockhaus, das nicht weit von hier entfernt war.

Es wunderte mich, dass Raven auf einmal so schweigsam war, allerdings hatte sie den Tod ihrer Mutter zu verarbeiten, was sicher nicht leicht war. Wenn ich mich an den Autounfall erinnerte, den ich mit meiner Mom hatte, war es echt übel, mit so etwas klarzukommen.

Wir erreichten mein Haus, ich öffnete die Tür und Raven verschwand darin. Seufzend betrat ich es, schubste die Holztür hinter mir zu und folgte ihr bis ins Schlafzimmer. »Alles okay?«

Sie drehte sich zu mir um, Tränen standen in ihren Augen. »Ich habe mein Leben lang nichts von meiner Schwester gewusst.«

Ich holte tief Luft, nicht, um das Stottern zu vermeiden, sondern um meine Gedanken zu ordnen. »Es tut mir leid, dass du Ruby nicht kanntest.«

»Ihr Name war Amber.« Raven sah mich verzweifelt an. »Wusstest du das? Du nennst sie ja nur Ruby.«

Daraufhin schüttelte ich den Kopf. »Ich hatte keine Ahnung, aber jetzt verstehe ich, warum sie mich anschrie, dass ihr Name gar nicht Ruby sei, bevor sie sich umgebracht hat.«

»Was ist passiert?«, wollte sie wissen.

Ich seufzte schwer. »Lass uns duschen, danach erzähle ich dir alles. Auch, wie ich sie kennengelernt habe.«

»Okay«, gab sie sich heiser geschlagen.

RAVEN

Nachdem Grim und ich das Blut und andere Schlotze von unseren Körpern gewaschen hatten, waren wir ins Wohnzimmer gegangen – natürlich bekleidet.

Meine Gedanken kreisten um meine Schwester, die ich nie kennengelernt hatte.

Wie wäre mein Leben verlaufen, wenn ich sie gekannt hätte?

Hätte ich ihren Tod irgendwie verhindern können?

Warum hatten unsere Eltern uns nie die Chance auf ein normales Leben gegeben?

Ich verstand das alles nicht. Seufzend schüttelte ich den Kopf.

»Alles okay?«, fragte Grim, der in einer Sporthose vor dem Kamin hockte und Holzscheite darin stapelte.

»Nicht wirklich.«

Er brachte den Zunder zwischen dem Holz zum Brennen, dann richtete er sich auf. »Möchtest du etwas trinken?«

»Nein, ich brauche nichts.«

»Ich schon.« Grim lief in die Küche, es klirrte leise wegen der zahlreichen Flaschen darin. Kurze Zeit später kam er mit zwei Flaschen Bier, Bourbon und zwei Gläsern zurück. »Falls du doch durstig bist«, beantwortete er meinen fragenden Blick.

»Okay.«

Er setzte sich, schenkte Bourbon in einen Tumbler und öffnete eines der Biere. Den Hochprozentigen stürzte er herunter, griff nach der Bierflasche und wandte sich mir zu. Wir saßen beide auf der Couch. »Ich habe Ruby kennengelernt, nachdem Madison hier auftauchte.« Grim räusperte sich. »Es ist eine längere Geschichte, aber sie wurde von ihrem Stiefvater in eine geschlossene Psychiatrie gebracht, damit er an ihr Erbe kommen konnte. Dort freundete sie sich mit deiner Schwester an und bat uns, sie dort rauszuholen. Das taten wir, nachdem Madison verschwunden und wieder in dieser Klinik war.« Grim holte tief Luft, vermutlich wollte er so vermeiden, wieder ins Stottern zu verfallen. »Jedenfalls machte ich mich gemeinsam mit Broke und ein paar weiteren Brüdern auf die Suche nach Ruby, während Caen und die anderen Offiziere nach Madison suchten. Ich sah sie in einem Zimmer, sie war völlig abgeschossen, ich denke mal, dass man ihr Beruhigungsmittel gespritzt hatte. Ich weiß nicht, was ihr Anblick in mir geweckt hat, aber ich wollte sie beschützen und brachte sie zu mir. Sie hatte es sogar geschafft, mein Herz zu erobern, obwohl sie gar nichts dafür getan hatte. Wir kamen einander nicht näher, außer einmal. Wir hatten keinen Sex, sondern uns nur dieses eine Mal geküsst, weil sie mich sonst auf Abstand hielt.«

Ich betrachtete ihn, während ich ihm zuhörte.

»Sie erzählte mir, dass ihre Eltern wohlhabend seien und sie wegen ihrer Erkrankung in die Psychiatrie gebracht hätten, aber sie erwähnte nie, was oder ob ihr etwas passiert ist. Anfangs besorgten wir ihr Medikamente auf dem Schwarzmarkt, da wir sie ja aus der Klapse entführt hatten, wenn man es streng nimmt, später brachte ich sie zu einem Psychologen, der ihr die richtigen Tabletten verschrieb.« Grim atmete abermals durch, aber das war seinem Monolog geschuldet. »Es wurde immer schlimmer, nicht mal Spade konnte ihr im Notfall helfen, dabei hat er Psychologie studiert. Ich hoffte, dass es auch wieder bessere Tage geben würde, weil sie öfter lichte Momente hatte, aber kurz vor deinem Auftauchen holte sie eine meiner Magnums aus ihrem Versteck und ging vors Haus. Caen holte mich und wir haben versucht, zu verhindern, dass sie sich umbringt. Ich bat sie immer wieder, es nicht zu tun, doch sie schrie mich an, dass ich sie nicht kriegen würde. Dann hob sie die Magnum an ihr Kinn«, er zeigte mir die Stelle an seinem, »und schoss. In dem Moment zerbrach etwas in mir, weil ich schon wieder jemanden verloren hatte, den ich liebe.«

Tränen verwässerten meinen Blick. »Dann war sie eigentlich nie sie selbst?«

»Doch, in den Momenten, in denen sie völlig klar war, und

dann war sie dir unheimlich ähnlich. Sie hatte Temperament, war frech und sarkastisch.«

»Hielten diese Momente lange an?«

Grim schüttelte den Kopf. »Anfangs schon, aber dann wurden sie immer seltener.«

Ich schluckte, beugte mich zum Tisch und nahm die geschlossene Bierflasche an mich. »Wie lange war sie bei dir?«

»Gut zwei Jahre.«

Meine Gesichtszüge entgleisten. »So lange?«

Er nickte mir zu, griff ebenfalls nach seinem Bier und trank einen großen Schluck. »Ja, es war eine ziemlich lange Zeit.«

Ich senkte den Blick auf das Flaschenetikett. »Vermisst du sie?«

»Jeden Tag«, gab er mit rauer Stimme zu.

»Hast du sie geliebt?«

»Ja.«

Seine Antwort versetzte mir einen Stich.

War ich etwa in ihn verliebt und nun eifersüchtig?

»Aber nicht so, wie ich dich liebe, Rav… Hadley.«

Ruckartig hob ich den Kopf, sah ihn mit großen Augen an. »W-was?«

Grim beugte sich zu mir, nahm mir das Bier aus der Hand und stellte beide Flaschen auf den Couchtisch, dann rückte er näher zu mir. Er sah mir in die Augen, als er seine Finger an meine Wange hob. »Ich weiß nicht, was du kleine Killermaschine angestellt hast, aber du hast mein Herz erobert.«

Mein Mund klappte auf und zu.

Er nahm mein Gesicht in seine Hände. »Ich liebe dich, Raven.« Grim schnalzte mit der Zunge, außerdem schüttelte er leicht den Kopf. »Ich liebe dich, Hadley.«

Ich schluckte und hatte überhaupt keine Ahnung, was ich sagen soll.

»Und ich denke, in dir brennt auch ein Funke für mich, sonst wärst du nicht zurückgekommen und hättest mich auch nicht vermisst«, raunte er mir zu.

»W-was du in mir weckst, habe ich noch nie gefühlt, Grim«, gab ich kleinlaut zu – Fuck, warum war ich denn jetzt so ein unsicheres Duckmäuschen? »Und ich habe keine Ahnung, was das für Gefühle sind.«

Er neigte den Kopf. »Fühlen sie sich gut an?«

Ich nickte, so weit sein Griff es zuließ.

»Schlägt dein Herz schneller?«

Ich zeigte ihm ein weiteres Nicken.

»Dann geht's dir wie mir«, sagte er mit rauer Stimme und versiegelte meine Lippen mit einem sanften Kuss. Seine rechte Hand glitt unter mein Haar in meinen Nacken, er hielt mich fest, dabei wusste er doch inzwischen, dass ich mich nicht von ihm löste, wenn er mich küsste. Ich genoss es viel zu sehr, ihm so nah zu sein. Grims Kuss wurde nicht intensiver, er löste sich sogar recht schnell wieder von meinen Lippen und lehnte seine Stirn an meine. »Werd' meine Old Lady, Hadley.«

Ich zog die Augenbrauen zusammen. »Warum?«

»Weil ich dich liebe und du mich auch, denke ich. Ich will dich an meiner Seite haben, jeden Abend neben dir einschlafen, morgens neben dir aufwachen und der scheißglücklichste Wichser diesseits des Äquators sein.«

»Wirklich?« Aus Angst davor, dass er mich verarschte, biss ich mir auf die Unterlippe.

»Ja.«

»Aber…«

Grim hob skeptisch eine Augenbraue. »Du musst d-d-deine G-Ge-Gefühle nicht abstreiten.«

»Das will ich gar nicht«, hielt ich dagegen.

»Sondern?«

»Ich habe keine Ahnung, was so etwas mit sich bringt«, gab ich zu, denn ich hatte noch nie eine ernsthafte Beziehung geführt. Das alles Neuland war für mich.

Seine Mundwinkel zuckten. »Als meine Old Lady bist du vor den Brüdern mein Eigentum, das heißt aber nur, dass sie nicht mit dir flirten, dich begrabschen oder sonst wie belästigen werden, außerdem ständest du unter dem Schutz des Clubs – ich weiß, du bist die Letzte, die irgendjemandes Schutz braucht.« Er hauchte einen Kuss auf meinen Mundwinkel. »Und du wärst meine Königin, wie die ich dich auch behandeln würde.«

Ich holte tief Luft. »Und ich bin nicht der Ersatz für meine Schwester?«

»Nein, auf keinen Fall«, raunte er mir zu. »Du bist die Frau, die ich mir an meiner Seite wünsche, keine andere.«

Ich seufzte voller Rührung, dann legte ich meine Lippen auf seine und küsste ihn so leidenschaftlich, wie ich konnte.

Grim schob seine linke Hand auf meinen Rücken, doch ich beendete den Moment schon wieder.

»Du weißt, dass ich dir keine Familie geben kann.«

Seine Gesichtszüge entgleisten. »Wie kommst du jetzt darauf?«

Ich biss mir auf die Unterlippe. »Ich wurde sterilisiert und kann keine Kinder kriegen.«

Er schüttelte den Kopf. »Ich hatte ohnehin nicht vor, Kinder in diese kaputte Welt setzen.«

Einerseits erleichterten mich seine Worte, andererseits hatte ich mir immer gewünscht, selbst einmal Mutter zu werden und mein Kind in meinen Armen zu halten.

»Du wünschst dir Kinder, oder?«

»Schon irgendwie«, gab ich zu.

»Lass uns sehen, was die Zeit bringt, in Ordnung?«

Ich nickte.

Es klopfte, weshalb ich an ihm vorbei zur Haustür schaute.

Grim nahm seine Hände von mir. »Ich sehe nach, wer das ist.« Danach erhob er sich und ging an die Tür. »Was gibt's?«

»Alles okay? Bronx und Axe sagten, dass ihr rüberkommen wollt, aber mittlerweile ist es elf und ihr seid noch nicht aufgetaucht«, meinte Caen, der Grim skeptisch beäugte.

»Ja, alles bestens. Wir haben uns bloß unterhalten«, antwortete er.

»Kommt ihr noch rüber?«, fragte Caen interessiert. »Dann können wir deine … Moment, ist sie jetzt deine Old Lady oder nicht?«

Grim drehte sich zu mir um, sah mich fragend an. »Das hat sie noch nicht beantwortet.«

Mein Mund klappte auf und zu. »Ähm … Ja.«

Grims Lippen zeichneten ein breites Lächeln, so hatte ich ihn noch nie gesehen, dann sah er Caen wieder an. Den beiden konnte man ansehen, dass sie Brüder waren. Ich hatte noch nie so viel Ähnlichkeit gesehen, bis er mir das Foto von Ruby zeigte, oder Amber, wie sie wirklich hieß. »Ich denke, wir kommen gleich, oder, Hadley?«

»Ja, ich ziehe mir nur etwas Wärmeres an«, entgegnete ich und erhob mich. Ich nahm das Bier an mich, trank es in einem Zug leer und stellte die Flasche wieder weg.

»Respekt«, stieß Caen mit großen Augen aus, als ich zu den Männern sah.

Ich schenkte ihm ein schmales Lächeln, dann wandte ich mich ab und machte mich auf den Weg ins Gästezimmer, wo meine Klamotten im Schrank hingen. Da es draußen scheißkalt war, konnte ich schlecht in Hotpants und Top rausgehen. Ich zog mich bis auf die Unterwäsche aus und öffnete den Kleiderschrank.

»Ich gehe mir auch etwas Anderes anziehen«, vernahm ich Grims Stimme. »Wir kommen gleich rüber.«

»Alles klar. Wir sitzen bei Bronx.«

»Weiß Bescheid.« Die Tür wurde geschlossen und ich war froh darüber, so scharfe Sinne zu haben, dass ich selbst die leisesten Geräusche deutlich hören konnte – aber darauf war ich auch gut 20 Jahre trainiert worden. Ich hatte immer auf der Hut sein müssen.

»Hadley?«

Mein Blick fiel auf Grim. »Ja?«

Er hielt etwas in den Händen, es sah verdächtig nach einem Hoodie aus. »Würdest du den hier anziehen?«

Ich holte eine Lederhose aus dem Schrank, die ich anzog, danach ging ich zu ihm. »Was ist das?«

Grim breitete den Kapuzenpullover aus und ich sah sein Patch auf der Brust. *Eigentum von Grim* stand darauf, außerdem war das Skelett aufgenäht, das Bestandteil ihres Clublogos war.

»Sicher, dass der mir passt?«, hakte ich aufgrund der Menge des Stoffes nach.

»Na ja, er wird dir zu groß sein, aber ich besorge dir noch passende Sachen.«

Ich nahm ihm den Hoodie ab und zog ihn über – zu meiner Überraschung war er gar nicht viel zu groß, aber üblicherweise trug ich so was auch nicht, daher kannte ich mich mit den Größen nicht aus.

»Siehst gut aus«, sagte er lächelnd, kam einen Schritt näher und küsste meinen Mundwinkel. »Ich gehe mir etwas Anderes anziehen, dann können wir rübergehen.«

»Alles klar.«

Er zwinkerte mir zu, dann ließ er mich stehen.

»Ich warte im Wohnzimmer auf dich.«

»Geht klar.« Grim verschwand im Schlafzimmer.

Nachdem ich Socken und Boots angezogen hatte, ging ich ins Wohnzimmer und geradewegs ans Fenster. Ich sah die Männer auf einer Veranda sitzen – sie hatten sogar Heizpilze aufgestellt.

»Da bin ich«, verkündete Grim.

Ich drehte mich zu ihm um und erkannte, dass er seine Kutte trug, darunter hatte er ebenfalls einen Hoodie angezogen, aber seiner war hellgrau.

Er trug eine Jeans.

»Gehen wir?«, erkundigte ich mich.

»Sicher.« Er kam zu mir und bot mir seine Hand an, die ich irritiert anstarrte.

»Was soll das?«, fragte ich verwirrt.

»Paare halten auch mal Händchen.«

»Eww, ist ja widerlich«, stieß ich aus, ergriff sie aber und lachte, als ich seinen entrückten Blick sah.

»So schlimm, ja?«

»Nein, eigentlich fühlt es sich gut an.«

Grim schnaubte amüsiert. »Kleines Miststück.«

»Wie man's nimmt«, hielt ich amüsiert dagegen, als wir sein Haus verließen.

GRIM

Wir saßen auf Bronx' Veranda, auch Madison und Shafilea waren dabei. Raven saß neben mir, ich hielt ihre Hand, während die Brüder miteinander sprachen. Es war selten, dass ich mich groß an ihren Gesprächen beteiligte, aber ich saß gern mit ihnen zusammen.

»Und ihr habt's jetzt endlich hinbekommen?«, fragte Brooklyn, dabei sah er Raven und mich an.

»Ja, sie gibt mir eine Chance«, erwiderte ich mit einem zufriedenen Lächeln auf den Lippen.

Raven hatte ihren Kopf auf meine Schulter gelegt, der langsam schwerer wurde.

»Ich glaube, deine Old Lady schläft ein«, sagte Bronx.

»Es war auch ein ziemlich aufregender und langer Tag«, gab ich zurück, hob das Bier und trank einen Schluck.

»Caen erwähnte, dass sie Rubys Schwester ist«, wechselte Madison das Thema.

Daraufhin nickte ich, warf meinem jüngeren Bruder aber auch einen mahnenden Blick zu. Zwar hatte er nicht über Clubangelegenheiten gequatscht, dennoch hätte er sich mein Einverständnis abholen müssen, um mit Mads darüber zu reden. »Ja, und Ruby hieß eigentlich Amber.«

Mads sah mich irritiert an. »Damals wurden selbst ihre Akten unter Ruby Robinson geführt.«

Ich zog meine rechte Schulter hoch, da ich davon ausging, dass ihre Eltern sie unter falschem Namen in die Psychiatrie gebracht hatten, was ich Madison auch sagte.

»Ja, klingt logisch.«

»Und tut mir einen Gefallen, nennt sie nicht mehr Raven, sondern Hadley«, fuhr ich fort.

»Und wenn's doch mal passiert, dass wir sie Raven nennen?«, hakte Tiger nach. »Geht sie dann auf uns los?«

»Denke nicht, aber wir sollten respektieren, dass sie mit ihrer Vergangenheit abschließen will.«

Caen räusperte sich. »Ich verstehe nicht, wie ihre Mutter so kalt sein konnte, ihre Töchter zu Killermaschinen auszubilden.«

»Ich auch nicht, aber Hadley hat's besser verkraftet als Ruby«, erwiderte ich gedankenverloren. »Allerdings glaube ich, dass sie noch eine Weile braucht, um damit klarzukommen, dass sie ihre Schwester nie kennengelernt hat.«

Die anderen nickten zustimmend.

»Und sie ist wirklich deine Old Lady?«, hakte mein VP nach.

»So ist es.« Ich sah ihn ernst an. »Hast du dich mittlerweile eingekriegt und bist von deinem Höhenflug runter?«

Abwehrend hob er die Hände. »Keine Sorge, ich weiß, dass ich Scheiße gebaut hab. Mir war die Sache über den Kopf gewachsen.«

Ich nickte knapp. »Hauptsache du hast es eingesehen und bringst nicht noch so ein Ding.«

»Werde ich nicht«, versicherte er mir.

»Sehr gut.«

Madison gähnte. »Ich werde ins Bett gehen.« Sie lächelte in die Runde. »Gute Nacht, Jungs.« Dann beugte sie sich zu meinem Bruder und küsste ihn. »Ich versuche, auf dich zu warten.«

»Schlaf lieber, Babe«, raunte er ihr zu.

»Na gut.«

»Schlaf gut, Mads«, sagten wir im Chor.

»Ihr dann auch«, erwiderte sie amüsiert, löste sich von Caen und machte sich auf den Weg zu seinem Blockhaus.

Er erhob sich und schaute ihr hinterher.

»Noch mal, Alter, sie wird nicht geklaut, wenn sie zehn bis zwanzig Meter allein hinter sich bringen muss«, meinte Bronx.

»Das ist doch romantisch«, sagte Shafilea, seine Old Lady.

Er schaute sie irritiert an. »Soll ich das künftig auch machen, wenn du vorgehst?«

»Ja«, antwortete sie knapp und grinste ihn an.

Bronx schnaubte amüsiert. »Weiber«, stieß er kopfschüttelnd aus.

»Wundert mich echt, dass du dich auf diesen chauvinistischen Penner eingelassen hast«, wandte sich Brooklyn an Shafilea.

Sie kicherte. »So ist er nur, wenn ihr in der Nähe seid.« Danach stand sie ebenfalls auf. »Ich werde auch schlafen gehen. Gute Nacht, Leute.« Sie küsste Bronx' Wange, dann verschwand sie schon.

»Gute Nacht, Kleines.«

Die Tür fiel ins Schloss.

»Hast wohl für heute bei ihr verkackt«, stellte Tiger lachend fest.

Ich stimmte in das Gelächter meiner Brüder ein, als Bronx ihm seinen erhobenen Mittelfinger zeigte.

»Ich bringe Hadley ins Bett, dann komme ich wieder«, verkündete ich und drehte mich auf der Bank zu ihr. Vorsichtig schob ich meine Hände in ihren Rücken und ihre Kniekehlen, dann erhob ich mich mit ihr auf den Armen. Es wunderte mich, dass sie nicht aufwachte, da es sonst passierte, sobald ich sie berührte. »Bis gleich.«

»Yo«, erwiderten sie durcheinander.

Ich hatte sie wenig später kaum ins Bett gelegt, als sie hochruckte.

»Was ist passiert?«, fragte Raven irritiert.

»Du hast tief und fest geschlafen, deshalb habe ich dich ins Bett gebracht.«

»Okay.« Sie schenkte mir ein müdes Lächeln, stand auf und befreite sich von ihren Klamotten, bis sie nur noch ihre Unterwäsche trug. Dann legte sie sich unter die Decke.

Ich beugte mich über sie und küsste sanft ihre Schläfe. »Ich komme später nach.«

»Bis dann«, nuschelte sie und war offensichtlich schon wieder eingeschlafen.

Ich machte mich auf den Weg zurück zu meinen Brüdern. »Da bin ich wieder.«

»Sehen wir«, erwiderte Axe grinsend. »Deine Old Lady scheint viel ruhiger geworden zu sein.«

»Komischerweise ist sie das auch, seit wir wieder bei mir waren. Ich denke mal, das mit dem T-Tod ihrer Mutter die Last von ihren Schultern gefallen ist.«

»Gut möglich«, stimmte er mir zu.

Brooklyn räusperte sich. »Da die Frauen jetzt weg sind, wir müssen bald wieder das Schutzgeld eintreiben und ein bisschen Koks ausliefern. Die Kunden brauchen neuen Stoff und die Händler sind uns noch einen ganzen Haufen Kohle für unseren Schutz schuldig.«

Ich nickte. »Das besprechen wir morgen in der Chapel. Ihr solltet Myth mitnehmen, der Bruder ist neu aus Louisiana hierhergekommen und sollte langsam mal die alltäglichen Abläufe kennenlernen.«

»Alles klar«, erwiderte Brooklyn.

Wir unterhielten uns weiter über den Club, die Geschäfte und darüber, dass nun hoffentlich Ruhe einkehren würde, denn die letzte Zeit war verdammt turbulent gewesen. Aber glücklicherweise hatte ich in der letzten katastrophalen Periode Raven getroffen und sie hatte sich in mich verliebt, so wie ich mich in sie. Ich war froh, sie an meiner Seite zu haben, auch wenn wir uns kaum kannten – und sie anfangs versucht hatte, mich umzubringen. Aber die Frau war heißer als heiß und sie war ein Opfer der Umstände, die sie zu mir geführt hatten. Ich wollte und würde meine Old Lady glücklich machen und ich freute mich auf die Zeit, wenn sie die ganze Scheiße verarbeitet hatte, damit sie endlich verstand, dass sie ein normales Leben verdiente.

Viel Normalität konnte ich ihr zwar nicht bieten, aber mehr, als sie bisher kannte – oder besser gesagt: Eine völlig andere Art von Normalität.

Nach Stunden hatten wir uns voneinander verabschiedet und ich war in mein Haus gegangen. Ich war angetrunken, aber nicht besoffen. Ich begab mich in mein Schlafzimmer, Raven hatte sich meiner Seite des Bettes zugewandt und ihre Hand auf meinem Kissen liegen. Meine Mundwinkel zuckten. Ich befreite mich von meinen Boots, danach von Jeans, Kutte und Hoodie und legte mich in Briefs und Shirt zu ihr.

»Du bist da«, sagte sie leise, als ich mich zu ihr drehte.

»Habe ich dich geweckt?«, erkundigte ich mich.

»Nein, ich habe gar nicht richtig geschlafen«, gab sie zu und legte den Kopf in den Nacken, um zu mir hochzuschauen.

Ich zog sie höher, sodass wir einander von Angesicht zu Angesicht gegenüber lagen, dann rückte ich näher zu ihr. Ich stupste ihre Nasenspitze mit meiner an, doch war es Raven, die mich küsste. Sofort beschleunigte sich mein Herzschlag, der regelrecht ihren Namen schrie. Als sie seufzte, glitt meine Zunge in ihren Mund. Raven empfing sie mit einem weiteren zufriedenen Laut, außerdem legte sie ihre Hände an meine Schultern. Auf einmal drückte sie mich auf den Rücken und glitt auf mich. Ich schob meine Hände auf ihre Taille, dann ließ ich sie auf ihren Hintern gleiten. Scheiße, sie hatte einen verdammt knackigen Arsch, überhaupt einen bombastischen Körper und es war offensichtlich, dass sie mich so sehr wollte wie ich sie. Raven löste sich von meinen Lippen und sah mir in die Augen. »Liebst du mich?«

»Mehr, als ich glaubte, lieben zu können«, raunte ich ihr zu.

Sie lächelte milde, richtete sich auf und befreite sich von ihrem Shirt, das sie angezogen haben musste, als ich noch bei meinen Brüdern auf der Veranda saß.

Ich setzte mich ebenfalls auf, sie nutzte die Gelegenheit und zog mein T-Shirt hoch.

Sie zog es mir aus, anschließend warf sie es zur Seite.

Raven holte tief Luft.

»Bist du sicher, dass du das tun willst? Immerhin hatten wir einen ziemlich heftigen Tag«, fragte ich, womit ich ihr Tun unterbrach.

»Ja«, erwiderte sie. »Auf jeden Fall.«

Ich schob meine Hand abermals in ihren Nacken und versiegelte ihre Lippen mit einem sehnsüchtigen Kuss. Sie rutschte auf meinem Schoß herum, womit sie meinen Schwanz reizte, und der Mistkerl drängte sich verlangend gegen meine Briefs. Ich zog sie mit mir ins Liegen, holte Schwung und drehte mich mit ihr, sodass sie unter mir lag. Dabei löste ich mich von ihren Lippen, richtete mich auf und legte meine Hände an den Bund ihrer Hotpants, die sie auch wieder angezogen hatte.

Scheiße, warum hatte sie nicht einfach in ihrer Unterwäsche auf mich gewartet?

Als ich mich nicht rührte, schob Raven sie herunter. Ich griff zu und befreite sie vollends von den Hotpants. Als sie nur noch in Unterwäsche vor mir lag, betrachtete ich sie. »Fuck, du hast keine Ahnung, wie heiß du aussiehst.«

Raven biss sich auf die Unterlippe, schob ihre Beine an mir vorbei und richtete sich auf. Sie hielt meinen Blick, als sie ihre Finger an meine Briefs legte und sie langsam herunterschob, meinen Schwanz befreite.

Ich zog mich von ihr zurück, befreite mich von dem Teil, danach drückte ich sie auf den Rücken. Ich glitt zwischen ihre Schenkel, als sie unter mir ins Hohlkreuz ging. Sie öffnete ihren BH.

Langsam schob sie die Träger von ihren Schultern. Ich nahm ihr das Stück ab, warf es zur Seite und beugte mich zu ihr runter. Statt ihre Lippen zu küssen, neigte ich den Kopf und neckte ihren Hals mit meiner Zunge und meinen Zähnen. Ich biss sie sanft und entlockte ihr einen süßen, vor Lust verzerrten Laut. Raven streichelte meinen Rücken, ich merkte, dass sie ebenfalls den Kopf neigte, nur küsste sie meine Schulter. Langsam entzog ich mich ihr und bewegte mich an ihrem Körper hinab, dabei verfolgte ich mit meiner Zungenspitze meinen Weg zu ihrer Brust. Als ich sie erreicht hatte, ließ ich sie um ihren Nippel kreisen, der sich unter den Berührungen meiner Zunge zusammenzog und aufrichtete.

Raven schob ihre Hände in mein Haar, sie seufzte, außerdem ging sie ins Hohlkreuz. Sie drängte sich mir entgegen. Mit den Fingerspitzen streichelte ich ihre Seite, ließ sie an dieser hinabsinken und erreichte das Bündchen ihres Strings. Sie wand sich unter mir, womit sie immer wieder meinen Schwanz reizte, da ihr Unterleib an ihm rieb. Ich spürte die Hitze ihrer Pussy – Fuck, ich wollte sie schmecken.

Sie verrenkte sich unter mir und auf einmal befreite sie meinen Schwanz. Ich keuchte, als sie ihre Faust um ihn schloss, die sie auf und ab bewegte. Ich würde mich nicht zurückhalten können, würde sie weitermachen, das wusste ich, und aus dem Grund griff ich nach ihrer Hand, damit sie aufhörte.

»Nicht gut?«, fragte sie voller Erregung.

»Wahnsinnig gut«, raunte ich und richtete mich auf. Ich betrachtete Raven, als ich meine Hände an die Bündchen ihres Strings legte. Mit einem Ruck riss ich sie auf, da ich mich nicht damit aufhalten wollte – sie gab einen überraschten Laut von sich. Ich beugte mich vor und küsste sie keusch.

Raven hob ihre Hände an meine Wangen und sah mir in die Augen, dann küsste sie mich stürmisch, dabei löste sie ihre Finger von meinem Gesicht. Ihre Fingerspitzen glitten meinen Hals hinab, sie streichelten meine Schultern, meine Oberarme, glitten dann um sie herum und schoben sich an meinen Seiten hinab. Raven zog die Briefs über meinen Hintern, ich griff ebenfalls danach und befreite meinen Schwanz.

Ich griff zwischen uns, legte meine Faust um meinen Schwanz und bewegte sie auf und ab, dann führte ich ihn in ihre feuchte Spalte. Ich schob meine Eichel durch sie hindurch, verteilte ihre Feuchtigkeit und führte meinen Schwanz schließlich an ihre Pforte. Mit einem harten Stoß versenkte ich mich in ihrer heißen engen Pussy. Raven stöhnte leise in meinen Mund, allerdings wurde sie schnell lauter. Ihre Muskulatur zog sich eng um meinen Schwanz zusammen, massierte ihn und ich musste mich zusammenreißen, nicht sofort zu kommen.

Fuck, das machte mich wirklich jedes Mal fertig.

Ihre Zunge drang abermals in meinen Mund, umspielte meine Zungenspitze. Ich zog mich aus ihr zurück, mit einer fließenden Bewegung tauchte ich wieder in sie ein. Ich stützte mich auf meinen Unterarmen ab, stemmte sie zu beiden Seiten ihres Kopfes auf das Kissen und ließ mein Becken kreisen. Als sie ihre Beine um mich schlang, tauchte ich noch tiefer in sie, nun war ich derjenige, der überrascht stöhnte. Einmal mehr zog ich mich aus ihr zurück, allerdings drang ich nun mit noch härteren Stößen in sie.

»O Gott, Grim«, keuchte sie in den Kuss, umklammerte mich fester mit ihren Beinen und bewegte sich mit mir. Raven löste sich von meinen Lippen, sie neigte den Kopf, neckte meinen Hals und ich schloss die Augen.

Ich atmete tief durch, zog mich abermals zurück und stieß nochmals fester in sie. Ich schlang meinen rechten Arm um sie, holte Schwung und sie saß rittlings auf mir. Raven löste sich von meinem Hals, sie richtete sich auf. Ihre Hände legten sich auf meine Brust, sie hielt mich unten, als sie anfing, mich zu reiten.

Fuck, sie wusste genau, was sie tun musste, um mich verrückt zu machen.

Ihr Duft hatte vermischte sich mit meinem, die Note war der Wahnsinn und was sie gerade anstellte, stellte so ziemlich alles in den Schatten, was ich bisher mit ihr erlebt hatte.

Ich schob meine Hände auf ihre, sie verhakte unsere Finger miteinander und drückte sie zu beiden Seiten meines Kopfes in die Kissen – sie ließ mich ihre Kraft spüren, denn ich kam kaum gegen sie an, weshalb ich mich geschlagen gab. Raven beugte sich grinsend zu mir herunter, sie küsste mich leidenschaftlich, dabei fing sie an, ihr Becken immer wieder so weit zu heben, dass ich beinahe aus ihr glitt.

Ich fing an, von unten in sie zu stoßen, mein Becken klatschte fest gegen ihres, außerdem entwand ich ihr meine Finger und legte meine Hände an ihre Hüften, damit ich sie festhalten konnte.

Wir wurden lauter und ich konnte mich wirklich nicht mehr zurückhalten. Immer wieder versenkte ich meinen Schwanz in ihr, trieb uns beide so zum Äußersten und ihre innere Muskulatur fing an, meine Härte im ungestümen Rhythmus zu massieren.

Es machte mich verrückt, ich schob meine Hände erneut in ihren Rücken, holte abermals Schwung und drehte mich mit ihr. Kaum lag sie, richtete ich mich auf, zog ihren Hintern auf meine Oberschenkel und stieß hart in sie.

Ihre Brüste wippten im Takt meiner Stöße, ihre Muskeln umklammerten meinen Schwanz, es kam mir so vor, als würden sie ihn festhalten wollen. Raven ging ins Hohlkreuz und verspannte mit dem ganzen Körper, sie kam mit einem Aufschrei und ihre Wucht riss mich mit.

Ich kämpfte gegen ihre zuckende Pussy an, aber ich schaffte es nicht, mich noch länger zurückzuhalten. Ich drängte mich fest gegen sie und ergoss mich keuchend in ihr. Schwer atmend schloss ich die Augen, holte tief Luft und schlug sie wieder auf.

Ich beugte mich vor, legte meinen Kopf auf ihre Brust und versuchte, mich zu beruhigen, während sie ihre Fingerspitzen durch mein Haar gleiten ließ.

»Fuck, ich liebe dich«, sagte ich leise.

»Ich liebe dich auch, Grim«, wisperte sie und das war der Moment, in dem ich endlich das Glück verspürte, das mir so lange versagt geblieben war.

Raven liebte mich.

Und ich?

Ich war ein scheißglücklicher Bastard.

Hätte mir nach Rubys Tod jemand erzählt, dass ihre Schwester auftauchen und mein Herz erobern würde, hätte ich denjenigen erschossen, denn ich wollte es für immer verschließen, doch Raven war es irgendwie gelungen, es wieder zum Leben zu erwecken.

Vielleicht überstürzten wir gerade alles, aber wenn man mal daran dachte, dass ich ihretwegen zweimal beinahe draufgegangen wäre – einmal, weil sie mich umbringen wollte, einmal wegen ihrer Mutter –, wollte ich nun alles überstürzen. Mein Leben konnte jeden Tag vorbei sein, weshalb ich nun jeden einzelnen Moment genießen wollte.

Ich löste mich von Raven, legte mich neben sie und zog sie in meine Arme.

Sie legte ihren Kopf auf meine Brust. »Dein Herz schlägt so schnell«, wisperte sie.

»Das liegt an dir«, raunte ich ihr zu und küsste ihren Scheitel. »Wirst du bei mir bleiben?«, fragte ich gedämpft.

»Für immer«, hauchte sie.

Und wenn ich vor wenigen Augenblicken noch glaubte, ein scheißglücklicher Bastard zu sein, wusste ich nun, dass dem wirklich so war.

Endlich.

Die Liebe hatte mich gefunden und diese temperamentvolle Frau in meinen Armen schenkte sie mir jeden Tag.

Die Liebe war also keine urbane Legende und ich war froh, dass ich mich nun endlich selbst davon überzeugen konnte.

ENDE

GLOSSAR

The Grave Angels MC: Outlaw MC, gegründet 1982 von Cooper Pembroke und seinen Brüdern in Tucson/Arizona.

Präsident (Präs): Chef eines Chapters, seine Entscheidungen werden nicht infrage gestellt.

Vizepräsident (VP): Stellvertreter des Präsidenten und diesem meist gleichgestellt.

Secretary: Schriftführer eines Chapters.

Treasurer: Schatzmeister eines Chapters

Sergeant: Für die Clubdisziplin und Einhaltung der Regeln zuständig. Der Begriff »**Hangman**« referiert auf die Rolle des Sergeants bei der Durchführung von Sanktionen, da dieser sie vollstreckt.

Sergeant at Arms: Ist für die Sicherheit und Bewaffnung seines Clubs zuständig und wie der Security Chief oder Sergeant auch für die Einhaltung der Clubdisziplin zuständig.

Road Captain, auch Road Master: Ist bei Runs (Ausfahrten) für die Route und Unterbringung zuständig, ebenso muss er die Sicherheit der Member gewährleisten.

Prospect / Anwärter: Noch kein vollständiges Mitglied, muss meistens unliebsame Aufgaben erledigen und sich den Patch verdienen. Die Dauer des Status variiert.

Hangaround: (auch Hanger oder Hänger): Unterste Stufe der Mitgliedschaft. Bezeichnet für gewöhnlich Personen, die auf dem Clubgelände geduldet werden, aber weder Prospects noch Vollmitglieder sind.

Nomads: Gehören meist keinem Chapter an, weil sie entweder ständig auf Reisen sind oder ihr zuständiger »Mutterclub« zu weit entfernt ist.

out in good standing: Status eines ehemaligen Vollmitglieds, das sich im Guten vom Club getrennt hat. Kann jederzeit in den Club zurückkehren.

out in bad standing: Status eines ehemaligen Vollmitglieds, das als »vogelfrei« gilt, weil es bspw. dem Club geschadet hat.

Property of...: (dt. Besitz von...) Spezielles Backpatch für die Ehefrau oder Freundin (Old Lady) eines Members. (Im Buch Property-Patch genannt)

Old Lady: Partnerin eines Members, das den Status einer Ehefrau hat, auch Ehefrauen werden so bezeichnet. Gilt als unantastbar.

Clubschlampe: Frau, die für ungezwungenen Sex in den Club kommt.

Center Crest / Center Patch: Zentrales Logo eines MCs

Bottomrocker: Schriftzug unter dem Center Patch für das jeweilige Chapter, nicht alle Clubs haben diesen Schriftzug auf ihrer Kutte.

Toprocker: Schriftzug über dem Center Crest, meist der Clubname.

Onepercenter: Beschreibt laut AMA (American Motorcyclist Association) ein MC, das sich nicht an Gesetze hält. »Onepercenter« oder »1%« wurde so zur selbstgewählten Bezeichnung für Biker, die ihren Lebensstil ohne Kompromisse leben wollten. Diese Einstellung wird durch das Tragen eines Onepercenter-Patch deutlich.

Uzi: Kompakte zuschießende Maschinenpistole.

Beretta: Handfeuerwaffe

Magnum: Handfeuerwaffe

Smith & Wesson: Handfeuerwaffe

Sai: (oder auch Saigabel) ist eine Waffe aus der japanischen Präfektur Okinawa, die unter anderem in Kobudō Verwendung findet. Je nach Ausführung ist ein Sai zwischen 45-52 cm lang, im besten Fall etwas länger als der Unterarm und existiert in einer Vielzahl von Varianten.

Katana: Japanisches Langschwert.

Gespickter Hase: gelegentlich auch **Stachelrolle** genannt. Hierbei handelt es sich um ein spätmittelalterlich-frühneuzeitliches Folterinstrument. Es wurde in verschiedenen Ausformungen sowie Arten gebraucht. Entweder bestand es aus einem mit Spitzen besetzten (gespickten) Kopfteil oder aus einer mit Spitzen oder Zacken versehenen Rolle oder Walze (»Stachelrolle«). Eingesetzt wurde es bspw. auch stationär bei Streckbänken sowie Streckleitern. Im Buch wird eine Stachelrolle verwendet.

Pfahlhängen: Das Pfahlhängen ist eine mittelalterlichte Foltermethode, die auch im *Maleus Maleficarum* (Hexenhammer) beschrieben wird. Dem Opfer werden die Hände hinter dem Körper zusammengebunden, danach wird es an den Händen an einem Baum, Pfahl oder an der Decke aufgehängt.

Lässt der Folternde das Opfer in dieser Aufhängung fallen, reißt das Körpergewicht die Arme des Opfers nach oben. Diese Methode führt oft zum Ausrenken der Schultern, spätestens nach einer halben Stunde wird das Opfer bewusstlos, nach einer bis vier Stunden tritt der Tod durch Ersticken ein.

DANKSAGUNG

Fragt bitte nicht, was mich beim Schreiben von Grims Geschichte geritten hat. Zuerst hatte ich überhaupt keine Idee, mit wem ich ihn verkuppeln sollte, weil sich alle gewünscht haben, dass er und Ruby einander bekommen, allerdings hatte ich sie nie für ihn vorgesehen.

Also erinnerte ich mich an Raven, die dem MC in Electric City half, als das Chapter Shafilea befreite. Ja, durch die Bücher des Washington Chapters zieht sich ein kleiner roter Faden, aber trotzdem kann man sie auch unabhängig voneinander lesen. Rubys Suizid war hart, das ist mir bewusst, und ich habe mich gehasst, als ich diesen geschrieben habe. Aber manchmal muss man sich auch zum Hassobjekt machen, damit eine Geschichte ihren Lauf nehmen kann.

Dass Raven wie Kinky und Ghost aus einem Bootcamp stammt, ist ein Zufall, doch ließ sich die Geschichte der beiden perfekt darum aufbauen. Ich hoffe wirklich, dass sie dir gefallen hat, und Spoiler: Ich habe entschieden, hin und wieder noch Ausflüge zu den Grave Angels zu machen, denn ich will mich noch nicht von den Bikern trennen.

Vielleicht wird es auch ein Spin off über einen Supporterclub geben, das weiß ich noch nicht, aber die Serie endet noch nicht mit Grim.

Ob und wann es in diesem Jahr wieder nach Washington geht, weiß ich noch nicht, aber da gibt's ja noch einige Biker, die verkuppelt werden wollen, also werden euch noch ein paar Bücher erwarten.

Wie immer gibt es Menschen, denen ich danken muss, darunter meine Bloggerinnen, die sich ein Bein ausreißen, um mich bei der Werbung für meine Bücher zu unterstützen. #druciesshadowladys, ich danke euch, ihr seid die Besten. Jede von euch darf sich fest gedrückt fühlen!

Meine Familie, die hinnimmt, dass ich meinen Schlafrhythmus komplett zerschieße und auch mal nächtelang wachbleibe, um an meinen Büchern zu arbeiten.

Ich danke dir, dass du das Buch gelesen hast, und ich würde mich sehr freuen, wenn du etwas Zeit für eine Bewertung oder Rezension erübrigen würdest, denn meistens erfahre ich nur so, wie euch eine Geschichte gefallen hat.

Konstruktive Kritik ist immer willkommen, ich freue mich natürlich umso mehr über ein Lob, aber schreib einfach, was dich an der Geschichte erfreut oder gestört hat. Ich kann nicht so schreiben, dass es jedem gefällt, daher komme ich auch damit klar, wenn du es total mies fandest. Ich lese jede Rückmeldung, egal auf welchem Weg sie mich erreicht. Natürlich hoffe ich, dass dir das Buch gefallen hat, und wenn nicht, tut es mir leid, deine Zeit verschwendet zu haben.

Also dann … Wir sehen uns im neuen Jahr. Hab tolle Weihnachten und einen guten Rutsch in 2024, aber am Wichtigsten: Bleib gesund!

XOXO

Deine Drucie

UEBER DIE
AUTORIN

Drucie Anne Taylor, geboren 1987 in Köln, absolvierte eine Ausbildung im Einzelhandel, dem sie später wegen der Geburt ihres ersten Kindes den Rücken kehrte.

Schon in ihrer Jugend entdeckte sie die Liebe zum Schreiben, weshalb sich heute noch viele Manuskripte in dunklen, seither nie wieder geöffneten Schubladen verbergen. Wenn sie nicht gerade schreibt, besucht sie gern Musicals oder sieht sich mit Vorliebe Musical-, Liebes- oder Horrorfilme an, sie erkennt diesen Widerspruch selbst - ihre größten Fandoms sind jedoch die Serie »Supernatural« und das Musical »Tanz der Vampire« -, ferner liegt sie unter der Nadel ihrer Tätowiererin oder erkundet gemeinsam mit ihrer Familie die große weite Welt.

Ihr Leben ist bunt, auch wenn ihre Kleidung bevorzugt schwarz ist.

Zum Schreiben braucht sie nur wenige Dinge: Latte Macchiato, Musik oder Lärm, da sie sich bei absoluter Ruhe nicht konzentrieren kann, Salzstangen und genug Papier, um sich weitere Ideen zu notieren.

Kontakt: drucieataylor@gmail.com
Facebook: facebook.com/drucieannetaylorauthor
Twitter: twitter.com/DrucieATaylor
Instagram: instagram.com/drucieannetaylor

Printed in Germany
by Amazon Distribution
GmbH, Leipzig

33937031R00173

‘Hysterisch grappig. Een geweldig boek.’ – Paul de Leeuw

‘Met voorsprong het geestigste debuut van het jaar... Alleen al de eerste drie pagina’s maken het de moeite waard dat u dit boek in huis haalt.’ – *De Standaard*

‘Vuijsje heeft een roman geschreven over integratie, de dichotomie autochtoon/allochtoon en de joodse identiteit. Bovendien wemelt z’n boek van de schaarsgeklede wijven en valt er heel wat te lachen.’ – Herman Brusselmans in *Playboy*

‘Uiterst vermakelijk.’ – Elsbeth Etty in *NRC Handelsblad*

‘Ik las *Alleen maar nette mensen* dusdanig schaterend dat mijn vrouw naar mijn gezondheid kwam informeren.’ – Atte Jongstra in de *Leeuwarder Courant*

‘Een hilarische dwarsdoorsnede van de smeltkroes Amsterdam.’ – *Humo*

‘Een formidabel inkijkje in twee milieus en een zedenschets over de multiculturele samenleving.’ – *VPRO-gids*

‘Een komische *clash of civilizations*... Vaak hilarisch.’ – *De Groene Amsterdammer*

‘Een hilarisch boek met veel korte zinnen, dat leest als een trein.’ – *Flair*

‘Een smeuïge, smalende “bildungsroman”.’ – *Trouw*

‘Een smakelijk verhaal, lekker vet en met veel vaart geschreven.’ – *De Limburger*

‘Een geestig, schrijnend en zeer ongemakkelijk boek.’ – *Rails*

‘Een geestig relaas over een joodse jongen uit een keurige witte wijk in Amsterdam met een fascinatie voor stevige, zwarte vrouwen.’ – *Viva*

‘De omstreden, terecht bekroonde bestseller over de zoektocht naar de perfecte zwarte vrouw.’ – *Esquire*

‘Een geestige, vermakelijke, actuele en opzienbarende roman.’ – *JFK*